讀古文
學智慧

古文觀止名篇中蘊含的智慧

鄭連根
——著

《讀古文，學智慧》序

黃波

我出生於一九七三年，算是正宗的「長在紅旗下」了，有幸目睹科技日新月異般的進步，物質也豐富到了幾乎被經濟學家稱為「豐裕」的程度。但這些年我常在想，若論「求知」與「進德」，與老輩人相比，我們這一代人究竟該算幸運還是不幸呢？

前段時間，我應約為一家報紙寫了一篇類似「求知路上二三事」的小文，談這樣的話題原有資格門檻，編輯屬意於遠遠談不上「成就」二字的我寫此題，原因是我未入大學之門，居然還能寫幾篇短文，並僥倖出版幾本小冊子。我在那篇文章中坦白交待：「其實未進入高等學府，我倒不認為是多麼大的遺憾。出生於上世紀七〇年代者，最大而又普遍的缺陷應該是生逢一個文化幾被摧毀的時代，而就個體來說，儘管時代如此，如果殘存一點家學，則猶有沾溉之幸。而我對這些是完全談不到的，祖上從未出過讀書人，父母也識字無多，當年的小鄉村更是全無文化氣息。」

這樣的環境並非出自我的誇張，謂予不信，試問同樣生長於鄉村的同齡人，哪個不是長長於斯？

我們不必被私塾老師罰跪打板子，也不會逼著對對子了，這曾經被張揚為我們這一代人最大的幸福。但是在歷經人文素養缺失而導致的許多社會痛楚之後，一個疑惑卻無法迴避：《四書》、《古文觀止》、《唐詩三百首》等全部從啟蒙讀物名單中消失，老祖宗留下的東西被我們從疏遠到隔膜到鄙視，我們真的就超越了先輩？曾經困擾前人的問題真的就煙消雲散了嗎？

鄭連根兄的這本《讀古文，學智慧》來得恰好。雖然在多種因素催生下的所謂「國學熱」中，關於《古文觀止》的鑒賞類讀物堪稱林林總總，但這本書顯然非為湊熱鬧而來，因為寫作者的抱負並不是教你簡單地看懂那些文字，而是企望深入文字背後，去瞭解我們這個民族的精神密碼。

古人為什麼會有孝的觀念？禮是不是純屬一種毫無實際意義的束縛？人作為萬物靈長之價值，古人的認識中有無與現代理念若合符節的地方？……連根兄依託於這些古文名篇，運用其豐富的多學科的知識，筆鋒所聚，呈現的乃是一個無限多樣性的真實的古老中國。淺嚐輒止者閱之，可以增加自己關於中國傳統習俗和政治經濟社會制度變遷的多方面知識，好學深思者閱之，可以思接千載視通萬里，因歷史而想到今天乃至未來。作者寫出一本書來，讀者能夠各取所需，這應該是一件快樂的事情。

對歷史人物和事件細密解讀向來是連根兄的長處，而〈破解李陵困局〉、〈永遠的陶淵明，永恆的桃花源〉等篇則顯示了他的另一大長處，即於歷史「能入而又能出」。讀這本書，你的強烈感覺就是，其作者不是一個只會尋章摘句的腐儒，更不是一個一頭拜倒在傳統之下的骸骨式迷戀者。我向來認為，說史貴在能攖現代人心，但天資所限，這條標準於我稍高了點，連根兄則庶幾矣。

連根兄撰此書畢，徵序於我，因其好讀書、求甚解為我所熟知和敬畏，而我自己對《古文觀止》也不過翻讀了一兩遍而已，難免忐忑。但我又真切感到這本書是一個沉甸甸的果實，本「與朋友共」之義，遂聊綴數語，讀者哂之。

二〇一二年六月二十六日於廣州

（作者黃波係文史學者、著名雜文家，南方都市報評論員。）

目次

「家庭和諧，從心開始」

——〈鄭伯克段于鄢〉的深意

一

〈鄭伯克段于鄢〉是《古文觀止》裏的第一篇選文，文章講述的是鄭武公的家事（其實也是鄭國的國事）：鄭武公從申國娶了一個姜姓女子，人稱「武姜」（「武」表示丈夫是鄭武公，「姜」表示娘家姓姜）。武姜先生了太子寤生（就是後來的鄭莊公），後來又生了小兒子共叔段。鄭莊公出生時難產，驚嚇了姜氏，所以姜氏不喜歡他，而寵愛他的弟弟共叔段。西元前七四四年，武公病重，武姜多次在武公面前為共叔段求情，但鄭武公沒有答應——「欲立段為太子，公弗許」。鄭武公病逝後，鄭莊公繼承君位。鄭莊公元年（前七四三年），武姜請求把制地（今鄭州市滎陽汜水鎮）作為共叔段的封邑。莊公說：「那裏不行，因為制邑地勢險要，是關係國家安危的軍事要地。」武姜改而威逼鄭莊公把京（今鄭州市滎陽東南）封給共叔段。大夫祭仲進諫道：「京邑比都城還要大，不可作為庶弟的封邑。」莊公說：「這是母親姜氏的要求，我不能不聽啊！」

共叔段到京邑後，仗著母親的支持，從不把尊君治民放在心上，而是招募勇士，加固城垣，囤積糧草，訓練甲兵，準備篡權。鄭莊公雖然明知弟弟共叔段的陰謀，但他不動聲色，縱容共叔段犯錯誤，等共叔段快要跟母親裏應外合叛亂之時，他迅速出兵平叛，打敗了共叔段。共叔段逃到了鄢地，鄭莊公又追到鄢攻打共叔段，共叔段逃到了共地，最後自殺了。

平叛之後，鄭莊公對母親武姜也十分惱恨，把她逐出國都，軟禁在城穎（今河南臨穎西北），並發誓說：「不及黃泉，無相見也！（直譯為「我活著的時候實在不想見到你」）」，但武姜畢竟是自己的母親，鄭莊公不久又後悔起來。當時有個孝子潁考叔，他看破了鄭莊公的心思，就對鄭莊公說：「如果讓人挖地挖出泉水，然後你們母子在隧道裏相見，也不算違背誓言，誰又能說什麼呢？」

聽從了潁考叔的建議，鄭莊公在隧道裏見到了母親。鄭莊公進入隧道時賦詩：「大隧之中，其樂也融融。」母親姜氏出來的時候賦詩：「大遂之外，其樂也泄泄」，之後，「母子如初」。

粗略地看，這就是一個宮廷鬥爭的故事。可是，若仔細考量，就發現裏面大有學問。

重視家庭是中國文化的一大特點，所謂「修身、齊家、治國、平天下」是也。家庭不和睦，實乃為人生之一大缺憾。針對家庭，古人又提出「父子有親，夫婦有別，長幼有序」及「父義母慈，兄友弟恭」等許多極具操作性的原則。梁漱溟先生在《中國文化要義》一書中提出，中國傳統文化其實是一種家庭本位的文化，中國人一直是在家庭成員之間的關係確認中來認識自己、完善自我的。中國人考察世界的視角也離不開家庭，所以才有「家國情懷」、「家天下」等說法。這種「從家庭到天下」的思維與西方人「從個人到團體」的思維差距極大。前者重視感情建設和道德修養，重視人際關係的和諧，強調自己對他人的義務，而後者重視理性思辨和科學精神，強調契約意識，重視個人的權利，關注團體的效率。

中國人重視家庭，我們還可以從諸多有名的家書、家訓中得到印證（如《曾國藩家書》、《顏氏家訓》等）。中國文明延續了五千年沒有斷掉，其中原因固然很多，但我覺得重視家庭文化無論如何都該算一條。中國古人講「家和萬事興」，《春秋》、《左傳》、《古文觀止》等都將〈鄭伯克段于鄢〉這個故事放在開頭，用意就在於此，因為這個故事從反面說明了家庭不和的可怕後果——如果家庭不可，即便貴為王公，也免不了要發生兄弟相爭、母子失和的悲劇。

二

值得注意的是，像鄭莊公一家的悲劇在中國歷史上不斷重演。在專制帝國的體制之下，為了爭奪皇權，兄弟相殘、父子成仇的事情屢見不鮮。《左傳・文西元年》就記載了楚太子商臣逼死父親、奪得王位的事件。楚太子商臣（即後來的楚穆王）聽說父親楚成王要廢了他的太子地位，再立其弟為太子。他就將此事告訴了他老師潘崇。潘崇問：「你能侍奉你的弟弟嗎？」商臣說：「不能。」潘崇又問：「你能逃跑嗎？」回答是：「不能。」潘崇又問：「你能發動兵變奪取王位嗎？」回答是：「能。」於是，太子商臣就發動兵變，控制了父王。「王請食熊蹯而死，弗聽。丁未，王縊。謚之曰『靈』，不瞑。曰『成』，乃瞑。」這個楚成王被兒子奪了王位還不算，死後兒子都不願意給個好點的謚號，也難怪他死不瞑目。這樣的父子關係，又哪裡有溫情可言？

到了唐朝，唐太宗李世民也是靠發動玄武門之變登上帝位的，玄武門之變中，他的哥哥和弟弟都成了刀下之鬼。為了奪得帝位，就連李世民這樣的明君都不惜殺兄弒弟，可見專制體制將人性扭曲到了何種程度！

再說明朝。開國皇帝朱元璋一心想把太子朱標培養成合格的接班人，可惜朱標早死。於是他又選中了朱標之子來繼承帝位，這就是建文皇帝。當時，明朝的開國功臣幾乎都被朱元璋殺光了，朱元璋以為沒人能威脅孫子的帝位了。可是他萬萬沒想到的是，身為燕王的朱棣竟然會起兵奪取自己侄兒的皇位。這場名為「靖難之役」的戰爭不僅讓朱家人之間骨肉相殘，而且還讓眾多的黎民百姓跟著受苦受難。

我們不禁要問：父慈子孝，兄友弟恭，長幼有序，這些不都是中國人一直強調的家庭文化嗎？帝王將相也一直是這樣教導民眾的，為何這些理念在這些帝王之家反而被束之高閣？是這些家庭文化理念錯了，還是專制制度瓦解了這種文化？今天，我們又該如何來看待家庭問題？又該如何來實現家庭和睦？這些問題顯然值得深思。

三

大家都知道，孔子對中國文化的影響至深至大，「孔子作《春秋》而亂臣賊子懼」。《春秋》一書是具有強烈褒貶色彩的，它通過評價歷史而為後世建立規則。作為《春秋》三傳之一的《左傳》自然忠實地繼承了儒家的思想體系，在寫史的過程中亦有鮮明的褒貶評判。對於鄭莊公的這段家庭紛爭，之所以取名「鄭伯克段于鄢」就寓有褒貶之意。用「克」字是批評共叔段企圖謀反，不識大體；而稱鄭莊公為鄭伯，則是「譏失教也」——諷刺鄭莊公不僅沒有盡到教育弟弟的責任，而且還故意縱容。可以說，之所以發生這段兄弟相殘的故事，母親武姜、哥哥鄭莊公、弟弟共叔段都有責任，他們全都做了反面教材。

從鄭莊公的家庭悲劇中我們可以看出，家庭失和沒有贏家，不管是偏心的母親，還是驕橫跋扈的弟弟，乃至有意縱容的哥哥，大家都是輸家。對母親武姜而言，她的偏心不僅影響了自己與大兒子之間的親子關係，而且還害死了小兒子共叔段。她最根本的錯誤就在於沒有把心放正，明明都是兒子，卻對一個溺愛，對另一個「惡之」，用佛家的話來說這叫「分別心太重」。「分別心太重」就不能給家庭成員以理性的愛，失去理性的愛，要麼是溺愛，要麼是冷漠，二者都會造成家庭成員之間的心理隔膜。

對共叔段而言，他仗著母親的溺愛飛揚跋扈，可恨又可憐。母親的溺愛讓他變得自私自利，利慾薰心，鋌而走險，最後的結果自然是自食惡果。對鄭莊公而言，他在童年和少年時期沒有得到足夠的母愛，看著母親如此溺愛弟弟，他心裏難免不是滋味。他後來之所以有意縱容弟弟，就是為日後的討伐做準備，他這樣做的時候其實心裏是懷著對弟弟的恨的——同是兒子，你憑什麼就能得到母親那麼多的愛，而我卻不能？他看著弟弟一步步地踏入火坑而不管，這種不動聲色之中已然暗藏殺機。如果他能及早感化或懲戒，弟弟和母親或許還不會在錯誤的道路上走得太遠。可是他不作為，眼睜睜地看著兄弟相殘、母子失和的悲劇發生。當悲劇真的發生之後，他追殺弟弟，軟禁母親，並說出了「不及黃泉，無相見也」的狠話。表面上看，他是勝利者，可是他內心快樂嗎？並不快樂。潁考叔給他進獻土特產，他賜潁考叔吃飯，潁考叔吃飯的時候把肉留下來。鄭莊公問他，他說：「我有母親，我孝敬她的食物她吃過，但她沒吃過國君賞賜的食物。請您讓我把肉帶回去獻給母親。」看到潁考叔這樣的孝子，鄭莊公是既感動又羨慕，同時還有點慚愧。他說：「你有母親可以獻給她食物，可我沒有呀。」這時，潁考叔才給他出了那個「厥地及泉，隧而相見」的建議。可見，孝養父母、兄弟友愛是符合人性的，它不僅是一種責任，而且本身就是一種幸福。

即便是李世民，殺兄弒弟之舉日後也成了他長久的心靈隱痛，他後來多次請教玄奘法師，以圖尋求解脫心靈之路。他晚年在幾個兒子中間選接班人，之所以不選擇更有才華的魏王李泰、吳王李恪，而選中了有些懦弱的晉王李治，就是為了避免兄弟相殘的悲劇再次發生。

那些殺兄弒弟、逼父囚母的君王，他們或許可以爭到帝位，爭得世俗的榮華富貴，但他們不會得到良心的安寧和人倫情感的足夠慰藉。在精神和情感的層面，他們仍然是失敗者。至此，我們可以說，聖賢所提倡的父慈子孝、兄友弟恭等家庭和睦的理念並沒有錯，錯的是有些人在偏執的情感、氾濫的慾望中失去了理性，違背了聖賢的教誨。他們從反面證明了聖賢教誨的正確性。

反面例子之外，自然還有正面例子，最典型的便是大舜。

像許多成功人士一樣，大舜早年的遭遇很不幸。母親早逝，父親瞽叟續娶，繼母嚚張，繼母生弟名象，象生性傲慢，忌妒，桀驁不馴。生活在「父頑、母嚚、象傲」的惡劣家庭環境中，一般的孩子很容易長成「問題少年」。可是大舜不是一般人，天生具有聖人稟賦。他對父母不失孝道，與弟弟也十分友善。

可是，父親、繼母、弟弟還是合謀要加害於他。一次，瞽叟讓舜修補倉房的屋頂，卻在下面縱火焚燒倉房。舜靠兩隻斗笠作翼，從房上跳下，倖免於難。後來瞽叟又讓舜掘井，井挖得很深了，瞽叟和象卻在上面填土，要把井堵上，將舜活埋在裏面。幸虧舜事先有所警覺，在井筒旁邊挖了一條通道，從通道穿出，躲了一段時間。瞽叟和象以為陰謀得逞。象住進了舜的房子，彈奏舜的琴，舜去見他，象大吃一驚。舜利用聰明智慧多次轉危為安，並且還一如既往地孝順父母，善待兄弟，最後終於感化了他們，處理好了家庭關係。

舜在二十歲的時候以孝行而聞名天下，受到了人們的稱頌。十年之後，堯向四方諸侯長老徵詢意見，選擇「接班人」，四方長老都推薦了舜。堯將兩個女兒嫁給舜，以考察他的品行和能力。舜不但使二女與全家和睦相處，而且在各方面都表現出卓越的才幹和高尚的人格力量，「舜耕歷山，歷山之人皆讓畔；漁雷澤，雷澤上人皆讓居」，只要是他勞作的地方，便興起禮讓的風尚。他到了哪裡，人們都願意追隨。堯讓舜參預政事，管理百官，接待賓客，經受各種磨煉。舜不但將政事處理得井井有條，而且在用人方面有所改進。舜使「八元」管土地，使「八愷」管教化；舜還將「四凶族」（即當時四個高幹子弟和他們帶領的部族，他們沒有德行，仗勢欺人，臭名昭著）流放到荒蠻之地，以示懲罰。通過提拔賢能，懲惡揚善，舜的治國才能更加得到了堯的認可。於是，堯禪位於舜。

將大舜與鄭莊公、楚穆王、唐太宗李世民及明成祖朱棣等人相比，境界高下立判。大舜沒有屠兄殺弟，也沒有發動兵變篡奪帝位，他的治國才能也得到了充分的施展。面對其他家庭成員對自己的迫害，他採取躲避加感化的辦法，最終處理好了家庭關係。這才是真正的完人！這樣的人才是真正的榜樣。

四

仔細分析鄭莊公一家的悲劇，其起因很偶然，就是武姜生鄭莊公時難產，「莊公寤生，驚姜氏」。如果武姜不對此事耿耿於懷，事情也就過去了——在古代，女人生孩子難產也算正常，況且武姜生莊公時是第一胎，難產的機率自然會更大一些。可惜的是，武姜不是一個大氣的女人，她因為自己受到了驚嚇，就遷怒於讓自己難產的這個兒子，進而產生了嚴重的偏心眼，「愛共叔段，欲立之。」母親的偏心傷害的其實是兩個人，大兒子鄭莊公不能得到應得的母愛，而小兒子共叔段又因母親的溺愛和偏袒而變得驕橫跋扈。佛經上說「從小微起，成大困劇」，就是說很多重大的悲劇都是從小處發展來的。現代模糊學亦有「蝴蝶效應」之說，即大西洋小島上的一隻蝴蝶扇動翅膀，幾個星期之後就可能在美國的德克薩斯州引起一場颱風，其道理與佛經所說異曲同工。鄭家的悲劇最初就是從母親武姜的偏心開始的，偏差得不到及時的糾正，慢慢地就演變成了一場兄弟相殘、母子失和的大悲劇。可見，若要避免家庭悲劇，建立和諧家庭，必須從細微處做起，從心做起——家庭成員之間要真心相愛，以真誠平等的愛心去克服一切可能出現的問題，而絕不是相互猜忌、相互利用、相互算計、相互報復。偶爾遇到一點不公正待遇，也不宜上綱上線，而要多想想大舜，多用感化的方式化解矛盾。現實生活中，家庭成員之間往往並沒有什麼大是大非的問題，所謂的矛盾多是由生活瑣事引發的，如果你真能學到大舜之一二，忍一忍就過去了。再說，你即便真受了委屈，也是從自己親人那裏受的，對親人忍一忍，難道不也是應該的嗎？佛家修行講「忍辱」，講「和顏愛語」，這些對我們建立和諧家庭都是很有幫助的。

「家庭和諧，從心開始」，此話還有另外一層意思：克服自私自利的心理，阻止不良情緒的擴散。現在的中國，離婚率逐年升高，「富二代」、「官二代」的負面新聞不斷見諸報端，家庭失和的情況亦時有耳聞，造成這些現象的具體原因千差萬別，但歸根結底都是因為「家庭失和」，而家庭失和的最主要原因就是人們放縱自己「自私自利」的慾望。由於自私自利，所以看什麼事都以自己的是非好惡為判斷標準，而不顧及他人的看法；由於自私自利，做什麼事都以自己是否划算為根據，而不考慮他人的利益；還是由於自私自利，說什麼話都以自己是否高興為原則，而不顧及他人的感受。如果這樣的心態不改變，那麼人們要想擁有和睦的家庭就是很困難的。孔子說：「己所不欲，勿施於人。」這是一條普適的原理，對同事、生意夥伴適用，對夫妻、父子、母子等家庭成員同樣適用。即便是出於愛心，也要顧及對方的感受。有些人不明白這個道理，經常以愛的名義害自己的親人——包辦他人的事務、干涉他人的生活方式，甚至侵害他人的人格尊嚴。這種心胸狹隘的愛，「名為愛之，實則害之」，往往是破壞家庭和諧的極大殺手。

五

順便說說潁考叔。對於孝子潁考叔，古人做出了很高的評價：「潁考叔，純孝也。愛其母，施及莊公。《詩》曰『孝子不匱，永錫爾類』，其是謂乎？」他愛自己的母親，又推己及人，幫助鄭莊公與母親和好如初，這是一種孝道的感召和推廣，非常難得。

可惜的是，孝子潁考叔最後死於自己人的暗箭。魯隱公十一年（西元前七一二年），鄭莊公以潁考叔為主帥、子都為副帥討伐許國。出征之前，鄭國在祖廟內發放武器和戰車，潁考叔和子都同爭一輛兵車，潁考叔抱起車轅就跑，子都拔出長戟在後面追，一直追到大路上也沒追上，氣得子都怒火中燒。討伐許國時，潁考叔扛著鄭莊公的旗子搶先登城，結果子都就「自下射之」，潁考叔就這樣被射死了。而射死潁考叔的子都也挺有名，他原名公孫閼，子都是他的字，這個人不僅長得超級帥，而且武功也十分了得，他能征善射，因此做了鄭莊公的大夫，可惜就是小心眼。

潁考叔在戰爭中身亡，頭功就落在了子都的身上，鄭莊公還因此將潁考叔的妹妹賜婚於子都。子都以不正常競爭的手段得到了軍功，還順便「抱得美人歸」，按說他該幸福吧？也沒有。射死了哥哥卻娶了妹妹，他最後受不了良心的煎熬，拔劍自殺了。崑曲《暗箭記》就是講述這段故事的一齣地方戲。超級帥哥子都暗箭射死潁考叔的故事，從另一個側面說明心靈的安寧是多麼重要。如果失去了良心的安寧，外部的名利再大，也難以獲得幸福。此點亦可作為「家庭和諧，從心開始」的一個側面佐證吧。

附錄　〈鄭伯克段于鄢〉——《左傳》

初，鄭武公娶於申，曰武姜[一]，生莊公及共叔段。莊公寤生[二]，驚姜氏，故名曰「寤生」，遂惡之[三]。愛共叔段，欲立之。亟請於武公，公弗許。

及莊公即位，為之請制[四]。公曰：「制，巖邑也，虢叔死焉[五]，他邑唯命。」請京，使居之，謂之京城大叔[六]。祭仲曰[七]：「都城過百雉[八]，國之害也。先王之制：大都，不過參國之一；中，五之一；小，九之一。今京不度，非制也，君將不堪。」公曰：「姜氏欲之，焉辟害？」對曰：「姜氏何厭之有？不如早為之所，無使滋蔓！蔓，難圖也。蔓草猶不可除，況君之寵弟乎？」公曰：「多行不義，必自斃，子姑待之。」既而大叔命西鄙、北鄙貳於己。公子呂曰：「國不堪貳，君將若之何？欲與大叔，臣請事之；若弗與，則請除之。無生民心。」公曰：「無庸，將自及。」大叔又收貳以為己邑，至於廩延[九]。子封曰：「可矣，厚將得眾。」公曰：「不義不暱，厚將崩。」

大叔完聚，繕甲兵，具卒乘[十]，將襲鄭，夫人將啟之。公聞其期，曰：「可矣！」命子封帥車二百乘以伐京。京叛大叔段，段入于鄢[十一]，公伐諸鄢。五月辛丑，大叔出奔共[十二]。書曰：「鄭伯克段于鄢。」段不弟，故不言弟；如二君，故曰克；稱鄭伯，譏失教也：謂之鄭志[十三]。不言出奔，難之也。

遂置姜氏於城潁[十四]，而誓之曰：「不及黃泉，無相見也。」既而悔之。潁考叔為潁谷封人[十五]，聞之，有獻於公，公賜之食，食舍肉。公問之，對曰：「小人有母，皆嘗小人之食矣，未嘗君之羹，請以遺之[十六]。」公曰：「爾有母遺，繄我獨無[十七]！」潁考叔曰：「敢問何謂也？」公語之故，且告之悔。對曰：「君何患焉？若闕地及泉，隧而相見，其誰曰不然？」公從之。公入而賦：「大隧之中，其樂也融融！」姜出而賦：「大隧之外，其樂也泄泄！」遂為母子如初[十八]。

君子曰：「潁考叔，純孝也，愛其母，施及莊公。《詩》曰『孝子不匱，永錫爾類。[十九]』其是之謂乎！」

注釋

一 初：當初。鄭武公：姓姬，名掘突。申：國名，姜姓，在今河南南陽縣。武姜：「武」表示丈夫為武公，「姜」是娘家的姓。

二 寤生：逆生，即嬰兒出生時先下腳。寤，通「牾」。

三 惡：討厭；之：代詞，指鄭莊公。

四 制：地名，在今河南鞏縣東。

五 虢叔：東虢國的國君。

六 京：鄭邑名，在今河南滎陽縣東南。大：同「太」。

七 祭仲：鄭國大夫。

八 雉：量詞。古代計算城牆，長三丈，高一丈為一雉。

九 廩延：鄭邑名，在今河南延津縣北。

十 卒：步兵；乘：騎兵。具卒乘：準備步兵和騎兵，意欲叛亂。

十一 鄢：鄭邑名，在今河南鄢陵縣境內。

十二 共：共國，在今河南輝縣。後被衛國吞併。段出奔共，故稱共叔段。

十三 鄭志：鄭伯的意圖，暗指鄭莊公存心不良。

十四 城潁：鄭邑名，在今河南臨潁縣西北。

十五 潁考叔：鄭國大夫。潁穀：在今河南登封縣西南。封人：管理疆界的官員。

十六 遺：留給。

十七 繄：發語詞，無實義。

十八 融融：和樂的樣子；泄泄：喜悅的樣子。

十九 匱：窮盡。錫，同「賜」，賜予，給予。「孝子不匱，永錫爾類」意為：孝子是不會窮盡的，因為他們的孝心永遠會影響感化著人們。

齊桓公：政治強人的霸業與悲劇

——〈齊桓公伐楚盟屈完〉與〈齊桓下拜受胙〉互參

一

齊桓公是春秋時期的第一個霸主，他任用名相管仲，君臣共同治理齊國實現霸業的故事，早已經成為歷史佳話。

齊桓公，齊僖公之子，名小白。齊僖公過世後，其弟齊襄公即位。公子小白與哥哥公子糾為躲避政治迫害，逃亡國外。管仲輔佐公子糾到了魯國，鮑叔牙輔佐公子小白到了莒國。

齊襄公驕橫殘暴，不顧禮義廉恥，與其妹文姜私通，文姜後來嫁給魯桓公。魯桓公與文姜回齊國娘家，齊襄公與文姜再次私通，被魯桓公察覺。惱怒成羞的齊襄公就派大力士彭生把喝醉了酒的魯桓公勒死。齊襄公對待下屬刻薄。財政開支困難，他就減低宗室的待遇，用拆了東牆補西牆的辦法對付，結果積怨甚多。後來，公孫無知聯合管至父、連稱等人起來造反，殺死齊襄公，立公孫無知為國君。不久，公孫無知、連稱和管至父也被國人殺死，齊國出現了無君主的局面。

齊國的大貴族高氏與國氏偷偷派人赴莒國召公子小白回國即位。公子小白匆匆上路，日夜兼程，向齊國進發。此時，魯國也派人護送公子糾回國。同時，還派管仲率軍去莒國通往齊國的路上守候，攔阻公子小白回國。

不出所料，管仲遇到了鮑叔牙護送的公子小白，管仲用箭射中公子小白的帶鉤，公子小白裝死才逃過一劫。在高、國兩大世族的接應下，公子小白首先回到齊國都城臨淄即位，是為齊桓公。

齊桓公即位後，派兵擊退了欲擁立公子糾的魯國軍隊，並向魯國遞交國書：「子糾，兄弟，不忍殺，請君自殺之。召忽、管仲，仇也，請得而甘心，醢之，不然，將圍魯。」在齊國戰爭威脅的壓力下，魯莊公殺了公子糾，召忽自殺，管仲被囚禁之後「引渡」給了齊國。

齊桓公要殺管仲，鮑叔牙勸諫：「君將治齊，則高奚與叔牙足矣。君將欲霸，非管仲不可。夷吾所居國，國重，不可失也」。鮑叔牙認為自己有四個方面不如管仲——「寬和惠民，不若也；治國家不失其柄，不若也；制禮義可法於四方，不若也；執枹鼓立於軍門，使百姓皆加勇，不若也」。

齊桓公是一個有鴻鵠大志的君主，他不記一箭之仇，拜管仲為相國。據說，押解管仲的囚車剛到齊國，齊桓公就派鮑叔牙來迎接，到了國都臨淄後，管仲連囚服都沒來得及換就被齊桓公任命為國相。為了讓管仲充分發揮才能，齊桓公破格提拔管仲為上卿，尊之為仲父。隨後，管仲又推薦了隰朋、甯戚、王子城父、賓須元、東郭牙五傑，再加上鮑叔牙等牛人，這一大批人才齊聚齊桓公、管仲君臣麾下，組成了強有力的創業團隊，然後就開始了歷史上著名的「管仲改革」。

二

「管仲改革」的具體內容很多，概括地說就是政治、經濟、軍事三大項。

政治上加強中央集權、提高行政效率。改革後的政策規定：齊國權力集中於國君，官吏採用選舉制度，人才由鄉長向上進賢，地方官吏如果埋沒壓制人才，則治以「蔽賢」、「蔽明」之罪。其次，在全國實行「四民分業定居」，使士、農、工、商四民各居其職所，各有專業，不能自由遷移。這在當時對穩定社會起到了重要作用。

經濟上實行「經濟國有化」政策，將冶鐵、鹽業等原來由貴族、商人經營的產業一律收歸國有。此外，還推行了「相地衰徵」的農業政策，即根據土地的不同等級分別加以徵稅。此舉順乎了民心，再加上實行「輕徭薄賦」的獎勵措施，齊國農業得到了迅猛發展。

軍事上採用「寓兵於民」的辦法，創建「三軍」制度，「五家為軌，故五人為伍，軌長率之；十軌為里，故五十人為小戎，里有司率之；四里為連，故二百人為卒，連長率之；十連為鄉，故二千人為旅，鄉良人率之；五鄉一帥，故萬人為一軍，五鄉之帥帥之。」後人說「號令三軍」，典故即出自這裡。當時的齊國有十五個鄉，也就有三萬常備軍，這在當時是一個龐大的數字。按周朝禮制，周天子才能擁有三萬五千人的軍隊，諸侯國的軍隊規模不能超過七千五百人。軍事編制建立後，「三軍」於春秋兩季利用田獵時機進行軍事演習，提高戰鬥力。

「管仲改革」之後，齊國國力大增。有了雄厚的物質基礎和軍事實力之後，齊桓公走上了爭霸之路，他打出的旗號是「尊王攘夷」。所謂「尊王」就是尊重周天子的權威地位，「挾天子以令諸侯」；所謂「攘夷」，就是號召各諸侯國共同抵抗夷狄。當時的中國大地，不僅諸侯國之間征戰不休，各諸侯國還會受到蠻夷的入侵。所說「夷狄」也就是北方草原上的遊牧部落。西元前六七世紀，北方草原地區持續發生自然災害，不是乾旱就是暴風雪，極端氣候頻發，遊牧部無法在當地生存，只好南下中原，搶掠中原地區的各諸侯國。

名義上服從周天子的各諸侯國之間雖然也不斷打仗，但當夷狄入侵之際，大家覺得還是先對付夷狄要緊。畢竟諸侯國之間有姻親關係，有共同的文化價值觀，而「夷狄」則完全是「異路」，是「野人」。所以，「尊王攘夷」的旗號讓齊桓公的爭霸之舉有了一個道義上的制高點。

三

憑藉「尊王攘夷」的旗號，再加上強大的經濟和軍事實力，齊桓公通過胡蘿蔔加大棒的手段安定了中原地區。西元前六八一年，宋國發生叛亂，齊桓公出頭替宋國平叛，然後與宋、陳、蔡、邾四國在北杏會盟，這次會盟是齊桓公以諸侯身份主持的首次會盟。當時魯國的附庸國遂國不肯參加會盟，齊國便出兵滅了遂國。齊國又出兵伐魯，魯莊公請求獻出遂地求和，齊桓公答應。兩國遂在柯地會盟，會盟之際，魯將曹沫趁隨魯莊公升壇之際，以匕首劫持齊桓公，齊桓公只好答應歸還侵佔的魯國汶陽等地。事後齊桓公雖怒，但還是原諒了魯國。柯地會盟由此成功，齊魯兩國締結了友好關係。史書稱，「要盟可犯，而桓公不欺；曹子可仇，而桓公不怨，桓公之信著乎天下，自柯之盟始焉。」

宋國見齊魯和好，便背叛北杏之盟。西元前六八〇年，齊國約集陳、曹伐宋，並請求周天子派王師參戰，周天子命大夫單伯率師參加三國的伐宋之戰，宋桓公屈服求和，三國軍方撤，宋國歸附齊國。此時，鄭厲公復位，也與齊國結盟。齊國會同王室卿士單伯與衛、陳、鄭三國在鄄（今山東鄄城北）會盟，各國諸侯一致歸附齊國，齊桓公由此確定了霸主地位。

齊桓公自首霸起，就一直以「尊王」為口號，突出周王在政治上的地位和權威。齊桓公三十一年（西元前六五五年），周惠王有廢黜太子鄭而另立少子帶的意向。齊桓公會集宋、魯、陳、衛、鄭、許、曹諸國君於首止（今河南省睢縣東），與周太子盟，以確定太子的正統地位。

鄭文公雖赴會，訂盟那天，卻不參加確立太子鄭的結盟，便擅自回國。次年齊桓公因鄭文公首止逃會，率魯、宋、陳、衛、曹聯軍討伐鄭國，此次伐鄭，因楚國插手，而鄭、楚又是奉周惠王命令行事，未取得積極成果。後年十二月，周惠王卒，太子鄭立為周王，即襄王。襄王因怕大叔帶爭位，秘不發喪，而告難於齊國，求齊桓公確立其君位。次年春，齊桓公率魯，許、衛、曹君與陳世子，與周襄王派來的大夫在洮（今山東省鄄城西南）結盟，鄭文公也來會盟，於是共同奉太子即位，確立了襄王的王位。

魯僖公九年（西元前六五一年），齊桓公召集魯、宋、曹等國國君及周王使者周公宰孔會於葵丘（今河南省考城縣附近），周襄王賜齊桓公文武胙（祭肉）、彤弓矢、大路，命無拜，周公宰孔說：「天子對文王、武王有祭祀之事，派孔賜給伯舅祭肉。」齊桓公要下階拜受，宰孔說：「還有後面的命令。天子命令孔說：『由於伯舅年老，加上有功勞，賜予進一等，不用下階拜受。』」齊桓公回答說：「天子離我不到咫尺，小臣小白，我怎敢貪受天子的命令，不用下拜呢？恐怕會跌下來，給天子帶來羞辱，怎敢不下拜？」於是下階跪拜，登堂再拜，接受祭肉。這就是《古文觀止》裏收錄的〈齊桓下拜受胙〉一文的背景。從這篇文章中，我們可以看出，齊桓公雖然是靠實力說話的霸主，但基本上還算遵守春秋大義，起碼在禮儀上還對周天子十分尊重。同年秋，齊桓公在葵丘主持會盟，使其霸業達到了巔峰。

四

齊桓公之「攘夷」，主要分北伐山戎與南征強楚兩大部分。

齊桓公二十三年（西元前六六三年），居冀北的山戎屢次侵犯燕國，燕國向齊國求救。齊桓公與魯莊公在濟水相會，商討共伐山戎之事。魯莊公表面答應，卻按兵不動。齊桓公與管仲、隰朋率兵北伐山戎，齊國君臣上下同心，克服了艱難險阻，終於戰勝山戎，達到救援北燕的目的。燕莊公為感謝齊桓公，「遂送桓公入齊境。桓公曰：『非天子，諸侯相送不出境。我不可以無禮於燕』，遂把燕軍所到之地劃給了燕國，如此大度，只希望「燕公複修召公之政，納貢於周，如成康之時，諸侯聞之，皆從齊」。

北討山戎之外，就是南面伐楚。楚國始族季連，其後裔鬻熊曾在文王時為官，傳至熊繹，被成王封楚地（今湖北省姊歸東南）。但楚以蠻夷自居，成王盟諸侯於歧陽，楚不與盟，等於不買周天子的賬兒。昭王二十四年，周昭王親率六師，渡漢水南伐。楚國的間諜把用木膠粘合的船讓昭王乘坐。船行至中流，膠融化，船解體，昭王和祭公溺水而死，周軍大部喪亡，史稱「昭王南征而不返」。

楚國至武王、文王時，連年伐隨、伐申、滅鄧、滅息，開拓疆域到漢水中游，國勢日漸強盛。西元前六六六年，楚國無故伐鄭，被齊、魯、宋聯軍擊退。西元前六五九年，楚國因鄭國親齊，又派兵伐鄭。

為了抗楚，西元前六五六年，齊國會合魯、宋、陳、衛、鄭、許、曹，八國聯軍征伐楚國。聯軍先攻擊楚國的盟國蔡國，之後乘楚不備，揮師伐楚。

楚成王派遣使者到諸侯軍中說：「君王住在北方，我住在南方，縱使牛馬跑散也不會到達彼此的邊境。不料君王來到我國境內，這是什麼原故？」管仲代表齊桓公回答說：「從前召康公命令我的祖先太公說：『天下諸侯，你都可以征伐他們，以從旁輔佐周室。』賜給我祖先征伐的範圍，東到大海，西到黃河，南到穆陵，北到無棣。你們的貢物包茅不進貢王室，天子的祭祀不能供應，沒有什麼用來濾酒祭神，我特來追究這件事。周昭王南巡到楚國沒有返回，我特來追問這件事。」

楚國使者回答說：「貢物沒有進貢王室，是敝國國君的罪過，豈敢不供給？至於昭王沒有返回，君王到漢水邊上去查問吧！」

諸侯軍隊繼續前進，駐紮在陘地。聯軍與楚國軍隊對峙到夏天。楚成王又派遣使者屈完前往諸侯軍中談判。齊桓公陳列諸侯軍隊，與屈完同乘一輛戰車觀看。齊桓公說：「這次用兵難道是為了我自己嗎？這是為了繼承先君建立的友好關係，你們楚國與我們繼續友好，如何？」

屈完回答說：「君王光臨，向敝國的社稷之神求福，承蒙收納敝國國君，這乃是敝國國君的願望。」

齊桓公說：「以這樣的軍隊來作戰，誰能抵抗他們？以這樣的軍隊來攻城，什麼城池不能攻破？」

屈完回答說：「君王如果以德行安撫諸侯，誰敢不服從？君王如果用武力，楚國以方城作為城牆，以漢水作為城河，你們聯軍雖多，也沒有地方使用他們。」

經過談判，楚國表示願意加入齊桓公為首的聯盟，聽從齊國指揮。於是齊桓公與楚國的屈完在召陵簽訂了盟約。〈齊桓公伐楚盟屈完〉一文講述的就是這件事。此次伐楚，齊桓公率領的諸侯聯軍雖沒有對楚國窮追猛打，但還是達到了讓楚國承認周天子地位、不再侵略中原各國的戰略目的。

齊桓公北抗狄、南伐楚，安內攘外，保護了中原經濟和文化的發展，其歷史功績是不可泯滅的。因此，孔子才說：「管仲相桓公，霸諸侯，一匡天下，民到如今受其賜」。針對齊桓公，孔子還有過如下比較：「晉文公譎而不正，齊桓公正而不譎。」意思是，晉文公詭詐而不正義，齊桓公正義而不詭詐。這是一個比較高的評價。我們知道，孔子對春秋時期的許多國君都看不上眼，稱他們是「亂臣賊子」。他之所以認為齊桓公「正而不譎」，「民到如今受其賜」，絕不僅僅是因為其霸業本身，而是因為齊桓公有一定的道義和文化擔當。

齊桓公的「尊王攘夷」並不僅僅是口號，而是有相當的實質內容。他的「尊王」對恢復「周禮」有積極作用，這一點與孔子畢生的文化訴求極為合拍；而「攘夷」則不僅保護了中原各國的經濟發展，亦對捍衛中原文明有著至關重要的作用。在禮崩樂壞的春秋時代，周天子威嚴掃地，諸侯國各自為政，若此時沒有齊桓公出面整合中原的政治勢力，統一「攘夷」，則中原文明很可能被夷狄所毀。孔子評價管仲時說：「微管仲，吾其披髮左衽矣」，其深意亦在於此。若沒有齊桓公、管仲君臣開創的霸業，外族入侵中原，中原文明會遭到毀滅性打擊。對此，司馬遷在《史記》也說：「是時周室衰微，唯齊、楚、秦、晉強……唯獨齊為中國會盟，而桓公能宣其德，故諸侯賓會。」意思是說，在周室衰微之際，只有齊、楚、秦、晉四個大國比較強盛，而只有齊桓公能豎立威信，讓各諸侯信服。可以說，正因為齊桓公在亂世中有相當的道義和文化承擔，所以他本人和他「九合諸侯，一匡天下」的霸業才受到了孔子的高度評價。

五

齊桓公雖然是個明主，但在做了多年霸主之後，不免志得意滿，沉湎於酒色，變得昏聵。管仲病重之時，曾明確告訴齊桓公，不可重用易牙、開方、豎刁三個寵臣。易牙是御用廚師，為了討好齊桓公，他曾把自己的兒子殺了給齊桓公做菜吃；開方不但給齊桓公進獻美女，而且為了服侍齊桓公，父母死了也不回家守孝；豎刁更絕，為了得到服侍齊桓公的機會，他揮刀自宮——把自己給閹了。為了得寵，三個傢伙連自己的兒女、父母和身體都不顧惜，管仲認為他們的做法不合人情，力勸齊桓公疏遠這三個人。

齊桓公不傻，原則上也認可管仲的判斷，就將易牙、開方、豎刁三人撤職了。可是過了三年，齊桓公總是過不了情感這一關。沒了這三個人的周到服侍，齊桓公感覺很不爽，於是又召三人回到了宮裏。第二年，齊桓公病重，三個寵臣立馬變臉。他們發動政變，擁立公子無虧，逼走太子，同時堵塞宮門，不許任何人進宮，也不給齊桓公食物。結果，身為一代霸主的齊桓公慘死宮中，「桓公屍在床上六十七日，屍蟲出於戶」。他的幾個兒子為爭奪王位展開大戰，齊國的霸業亦從此衰落。

齊桓公能在亂世裏擔起「尊王攘夷」政治和文化責任，殊為難得，其「九合諸侯，一匡天下」的霸業更是讓後人津津樂道。他的輝煌和他的慘死都給人以極深的印象，令後人唏噓不已。

實際上，齊桓公的人生軌跡很有「中國特色」，中國的政治強人及他們開創的事業，往往與齊桓公類似，都有「其興也勃焉，其亡也忽焉」的特點。興與亡的原因，在歷史機緣之外，往往跟個人的修身狀況密切相關。齊桓公之所以能成就霸業，與他胸懷寬廣、不計私仇、思賢若渴的大家氣度密不可分。他在幫助燕國討伐山戎的過程中所體現出的堅毅、大度，令人敬仰，其對周天子的尊重也有著一份發自內心的誠敬。他率領聯軍伐楚，在爭霸之外，亦有替中原各國出頭，維護周天子威嚴、抗拒楚國北侵的責任意識。所有這些，都是他成就霸業的重要因素。

等到霸業既成，齊桓公也像很多人一樣產生了驕傲心理。《史記》載：「復會諸侯於葵丘，益有驕色。周使宰孔會，諸侯頗有叛者。」可見，就在著名的葵丘會盟成功之後，齊桓公就產生了驕傲心理。這種「驕色」在同年秋天舉行的第二次葵丘會盟中就表現了出來，結果「諸侯頗有叛者」，這可從反面說明戒驕戒躁是多麼重要。更關鍵的是，有了「驕色」的齊桓公在晚年幾乎放棄了修身、修德，他沉湎於女色，重用小人，成了自己慾望的奴隸。放棄修身的直接結果先是「齊家」出了問題，「五公子皆求立」，五個兒子都想讓齊桓公確立自己的接班人地位。中國古人說「家和萬事興」，「家庭不和」之後，後院起火，霸主也未必是合格的「救火隊員」。曾經「九合諸侯，一匡天下」的齊桓公至此連自己的五個兒子都擺不平（五個兒子的母親均是齊桓公寵愛的女人），待齊桓公生病之後，「五公子各樹黨爭立」，兒子們都忙著爭奪國君之位去了，哪裡還有人管老爸的死活？此時，再加上易牙、開方、豎刁三個小人的背叛，一代霸主齊桓公除了慘死沒有第二條路可走。

「格物、致知、誠意、正心、修身、齊家、治國、平天下」，這是中國傳統文化的核心理念之一，「自天子以至於庶人，壹是皆以修身為本，其本亂而末治者，否矣。其所厚者薄，而其所薄者厚，未之有也！」此話毫釐不爽。以齊桓公為例，他成就霸業的過程是對「修齊治平」理論的正面印證，而其慘死的悲劇則又從反面證明了放縱慾望（不格物）、拒絕修身的惡果。

齊桓公之後，還有許多政治強人都從正反兩個方面印證過「修齊治平」理念的正確性。對許多政治強人而言，他們最難辦的事往往不是爭奪天下，而是馴服內心的貪慾。當他們調伏自我達到心智健全之際，他們所從事的事業就蒸蒸日上，「其興也勃焉」；當他們心生驕慢、放縱慾望之時，他們的霸業往往就急速衰敗，「其亡也忽焉」。輝煌也罷，悲劇也罷，最初均源於內心的真與假、正與邪、善與惡、強與弱。或許正因如此，中國文化才總是教人「向內用力」，從修身煉心中尋找完善自我的力量。儒家講「誠意正心」，佛家講「心外無法」，目的都是讓我們重視心靈建設，「修好這顆心」。

附錄一 〈齊桓公伐楚盟屈完〉——《左傳‧僖公四年》

春，齊侯以諸侯之師侵蔡[一]。蔡潰，遂伐楚。楚子使與師言曰[二]：「君處北海，寡人處南海，唯是風馬牛不相及也[三]。不虞君之涉吾地也[四]，何故？」管仲對曰[五]：「昔召康公命我先君太公曰[六]：『五侯九伯[七]，女實征之[八]，以夾輔周室。』賜我先君履，東至于海，西至于河，南至于穆陵[九]，北至于無棣[十]。爾貢包茅不入，王祭不共，無以縮酒[十一]，寡人是徵。昭王南征而不復，寡人是問[十二]。」對曰：「貢之不入，寡君之罪也，敢不供給？昭王之不復，君其問諸水濱！」師進，次于陘[十三]。

夏，楚子使屈完如師[十四]。師退，次于召陵[十五]。齊侯陳諸侯之師，與屈完乘而觀之。齊侯曰：「豈不穀是為？先君之好是繼。與不穀同好，何如？」對曰：「君惠徼福於敝邑之社稷，辱收寡君，寡君之願也。」齊侯。曰：「以此眾戰，誰能禦之？以此攻城，何城不克？」對曰：「君若以德綏諸侯，誰敢不服？君若以力，楚國方城以為城[十六]，漢水以為池，雖眾，無所用之。」屈完及諸侯盟。

注釋

一 齊侯：齊桓公。當時他率領宋、魯、陳、衛、鄭、許、曹和齊八個國家的軍隊侵犯蔡國。

二 楚子：楚成王。

三 雌雄相誘曰風，馬與牛不同類，當然不會相誘，此句表示齊楚兩國毫不相干。

四 不虞：不料。

五 管仲：齊國相國，春秋初期的政治家。

六 召康公：周成王時太保召公奭，「康」是他的謚號。太公：即姜太公，齊國始祖。

七 五、九都是虛數，泛指很多諸侯。

八 女：同「汝」。

九 穆陵：地名，在今山東臨朐縣南一百里處有穆陵關。

十 無棣，地名，在今山東無棣縣北。

十一 包茅：包束成捆的青茅，祭祀時用它過濾掉酒中的渣滓。縮酒：即濾酒，祭祀時將酒倒在青茅上，酒透過青茅浸到了地裏，而酒渣滓留了下來。

十二 昭王：即周昭王。相傳周昭王南巡，渡漢水時船漏被淹死。

十三 陘：山名，在今河南省郾城縣南。

十四 屈完：楚大夫。如師：到齊國的軍隊去結盟。
十五 召陵：地名，在今河南省郾城縣東。
十六 方城：山名，在今河南省葉縣南。

附錄二 〈齊桓公下拜受胙〉——《左傳・僖公九年》

會于葵丘，尋盟，且修好，禮也[一]。

王使宰孔賜齊侯胙[二]，曰：「天子有事于文、武，使孔賜伯舅胙。」齊侯將下拜，孔曰：「且有後命。天子使孔曰：『以伯舅耋老，加勞，賜一級，無下拜[三]。』」對曰：「天威不違顏咫尺，小白[四]，余敢貪天子之命，無下拜？恐隕越于下[五]，以遺天子羞。敢不下拜？」下，拜；登，受。

注釋

一 葵丘：地名，在今河南蘭考縣境內。尋盟：重申盟約內容。
二 王：指周襄王。宰孔：周王室的卿士。齊侯：齊桓公。胙：古代祭祀用的肉。周天子賜給異姓諸侯祭肉，是一種優待禮節。
三 耋老：年七十為耋。加勞：加上有功於周王室。無下拜：不用下拜。

四　齊桓公名為小白。

五　隕：墜落。

為宋襄公正名

——〈子魚論戰〉的前前後後

春秋首霸齊桓公有六個兒子，而且都是庶妾所生，地位平等，齊桓公生前怕自己死後諸子爭位，就與管仲將公子昭（後來的齊孝公）託付給宋襄公，是為太子。齊桓公去世後，易牙、豎刁、開方三人廢掉齊桓公立的太子公子昭，另立公子無虧為君，公子昭逃到了宋國。此時，宋襄公登場了。宋襄公是春秋時期有名的仁義之君，他見齊國有亂，就收留了公子昭，並設法讓公子昭復國。西元前六四二年，宋襄公通知各國諸侯，請諸侯派兵助公子昭回齊國去當國君，以解決齊國的內亂問題。衛、曹、邾三個諸侯回應了宋襄公的倡議，派了人馬。宋襄公統領四國聯軍（加上宋國的軍隊）殺向齊國，齊國的貴族對公子昭懷有同情之心，就藉機殺掉無虧和豎刁，趕走易牙，迎接公子昭回國，是為齊孝公。

齊桓公去世之後，霸主之位空缺，宋襄公想接過這副重擔。宋國是個小國，本無稱霸實力，但宋襄公有仁義之名，又在幫助齊孝公復國的問題上起到了決定性的作用，所以宋襄公覺得自己做個霸主，主持一下國際社會上的公道也是可以的。於是，在西元前六三九年春，宋襄公派使者去楚國和齊國，商討會盟之事。楚成王假意答應，暗中準備利用會盟之際進軍中原。到了秋天會盟之際，宋襄公首先說：「諸侯都來了，我們會合於此，是仿效齊桓公的做法，訂立盟約，共同協助王室，停止相互間的戰爭，以定天下太平，各位認為如何？」楚成王說：「您說得很好，但不知這盟主由誰來擔任？」宋襄公說：「這事好辦，有功的論功，無功的論爵，這裏誰爵位高就讓誰當盟主吧。」

楚成王說：「楚國早就稱王，宋國雖說是公爵，但比王還低一等，所以盟主的這把交椅自然該我來坐。」說罷並不謙讓，一下子就坐在盟主的位置上。宋襄公一看如意算盤落空，不禁大怒，說：「我的公爵是天子封的，普天之下誰不承認？你那個王是自封的，你有什麼資格做盟主？」楚成王說：「你說我這個王是假的，那你把我請來幹什麼？」宋襄公說：「楚國本是子爵，假王壓真公。」

爭執之中，跟隨楚成王而來的侍從紛紛脫去外衣，露出了裏面穿的鎧甲，並拿出暗藏的兵器衝了上去，劫持了宋襄公，然後將其押回了楚國。幾個月之後，在齊國和魯國的外交斡旋之下，楚成王才把宋襄公放回宋國。

經此事變，宋襄公自然對楚國懷恨在心，但是楚國兵強馬壯，宋襄公一時拿它沒辦法。於是就想教訓一下楚國的盟國鄭國（鄭國是個小國，此時依附楚國），以出胸中惡氣。西元前六三八年夏，宋襄公不顧公子目夷與大司馬公孫固的反對，出兵伐鄭，鄭文公向楚國求救，楚成王得到求救後，並沒直接去救鄭國，而是率大軍直接殺向宋國。宋襄公顧不上攻打鄭國，趕緊帶兵回援，星夜趕到泓水邊嚴陣以待，恰好楚國的兵馬也來到了對岸。公孫固對宋襄公說：「楚軍到此只是為救鄭國。咱們已經從鄭國撤軍。他們的目的已經達到了。咱們兵力小，不能硬拼，不如與楚國講和算了。」宋襄公卻說：「楚國雖然人強馬壯，可缺乏仁義。我們雖然兵力單薄，卻是仁義之師。不義之兵怎能勝過仁義之師呢？」

宋襄公又特意做了一面大旗，並繡有「仁義」二字。第二天天亮，楚軍開始渡河。公孫固向宋襄公說：「楚軍白日渡河，等他們過到一半，我們殺過去，定能取勝。」宋襄公卻指著戰車上的「仁義」之旗說：「人家連河都沒渡完就打人家，還算什麼仁義之師？」

等到楚軍全部渡完河，在河岸上佈陣時，公孫固又勸宋襄公說：「趁楚軍還亂哄哄地佈陣，我們發動衝鋒，尚可取勝。」宋襄公聽到此話又說：「人家還沒布好陣，你便發動進攻，那還稱得上是仁義之師嗎？」

待楚軍布好了戰陣，兩軍開戰，結果宋軍被打敗，宋襄公自己也被箭射中了大腿。

宋楚泓之戰之後，宋國有人怪罪宋襄公。可宋襄公卻說：「君子不再傷害已經受傷的人，不俘虜頭髮花白的人。古代領兵作戰，不憑藉險隘的地形阻擊敵人。我雖然是亡了國的殷商後裔，但也不能放棄這些原則，非要去攻擊沒有排好戰陣的軍隊。」

宋朝大夫子魚說：「君王不懂得作戰。強敵的軍隊，在險隘的地方不能成列，這是上天在贊助我們；阻敵於險地而進攻他們，不也是可以的嗎？跟我們面對面作戰的就是敵人，是敵人就可以俘虜，管什麼頭髮花白不花白呢？讓軍隊作戰，就是為了殺敵人。傷勢還未到死的程度，怎麼能不再傷害他們？我們若要真同情他們當中頭髮花白的人，那就乾脆向敵人投降算了。軍隊在有利的時機發動攻擊，鳴鼓進攻未成列的敵人也是可以的。」這就是〈子魚論戰〉一文的主要內容。

現代很多人都會覺得宋襄公太愚蠢，毛澤東就說過：「我們不是宋襄公，不要那種蠢豬式的仁義道德。」從軍事學的角度來看，兩軍對壘，生死搏殺，當然要講究一定的戰略戰術，不能光拿一面「仁義」的大旗說事。但是，我們也不能因此就完全否定宋襄公的價值。在春秋時代，「不禽二毛」、「不鼓不成列」等堪稱「國際戰爭法」，若不遵守這些規則，即便是勝了也不光榮，屬於「勝之不武」。只不過，到了宋襄公的時代，這些規矩大家都不遵守了。規矩壞了之後，仍在遵守規矩的人反而成了受害者。宋襄公能在亂世中堅守規矩，堅持「仁義」，這種操守無論如何都是難能可貴的，更關鍵的是，戰爭失敗之後，他並不抱怨，而是說「寡人雖亡國之餘，不鼓不成列」，這種寧願自己吃虧也遵守遊戲規則的精神（注意，是精神而不是具體做法），實在值得人們學習。

我們還應看到，宋襄公的時代距「春秋大義」並不遠，周代的很多「禮法」雖然衰落，但畢竟還有人（比如宋襄公）願意奉行。按照周禮，貴族出去打獵都不能殺害幼獸，一箭沒射死的野獸就不能再追殺了，這些看似迂腐的規則，其實正是華夏先民處理人與自然、人與社會之間關係的智慧所在，他們提倡做任何事情的時候都要有所節制，不能「竭澤而漁，焚山而獵」。所謂戰爭中「不禽二毛」的規矩則是為了貫徹敬老精神，將尊重老人的道德置於具體戰爭的勝負之上，這種理念不也是很崇高嗎？戰爭固然要爭勝負，但是我們也必須清楚，世界上一定要有超越戰爭勝負之上的價值理念。否則，一切都靠實力說話，靠武力說話，那社會豈不變成了弱肉強食的叢林？而在奉行叢林法則的社會中，沒有人是真正的強者。因為沒有規矩，任何人都可能遭遇暗算和欺凌。以欺負宋襄公的楚成王為例，他靠背信棄義的手段劫持宋襄公之時，好像很強勢，可他哪裡知道，他的囂張之舉六年後就遭到了報復，晉國替宋國出頭，在城濮大戰中大敗楚軍。而楚成王本人，後來亦被太子商臣所弒。當楚成王被自己兒子發動的政變所殺之時，他難道不也是任人宰割的弱者嗎？

回頭再說宋襄公。泓之戰失敗之後，「晉公子重耳過宋」，宋襄公「厚禮重耳以馬二十乘」，送給了重耳二十馬車的厚禮，這對正在流亡的重耳來說實在是雪中送炭。這個仁義之舉為後來的宋國免除了一次亡國之災。西元前六三三年，楚國攻打宋國，此時重耳已經當上晉國國君，晉國出兵救宋，在城濮打敗了楚國，算是替已經去世的宋襄公報了當年的劫持之仇。晉文公重耳也由此確立了他的霸主地位。

泓之戰四年之後，宋襄公去世。對於宋襄公，司馬遷在《史記》中評價說：「襄公之時，修行仁義，欲為盟主。其大夫正考父美之，故追道契、湯、高宗殷所以興，作《商頌》。襄公既敗於泓，而君子或以為多。傷中國闕禮義，褒之也，宋襄之有禮讓也。」這個評價並不低，意思是說，宋襄公雖然在泓之戰中失敗，但君子依舊讚美他，原因就是當時中國已經缺少禮義之舉了，而宋襄公仍然堅持原則，有「禮讓」，這是非常可貴的。

可以說，宋襄公是個理想主義者，他雖然在殘酷的現實面前碰得頭破血流，但他那種堅持原則、恪守規矩的精神理念卻一直有不可抹殺的魅力。現在的社會，不守規矩的人太多，造假之事屢見不鮮，毒牛奶、瘦肉精、染色饅頭等事件層出不窮。在這種情況下，像宋襄公這樣講仁義、守規矩的人難道不應該褒揚嗎？

附錄一　〈子魚論戰〉——《左傳》

楚人伐宋以救鄭[一]。宋公將戰[二]，大司馬固諫曰[三]：「天之棄商久矣[四]，君將興之，弗可赦也已。」弗聽。

及楚人戰于泓[五]。宋人既成列，楚人未既濟。司馬曰：「彼眾我寡，及其未既濟也，請擊之。」公曰：「不可。」既濟而未成列，又以告。公曰：「未可。」既陳而後擊之，宋師敗績。公傷股，門官殲焉。

國人皆咎公。公曰：「君子不重傷[六]，不禽二毛[七]。古之為軍也，不以阻隘也。寡人雖亡國之餘，不鼓不成列。」

子魚曰：「君未知戰。勍敵之人[八]，隘而不列，天贊我也。阻而鼓之，不亦可乎？猶有懼焉。且今之勍者，皆吾敵也。雖及胡耇[九]，獲則取之，何有於二毛？明恥教戰，求殺敵也。傷未及死，如何勿重？若愛重傷，則如勿傷；愛其二毛，則如服焉。三軍以利用也，金鼓以聲氣也。利而用之，阻隘可也；聲盛致志，鼓儳可也。[十]」

注釋

一 西元前六三八年，宋襄公率領許、衛等國討伐鄭國，因為鄭國依附楚國。所以才有「楚人伐宋以救鄭」之說。
二 宋公：即宋襄公。
三 大司馬固：即宋莊公之孫公孫固，當時任宋國的大司馬。
四 天之棄商：宋是商朝的後代，所以這麼說。
五 泓：即泓水，在今河南柘城縣西北。
六 重傷：傷害已經受了傷的人。
七 禽：同「擒」；二毛：頭髮斑白的人，指年老的人。
八 勍敵：勁敵。
九 胡耇：老人。
十 儳：不整齊。

晉文公的稱霸之路
——〈寺人披見文公〉與〈襄王不許請隧〉互參

躲過暗殺

晉獻公晚年昏聵，寵愛驪姬。驪姬為了立自己的兒子奚齊為太子，就陷害晉獻公的另外三個兒子申生、重耳和夷吾。結果申生自殺，重耳和夷吾流亡異國。這就是晉國歷史上有名的「驪姬之亂」。

為了躲避晉國著名的「驪姬之亂」，晉國公子重耳在外流亡十九年，後來，在姐夫秦穆公的幫助下「復國」，是為大名鼎鼎的晉文公。

在重耳「復國」之前，他的弟弟夷吾曾當過晉國國君，是為晉惠公。晉惠公害怕重耳回國來跟自己爭位子，派一個名叫披的宦官（即寺人披，寺人指宦官）和武士捕殺重耳，重耳得到消息後逃跑了。待重耳回國當上國君之後，晉惠公的兩個親信呂甥、郤芮害怕重耳報復自己，就想放火焚燒宮室以達到殺死重耳的目的。

可是，就在這個關鍵時刻，曾經追殺過重耳的那個叫披的宦官來求見。已然當上了國君的晉文公不願意再看到昔日的仇人，就派人訓斥這個名叫披的宦官，說：「我當年在蒲城的時候，君王（指晉惠公）命你第二天趕到，可你當天就趕到了。後來我逃到狄國，同狄國國君到渭河邊打獵，你又替惠公前來謀殺我，惠公命你三天趕到，可你第二天就到了。雖然有君王的命令，怎麼那樣快呢？我在蒲城被你斬斷的那隻袖口還在。你就走吧！」

披回答說：「小臣以為君王這次返國，大概已懂得了君臣之間的道理。如果還沒有懂，恐怕您又要遇到災難了。對國君的命令沒有二心，這是古代的制度。除掉國君所憎惡的人，自己有多大的力量就要盡多大的力量。我當年追捕您奉行的就是這樣的原則。您當時是蒲人或狄人，對於我又有什麼關係呢？現在您即位為君，難道就不會再發生蒲、狄那樣的事件嗎？從前齊桓公拋棄了射鉤之仇，而讓管仲輔佐自己，您如果想改變齊桓公的做法，又何必等您下驅逐我的命令呢？要從晉國逃走的人多得是，難道只有我一個人嗎？」

晉文公聽見披說得有道理，就接見了他。作為見面禮，披把呂甥、郤芮的謀殺計畫告訴了晉文公。得到密報之後，晉文公秘密地躲到秦國的王城，並與秦穆公一塊商量應付的辦法。三月的最後一天，晉文公的宮室果然被燒。呂甥、郤芮沒有捉到晉文公，就從晉國逃跑，到了黃河邊上，秦穆公引誘他們過黃河，隨後殺了這兩個人，一起暗殺晉文公的計畫就這樣被挫敗了。〈寺人披見文公〉講述的就是這樣的一段故事。

從〈寺人披見文公〉這段故事中，我們可以看出晉文公放棄前嫌的胸襟，而這種不念舊惡的政治胸懷恰恰是他逃過謀殺的一個重要條件。

改革朝政與勤王之舉

重耳當上晉國國君之後，找來了舅舅狐偃與姐夫趙衰，商量改革朝政。《國語》記載了文公即位後一系列的改革措施：「安排百官，賦職任功，棄責薄斂，施捨分寡。救乏振滯，匡困資無。輕關易道，通商寬農。懋穡勸分，省用足財、利器明德，以厚民性。舉善援能，官方定物，正名育類。昭舊族，愛親戚，明賢良，尊貴寵，賞功勞，事耇老，禮賓旅，友故舊。胥、籍、狐、箕、欒、郤、柏、先、羊舌、董、韓，實掌近官。諸姬之良，掌其中官。異姓之能，掌其遠官。公食貢。大夫食邑，士食田，庶人食力，工商食官，皂隸食職，官宰食加。政平民阜，財用不匱。」概括地說，晉文公君臣勵精圖治，「一心一意謀發展」。在生產上，號召改進工具，施惠百姓，獎勵墾殖；在貿易方面，降低稅收，積極爭取鄰商入晉，互通有無，使晉國的經濟獲得了繁榮的發展。同時，「賦職任功」，「舉善援能」，對「從亡者及功臣」封邑尊爵，撥亂反正，大量起用在晉惠公、晉懷公時代受到迫害的舊族，提拔才能的新貴，使統治集團和諧相處。經過晉文公君臣的治理，晉國在兩三年之內就強大了起來。

就在晉國國勢蒸蒸日上之際，周天子這邊出了事。當時的周天子是周襄王，他本來就是在齊桓公的擁護之下繼承天子之位的，齊桓公死後，齊國發生了內亂，無力再為周王室提供保護。就是在這種情況下，「子帶之亂」爆發了。子帶和太子姬鄭（即後來的周襄王）都是周惠王的兒子，姬鄭為太子，而子帶受到惠王和王后的寵愛。西元前六五三年，周惠王去世，太子姬鄭害怕子帶發難，就秘不發喪，暗中尋求齊桓公支持。前六五二年，齊桓公召集宋、衛、許、魯、曹、陳等會盟於洮（今山東鄄城西南），使太子鄭繼為王，即周襄王。可子帶不甘心自己的失敗，於前六四九年發動叛亂，焚毀王城東門。在襄王迎擊下，子帶出奔於齊。西元前六三八年，周大夫富辰勸說周襄王召子帶返周，以免丟失周天子的面子。子帶遂應召返回周王室。可是，應召歸周的子帶依然覬覦天子之位，他於西元前六三六年與王后隗氏秘密勾結，再次發動了叛亂，引導西戎兵攻周，攻佔了都城。周襄王只好倉皇逃出，避居於鄭國的氾（今河南省襄城縣），向各國諸侯告難。

收到周襄王的勤王文書後，晉文公君臣開始商量對策。狐偃力主出兵勤王，他說：「想得到諸侯擁護，勤王是上上之選。周天子是天下共主，有了他的支持，必能奉天子以令不臣。」於是晉文公下令出兵勤王。這年三月，晉文公親率大軍攻打子帶。在晉國大軍的進攻之下，子帶的叛軍很快就潰不成軍了。四月，晉文公敗狄人，殺叛黨子帶、隗後、頹叔等，平叛成功後，晉文公迎周襄王返回王都。此舉表明晉文公已然接過了齊桓公「尊王攘夷」的旗幟，積累了足夠的政治資源。果然，晉文公的勤王之舉讓周襄王大為感動，周襄王親自接見晉文公，並將陽樊、溫、原、欑茅四個農業發達的城池賜予晉文公。

可是，就在這個節骨眼上，晉文公提出了一個非分的要求——「請隧」。「隧」是古代的一種葬禮，指通過打隧道的方式安葬屍體，這在當時是天子才能享受的葬禮規格。

周襄王拒絕了晉文公的「請隧」請求，他說：「先王擁有天下，以方圓千里作為周王朝的地域，用來供應上蒼和各路神仙的祭祀用度，及應付內外的禍患。其餘的用來平均分配給公爵侯爵伯爵子爵男爵等諸侯，讓他們各守本分。周天子難道會有多餘的資源嗎？周王室內宮官級不過有九級，宮外官級也不過九品，都是剛剛夠供奉祭祀神靈而已，哪敢放縱慾望來破壞先王的法度呢？現在，也只有在這死生的儀式才表明天子與其他人有別，若把這一點也放棄了，那天子還有什麼特殊的呢？」然後又說：「叔父您（周襄王稱晉文公為叔叔）如果能光大美好的德行，改朝換代，創建自己的天下，那時，我即使被放逐到荒遠邊疆，也沒有什麼話好說的。如果您還要尊奉周朝姬姓的天下，那麼，請遵守先王訂立的制度，重要的禮儀不可以改啊。我哪裡敢擅自更改以前的重要規章，如果做了，那就是愧對天下百姓呀。」

周襄王拒絕晉文公的這番答詞引經據典，合情合理，既維護了周天子的尊嚴，又極力避免傷害到晉文公的自尊心。

晉文公當然也是明白人，「請隧」被拒後立馬知趣地「受地而還」，接受了周襄王賞賜的土地，回到了晉國。

其實，通過此次勤王之舉，晉國不但贏得「尊王攘夷」的政治資本，而且還把疆域擴展到了太行山以南、黃河以北一帶，為其日後稱霸中原創造了有利條件。

稱霸之路

平定「子帶之亂」後，晉文公和晉國的國際形象都得到了極大地提升，中原諸國也希望晉國能充當「憲兵」，維持國際秩序。當時，實力強大的楚國經常欺負中原諸國，如果任由楚國肆意擴張，晉國的利益也必然受到影響。所以，權衡再三之後，晉文公決定對楚國宣戰。

事情的起因是楚國攻打宋國，宋成公向晉文公求救。晉文公感念宋襄公當年對自己的恩惠（晉文公流亡時途徑宋國，宋襄公「厚禮重耳以馬二十乘」，這份重禮對落難之際的重耳來說實在是雪中送炭），決定出兵救宋，晉中軍元帥先軫也說：「報施救患，取威定霸，於是乎在矣。」

在出兵之前，晉文公在被廬檢閱軍隊，擴編三軍，任命了將佐，從而拉開了城濮之戰的序幕。軍事準備的同時，晉文公派人出使秦國和齊國，爭取這兩個大國的支持。經過外交爭取，齊國和秦國同意出兵幫助晉國「援宋拒楚」。在政治上，晉文公打出了「尊王攘夷、拱衛周天子」的旗號，大肆渲染楚國冒犯周天子，爭取道義支持。

在軍事上，晉國君臣認真分析戰場形式，決定不直接救宋，而首先討伐楚國的附屬國曹、衛。因為「楚始得曹而新婚於衛，若伐曹、衛，楚必救之，則齊、宋免矣。」這一招既可引誘楚師北上，又可坐收以逸待勞之功。

於是，西元前六三二年春，晉國出動三軍、戰車七百乘伐曹，曹是個小國，根本是不晉國的對手，衛國同樣被晉打得稀哩嘩啦。很快，晉國就初戰告捷。

楚成王見晉軍破曹降衛，同時已經與齊、秦結成了聯盟，就命令楚國大將令尹子玉撤回圍宋的軍隊，並告誡他說：「無從晉師！晉侯在外，十九年矣，而果得晉國，險阻艱難，備嘗之矣。民之情偽，盡知之矣。」又曰：「知難而退。」意思是說，晉文公不是個好對付的角色，不要與他發生衝突。可是令尹子玉一向驕傲，不聽楚成王勸告，指派伯棼赴申邑向楚成王請求出戰，要求增援。楚成王猶豫不決，雖不願與晉國交戰，卻又答應了子玉的請求，增派了援軍。

得到楚成王的增援後，子玉揮師北進，與晉軍對峙。

當初，晉文公以公子身份顛沛流離時，曾路過楚國，受到過楚成王的厚待。當時，楚成王曾問晉公子重耳：「公子若反晉國，則何以報不穀？」文公回答道：「若以君之靈，得反晉國。晉楚治兵，遇於中原，其辟君三舍（三十里一舍）。」這次，晉文公果然兌現諾言，面對楚軍的進攻，「退避三舍」。

見晉軍節節撤退，子玉更加驕傲，他率軍追至城濮，派人向晉文公遞交戰書：「請與君之士戲，君憑軾而觀之，得臣（子玉名）與寓目焉。」翻譯成現代漢語的大意就是，請我們的軍士和您的軍士們比試比試，勞煩您就在車轅之上好好欣賞一番，讓得臣我也藉機欣賞欣賞吧。」晉軍欒枝回答：「寡君聞命矣。楚君之惠，未之敢忘，是以在此。為大夫退，其敢當君乎？既不獲命，敢煩大夫謂二三子：戒爾車乘，敬爾君事，詰朝相見。」翻譯成現代漢語就是，「我們君侯聽到您的命令了。從前楚王給予的恩惠我們至今未忘，所以撤軍至此！您作為貴國的令尹我們尚且退讓，我們又豈敢與楚王為敵呢？可是，既然得不到您和平的命令，就請麻煩您告訴戰士們：準備好你們的戰車，忠實執行您們國君的命令吧，明日清晨再會！」

於是，在西元前六三二年四月的某個清晨，晉楚兩軍在城濮展開了大戰，這便是歷史上有名的城濮之戰。

城濮交戰時雙方的陣容是：晉三軍，即先軫為元帥，統率中軍，郤溱輔佐，狐毛統率上軍，狐偃輔佐。欒枝統率下軍，胥臣輔佐。楚國也是三軍，即令尹子玉以若敖之六卒統率中軍。子西（鬥宜申）統率右軍。子上（鬥勃）統率左軍。楚的僕從國鄭、許軍附屬楚左軍，陳、蔡軍附屬楚右軍。

大戰開始之際，晉下軍佐輔胥臣率部用虎皮蒙在馬身上，首先衝擊楚右翼的陳國和蔡國軍隊，陳、蔡兩國的士兵以為是真的老虎陣，驚駭潰逃，楚右軍潰敗。楚將子玉見右軍潰敗，怒火中燒，加強了對晉上軍的攻勢。晉右翼上軍偽裝後退，誘敵深入。待楚左軍追擊晉右翼上軍時，側翼暴露，晉先軫、郤溱率中軍攔腰截擊，楚軍左路亦潰敗。楚將令尹子玉見左、右兩軍皆敗，遂下令中軍停止進攻，率殘兵敗將退出戰場。

城濮之戰，晉國以戰車七百乘、五萬多兵力擊敗楚、陳、蔡、鄭、許五國聯軍戰車一千四百乘、十餘萬眾，一舉遏制了楚國北進中原的態勢。此戰之後，中原諸侯無不朝宗晉國，晉文公的霸業由此確立。

打敗楚國之後，晉文公勝利班師，向周襄王獻俘告捷——晉文公獻給周天子楚國戰俘一千人，戰車一百輛。周襄王則向晉文公賜酒，並策封晉文公為「侯伯」（意為諸侯之長）。同時准許承擔保衛周王室、討伐不臣諸侯之權，並賜大輅之服、戎輅之服，彤弓一、彤矢百等禮器以示授權。

西元前六三二年五月，晉文公以周天子之命，於踐土會盟諸侯。同年冬，晉文公又在周、晉邊界線再度會盟諸侯。第二年，晉文公又在翟泉會盟諸侯。至此，晉文公成了繼齊桓公之後的又一代霸主。

附錄一　〈寺人披見文公〉——《左傳》

呂、郤畏偪[一]，將焚公宮而弒晉侯[二]。寺人披請見[三]。公使讓之，且辭焉，曰：「蒲城之役[四]，君命一宿，女即至[五]。其後余從狄君以田渭濱[六]，女為惠公來求殺余，命女三宿，女中宿至。雖有君命何其速也？夫袪猶在[七]，女其行乎！」對曰：「臣謂君之入也，其知之矣。若猶未也，又將及難。君命無二，古之制也。除君之惡，唯力是視。蒲人、狄人，余何有焉？今君即位，其無蒲、狄乎！齊桓公置射鉤而使管仲相[八]。君若易之，何辱命焉？行者甚眾，豈唯刑臣[九]！」公見之，以難[十]告。晉侯潛會秦伯于王城。己丑晦，公宮火。瑕甥、郤芮不獲公，乃如河上，秦伯誘而殺之[十一]。

注釋

一　呂、郤：呂甥、郤芮，兩人是晉惠公的親信。晉文公為公子時流亡在外，晉惠公曾要殺害他。晉文公當上國君後，呂甥、郤芮害怕晉文公報復、逼害。

二　晉侯：晉文公。

三　寺人：宮裏的侍衛小臣，即後世的宦官。「披」是這個人的名字。

四　蒲城：在今山西隰縣西北。魯僖公五年，晉獻公（重耳的父親）曾命寺人披帶兵攻蒲，收捕重耳，重耳逃走。

五　女：同「汝」。

六　田：打獵。田渭濱：即在渭水之濱打獵。

七　祛：衣袖。

八　齊桓公置射鉤而使管仲相：魯莊公九年，魯送公子糾回國，在乾（地名）與公子小白發生了戰鬥。公子糾的部下管仲用箭射中了公子小白的衣帶鉤。後來，公子小白即位為齊桓公，他仍然任用管仲做相國，幫助自己治理齊國。

九　刑臣：寺人披的自稱。因他是受了宮刑的閹人。

十　難：禍害。

十一　秦伯：秦穆公。

附錄二　〈襄王不許請隧〉——《國語》

晉文公既定襄王于郟[一]，王勞之以地[二]。辭，請隧焉[三]。王弗許，曰：「昔我先王之有天下也，規方千里，以為甸服[四]。以供上帝山川百神之祀，以備百姓兆民之用，以待不庭不虞之患[五]。其餘以均分公侯伯子男，使各有寧宇，以順及天地，無逢其災害。先王豈有賴焉？內官不過九御，外官不過九品，足以供給神祇[六]而已，豈敢厭縱其耳目心腹，以亂百度。亦唯是死生之服物、采章[七]，以臨長百姓，而輕重布之，王何異之有？

今天降禍災於周室，余一人僅亦守府，又不佞[八]以勤叔父[九]，而班先王之大物[十]，以賞私德。其叔父實應且憎，以非余一人。余一人豈敢有愛，先民有言曰：『改玉改行[十一]。』叔父若能光裕大德，更姓改物，以創制天下，自顯庸也，而縮取備物以鎮撫百姓。余一人其流辟於裔土[十二]，何辭之與有？若猶是姬姓也，尚將列為公侯，以復先王之職，大物其未可改也。叔父其懋昭明德，物將自至，余何敢以私勞變前之大章，以忝天下[十三]。其若先王與百姓何？何政令之為也？若不然，叔父有地而隧焉，余安能知之？」

文公遂不敢請，受地而還。

注釋

一 郟：周王城。在今河南洛陽西。
二 勞：慰問。
三 隧：隧葬，古代天子的一種葬禮，在墓中挖隧道。「六隧」是最高規格的葬禮，只有天子死後才可使用，別人用即為僭越。
四 甸服：五服之一，畿內之地。
五 不庭：不了朝貢。不虞：意外的事故。
六 神：天神。祗：地神。
七 服物：使用的器物及禮儀，包括隧葬。采章：衣服上的彩色花紋。
八 不佞：謙辭，同「不才」。
九 叔父：周天子稱同姓諸侯叫叔父。
十 班：分給。大物：指隧葬。
十一 改玉改行：改變了佩玉即表明改變了地位。玉：佩玉。行：地位。
十二 裔土：邊遠的地方。
十三 忝：辱。以忝天下：使天下受辱。

秦穆公：稱霸西戎話功過

姐夫和內弟之間的戰鬥

《古文觀止》中有三篇文章與秦穆公有關，分別是〈陰飴甥對秦伯〉、〈燭之武退秦師〉、〈蹇叔哭師〉。為了更好地理解這三篇古文，有必要介紹瞭解一下秦穆公這個人。

秦國僻處西陲，原是居住在秦亭（今甘肅張家川）周圍的一個嬴姓部落，周初為附庸小國，春秋初年因秦襄公助平王東遷才被封為諸侯，並承周平王賜給岐山以西之地，定都於雍（今陝西鳳翔南）。經過數代經營，至秦穆公即位時，秦已佔有大半個關中。

秦穆公是一位有野心的國君，為了爭當霸主，他先巴結當時力量強大的晉國，向晉獻公求婚，晉獻公就把大女兒（即申生、夷吾、重耳的姐姐）嫁給了他。後來，晉獻公年邁昏庸，寵愛驪姬。驪姬為了立自己的兒子奚齊為太子，就陷害申生、重耳和夷吾。結果申生自殺，重耳和夷吾流亡異國。這就是晉國歷史上有名的「驪姬之亂」。

夷吾請求秦國幫助，並許諾說：「誠得立，請割晉之河西八城與秦。」意思是說，如果秦國能幫助他回晉國做了國君，他就將晉國河西的八座城池送給秦國。晉國發生政治動盪，作為晉國女婿的秦穆公當然不能袖手旁觀，他接受了請求，派軍隊護送夷吾回晉國做了國君，是為晉惠公。但是，夷吾當上晉國國君之後就毀約了。

秦穆公十二年（前六四八年），晉國發生旱災，向秦國請求援助，秦穆公不計舊惡，運了大量糧食給晉國。可是一年之後，秦國發生了饑荒，向晉國請求支援，晉國不僅不給秦國糧食，反而乘機攻打秦國。晉惠公這種忘恩負義的做法激怒了姐夫秦穆公，雙方於西元前六四五年在韓原（今山西河津與萬榮之間的黃河東岸）展開大戰。晉大夫梁由靡於混戰中率部截擊秦穆公，將其擊傷。就在形勢危機之際，隨秦穆公作戰的三百名岐人（今陝西岐山東北）拼死衝殺，將秦穆公救出。原來，秦穆公早年丟過一匹好馬，岐下三百野人「得而食之」。秦國的官吏很快破案，抓住了這三百岐人，並要「法辦」他們。秦穆公得知後說：「君子不會因為畜生而殺人。我聽說吃馬肉而不喝酒，就會傷及身體。」反而賜這三百人酒喝，這三百人非常感恩秦穆公。正所謂「種善因得善果」，在韓原之戰中，就在秦穆公被晉軍圍困且已負傷之際，這三百岐人冒死相救，秦穆公因此脫險。此戰，秦軍大勝。晉惠公因戰車陷入泥濘之中，無法行動，被秦軍俘獲。

俘虜了晉惠公之後，秦穆公「將以晉君祀上帝」，要殺了晉惠公來祭祀。後來，周天子替晉惠公求情，說「晉我同姓」，秦穆公的夫人也極力為自己的弟弟求情，於是，秦穆公沒殺晉惠公，而是「與晉君盟」，秦國讓晉惠公回到晉國，晉惠公送太子圉到秦國為質子，同時「獻其河西地」，把原來答應的土地劃給秦國。

〈陰飴甥對秦伯〉就是晉國大夫陰飴甥和秦穆公在此次秦晉結盟時的一段對話。秦穆公問陰飴甥：「你們晉國內部現在和睦嗎？」

陰飴甥回答：「不和睦。小人恥於失去國君，又痛於喪失親屬，所以不怕徵收賦稅和修繕武器來擁立太子圉，說『寧可去事奉戎狄之國，我們也一定要報仇。』可是君子不這樣，他們雖然愛自己的國君，但也知道他的罪過，所以不怕徵收賦稅和修繕武器以等待秦國釋放國君的命令，他們說『一定要報答秦國的恩德，至死沒有二心。』由於這個原因，國內不和睦。」

秦穆公說：「晉國人認為他們的國君會怎樣？」陰飴甥回答說：「小人憂愁，認為國君不免一死；君子體諒人心，認為國君一定會回來。小人說：『我們危害過秦國，秦國豈肯放回國君？』君子說：『我們知罪了，秦國一定會放回國君。有了二心就捉拿他，服了罪就釋放他，恩德沒有比這更深厚的了，刑罰也沒有比這更嚴厲的了。服罪的人感念恩德，有二心的人畏懼刑罰，秦國由此便能稱霸諸侯。送我們國君回國即位，而又不使他的君位穩定，廢黜他而不再立為國君，將恩德變為仇恨，秦國大概不會這樣做吧？』」

作為戰敗國的代表，陰飴甥理屈並未詞窮，他利用回答問題的機會，通過引用君子和小人的不同看法，巧妙地勸諫秦穆公權衡利弊，以博大的胸懷寬恕晉惠公。這樣的外交辭令，堪稱典範。

秦穆公不傻，自然聽出了陰飴甥的話外之音，便就鍋下麵，說：「這正是我的本心呢！」然後下令讓晉惠公改住賓館，按諸侯之禮贈他「七牢」（牛、羊、豬各七頭）。

秦晉韓原之戰其實是姐夫秦穆公與內弟晉惠公之間的恩怨之爭，但這場戰爭客觀上使秦國取得了黃河以西的土地，將東部疆域擴展到了龍門一線。

雖然發生了韓原之戰，但秦穆公還是希望與晉國保持友好的關係。晉公子圉在秦國當人質期間，秦穆公還把女兒懷嬴嫁給了他。然而，在晉惠公病重之際，公子圉偷偷跑回晉國。晉惠公一死，公子圉就做了晉國君主，是為晉懷公。晉懷公不辭而別，秦穆公當然很生氣，他決定要幫助重耳當上晉國國君。晉懷公則在國內繼續執行迫害重耳及其追隨者的政策，他下令晉國追隨重耳的人限期回來，若不回來，就「盡滅其家」。這一政策激化了晉國的政治矛盾，秦穆公乘機發兵送重耳回國，立為國君，是為晉文公。

為了鞏固與晉國的關係，秦穆公在將重耳從楚國接來之際，「以宗女五人妻重耳」，而且，原來晉公子圉的前妻懷嬴亦在其中。開始，重耳不想接受，後來司空季子說：「其國且伐，況其故妻乎！且受以結秦親而求入，子乃拘小節忘大醜乎！」意思是說，公子圉主政的晉國我們都要奪過來，何況他的前妻！而且，接受了秦穆公和親的好意，他會幫助我們回到晉國，您可不能拘於小節而壞了大事呀。」於是，重耳與秦穆公親上加親，秦穆公既是重耳的姐夫，又是他的岳父。這種關係在今人看來簡直是亂倫，但在當時卻稱為秦晉之好。

一個鄭國老人和秦穆公的對話

晉文公重耳是春秋時期有名的霸主，他當上晉國國君之後，勵精圖治，選賢任能，晉國由此大治。晉國聯秦合齊，保宋制鄭，尊王攘楚。西元前六三二年，晉楚在城濮展開大戰，晉軍挫敗楚軍，獻「楚俘於周」，周天子命晉文公為伯，成為繼齊桓公之後的又一代霸主。

晉國發生驪姬之亂後，重耳曾在外流亡十九年，在經過鄭國時，鄭文公根本不買他這位晉國公子的賬兒，說：「每年從我們這裏路過的諸侯、公子那麼多，如果每個都去招待，我們哪有那麼多錢？」因為曾對晉文公無禮，加之親近楚國。所以，在晉國打敗楚國之後，鄭國的麻煩也來了——西元前六三〇年，晉秦兩國聯合圍攻鄭國。

此時的鄭國早已沒了鄭莊公小霸中原時的強勁實力，它夾在晉、楚、齊、秦幾個大國之間，只能見風使舵，看著誰厲害就與誰結盟。此前它與楚國聯合，沒想到楚國被晉國打敗。失掉了靠山的鄭國眼看著就要被晉國和秦國滅掉。但是，就在這個時候，一個叫燭之武的鄭國老人說服了秦穆公，秦穆公退兵了。

燭之武雖是三朝老臣，但一直懷才不遇，在鄭國一直擔任「圉正」，也就負責養馬的官兒，與孫悟空所當過的「弼馬溫」類似。此時，燭之武已經年過七十，鬚髮皆白，且身子傴僂，步履蹣跚。但是，是金子總會發光的，他說服秦穆公的故事就是有名的〈燭之武退秦師〉。

燭之武憑三寸不爛之舌退秦師的經過是這樣的：在鄭國被晉秦兩國聯軍死死圍住之際，鄭國大夫佚之狐對鄭文公說：「鄭國處於危險之中了！假如讓燭之武去說服秦伯，秦軍一定會撤退。」

國危思忠臣，到了危急時刻，鄭文公才同意啟用燭之武。可是，多年不被重用的燭之武說：「我年輕時，尚且不如別人。現在老了，就更不能有什麼作為了。」

一看燭之武老人有怨氣，鄭文公趕緊自我批評，他說：「我早先沒有重用您，現在危急之中求您，這是我的過錯。然而鄭國滅亡了，對您也不利啊！」

燭之武這才答應了去勸說秦穆公。

夜晚，鄭文公派人用繩子將燭之武從城牆上放下去，去見秦穆公。

見到秦穆公之後，燭之武說：「秦、晉兩國圍攻鄭國，鄭國已經知道要滅亡了。假如滅掉鄭國對您有好處，那沒得說。可是，越過鄰國把遠方的鄭國作為秦國的東部邊邑，您知道這是困難的。那您又為什麼要滅掉鄭國而給鄰國增加土地呢？鄰國的勢力雄厚了，您秦國的勢力也就相對削弱了。如果您放棄圍攻鄭國而把它當作東方道路上接待過客的驛站，出使的人來來往往，鄭國可以隨時供給他們缺少的東西，對您也沒有什麼害處。而且您曾經給予晉惠公恩惠，晉惠公曾經答應給您焦、瑕二座城池。然而，晉惠公早上渡過黃河回國，晚上就修築防禦工事，這是您知道的。晉國，怎麼會滿足呢？現在，它已經在東邊使鄭國成為它的邊境，又想要擴大它西邊的邊界。如果不使秦國土地虧損，將從哪裡得到呢？削弱秦國對晉國有利，希望您考慮這件事！」

燭之武老人的一番話讓秦穆公心悅誠服，於是他就與鄭國簽訂了盟約，派遣杞子、逢孫、楊孫守衛鄭國，然後秦國大軍就撤了。

秦國單獨撤軍之後，晉國當然很惱火。大將子犯請求襲擊秦軍。晉文公說：「不行！假如沒有秦穆公的幫助，我也不會有今天。依靠別人的力量而又反過來害人家，這是不仁義的；失掉自己的同盟者，這是不明智的；用散亂（的局面）代替整齊（的局面），這是不符合武德的。我們還是回去吧！」晉軍於是也撤退了。

就這樣，鄭國老人燭之武通過與秦穆公的一段對話就瓦解了秦晉聯軍，拯救了鄭國。

從秦晉之好到秦晉交惡

燭之武退秦師，意味著秦晉之好已然出現了裂痕。秦國雖沒有與晉國公開翻臉，但他顯然不願意看到晉國繼續坐大。原因其實很簡單，那就是秦穆公自己也想成為霸主。

西元前六二八年，晉文公和鄭文公全都去世了。秦穆公便想借此機會打敗晉國，謀求霸業。他和周圍的謀士說：「我曾幾次幫助晉國平定內亂，就連他們的國君都是我立的。理應由我出任諸侯的首領。只因晉國戰敗了楚國，我才讓重耳做了霸主的位子。如今重耳已經死了，我還忍讓什麼，是到了和晉國一爭高低的時候了。」

秦穆公之所以想打敗晉國，自己做霸主，並不完全是妄想。因為這些年來他一直為秦國的稱霸做準備。為了讓秦國強盛，秦穆公四處搜求人才，「東得百里奚於宛，迎蹇叔於宋，來丕豹、公孫支於晉。」這些人才幫助秦穆公治理秦國，使秦國的經濟、軍事實力大增。

恰在此時，守衛在鄭國的大將杞子派人送信回國，說：「鄭人將北門的鑰匙交給了我，如果悄悄地派軍隊來，鄭國就能得到。」秦穆公徵詢蹇叔的意見，蹇叔回答：「經過幾個國家去襲擊別人，很少有成功的。我軍的行動鄭國一定會知道，不能去！」

秦穆公想稱霸的願望實在是太強烈了，以至對蹇叔和百里奚兩位老臣的意見也不聽了。他說：「我已經決定了，你倆不必再說。」然後就派百里奚的兒子孟明視、蹇叔的兒子西乞術和白乙丙三員大將帶兵出發。

蹇叔哭著為軍隊送行，說：「吾見師之出而不見師之入也。」意思是說秦軍有去無回，必吃敗仗。秦穆公很生氣，派人對蹇叔說：「你知道什麼！你要是只活到中壽就死，現在你墓地上的樹木都兩手合抱那麼粗了。」這幾乎就是在罵蹇叔是「老不死的」。我想聽了這話的蹇叔，心裏肯定也是「拔涼拔涼的」。但是因為自己的兒子在軍中，蹇叔還是對兒子說：「晉人一定會在崤地阻擊你們，崤地有兩座大山峰：南邊的那座大山是夏代君王皋的墓地，北邊的山峰則是周文王的墓地。你必死在這兩者之間，我就到那裏去收你的屍骨吧。」

秦朝的軍隊就在蹇叔老臣的哭聲中向東而去。這便是〈蹇叔哭師〉一文的背景。

秦軍的命運正如蹇叔所料。秦國的大軍這邊剛想偷襲鄭國，晉國那邊早就得到情報。晉國的中軍元帥先軫認為這是打擊秦國的好機會，就勸說新即位的晉襄公在崤地設伏截擊。晉軍在那裏布下了天羅地網，只等秦軍到來。孟明視他們一進崤山，就中了埋伏，被晉軍團團圍住，進退兩難。秦國的士卒死的死，降的降。孟明視、西乞術、白乙丙三員大將全都被活捉了。

晉襄公得勝回朝。他的母親文嬴原是秦國人，不願同秦國結仇，對襄公說：「秦國和晉國原是親戚，一向彼此幫助。孟明視這幫武人為了自己要爭功，鬧得兩國傷了和氣。要是把這三個人殺了，恐怕兩國的冤仇越結越深，不如把他們放了，讓秦君自己去懲辦他們。」晉襄公聽母親說得有道理，就把孟明視等三個俘虜釋放了。

先軫一聽讓孟明視跑了，立刻去見晉襄公，說：「將士們拼死拼活，好容易把他們捉住，怎麼輕易把他們放走呢？」

晉襄公聽了，也感到後悔，立刻派將軍陽處父帶領一隊人馬去追。追到了黃河邊，孟明視等人的船已經離了岸。陽處父在岸邊大聲喊叫：「請你們回來！我們主公忘了給你們準備車馬，特地叫我趕來送幾匹好馬，請你們收下！」

孟明視哪裡肯上這個當。他站在船頭上行了禮，說：「承蒙晉君寬恕了我們，已經萬分感激，哪裡還敢再收受禮物。要是我們回去還能保全性命，那麼，三年之後，再來報答貴國吧。」

陽處父回去向晉襄公彙報了孟明視的話，晉襄公懊悔不及，但也無可奈何了。

孟明視等三個人回到秦國。秦穆公聽到全軍覆沒，穿了素服，親自到城外去迎接他們。孟明視三個人跪在地上請罪。秦穆公說：「這是我的不對，沒有聽蹇叔的勸告，害得你們打了敗仗，哪兒能怪你們呢？再說，我也不能因為一個人犯了一點小過失，就抹殺他的大功啊。」三個人感激得直淌眼淚，打這以後，他們認真操練兵馬，一心一意要為秦國報仇。

又過了一年，孟明視認為秦國軍隊已具有打敗晉軍的實力了。周襄王二十七年（西元前六二五年），孟明視向秦穆公請示，率兵攻代晉國。得到秦穆公同意後，孟明視、西乞術和白乙丙三位將軍帶領四百輛兵車出發了。

晉君料到秦國不會甘心的，備戰的事也沒有放鬆，見秦國來攻就派出大軍迎戰。兩軍廝殺一場，秦軍敗下陣來。孟明視原以為這次可以取勝，沒想到卻吃了敗仗，覺得這回秦穆公不會饒過他了。萬沒想到，秦穆公沒有責備他，還讓他繼續執掌兵權，這使他對穆公感恩不已。從這兩次事件中我們可以看出，秦穆公雖然有時利令智昏，但總體上是一個胸懷寬廣、體恤下屬、用人不疑的國君。這也是他後來能稱霸西戎的重要原因。

通過兩次失敗，孟明視開始從自己身上找原因。他變賣家財，撫恤傷亡將士家屬，親自訓練軍隊，和士兵朝夕相處，同甘共苦。就在他緊張訓練部隊的時候，晉襄公命大將先且居（晉國大將先軫的兒子），率領晉、宋、陳、鄭四國軍隊攻打秦國。面對士氣昂揚的四國聯軍，孟明視沉著冷靜，認為秦軍尚未做好充分準備，不可應戰，就命令緊閉城門，加緊訓練。許多秦國人都認為孟明視輸怕了，成了膽小鬼，建議解除他的指揮權。秦穆公卻向大家說：「孟明視肯定能打敗晉軍，咱們等著瞧吧。」

西元前六二四年，秦軍經過孟明視等將領的嚴格訓練，已經是一支虎狼之師了。孟明視認為征伐晉軍的時候到了，他請求秦穆公掛帥親自出征，並且還發誓說：「假如這次出征不能獲勝，我絕不回國見家鄉父老。」於是，秦穆公、孟明視率領大軍，浩浩蕩蕩地殺奔晉國。秦軍渡過了黃河，孟明視下令燒毀渡船，表示不打勝仗就不生還。孟明視親率先鋒部隊，一路上勢如破竹，沒幾天就把過去被晉軍攻佔去的城池收了回來。消息傳至晉國都城，朝野兵民一片驚慌，群臣見秦軍如此兇悍，都建議迴避一下，不要和秦軍作戰。晉襄公無奈，只得命令晉軍堅守，不與秦軍交戰。

秦穆公見失地已經收復，也挫敗了晉國的威風，憋了三年的惡氣總算出了，就帶領大軍到崤山，在當年晉軍堆亂木、樹紅旗的地方，把上次陣亡將士的屍骨埋好，且親自祭奠一番。孟明視、西乞術和白乙丙跪在墳前，大哭不止，將士們看了全很感動。

通過秦晉之好到秦晉交惡的過程，我們可以看出春秋時期複雜微妙的政治格局。在齊桓公首霸之後，但凡有實力的國君都想做一把霸主。晉文公重耳在外流亡十九年之後，苦盡甘來，在姐夫兼岳父秦穆公的幫助下當上了晉國國君，並很快建立了霸業。可就在他想繼續擴大戰果之際，秦晉聯盟出現了縫隙。姐夫兼岳父的秦穆公不與他一條心了。重耳一死，秦晉之好變成了秦晉交惡。秦晉兩國從親上加親到兵戈相見，過渡得十分迅速。這充分說明了那是一個認實力勝過認親情的時代。在爭做霸主的巨大誘惑面前，所謂的「秦晉之好」也好，所謂的歃血為盟也罷，其約束力都有限得很，翻雲覆雨、見利忘義乃至恩將仇報已經成了諸侯國之間的外交常態。正因如此，古人才有「春秋無義戰」的感慨。

秦穆公稱霸西戎

秦穆公在位期間，秦國與晉國的關係幾經波折，他本人與獻公至襄公的幾代晉君之間更是充滿了數不清的恩怨。但總的來說，他是幫助晉文公重耳稱霸的貴人。但，也正是這個秦穆公，在重耳剛剛去世就發動了對晉國的戰爭（這在春秋時期顯然是不厚道的做法）。這頗有點「成也蕭何，敗亦蕭何」的味道。

秦晉爭霸的結果是互有勝負，秦國收復了失地，但晉國實力猶在，還遏制住了秦國東進的腳步。

東進之路被晉國遏制，秦穆公只好把目光轉向西部。當時，在今天陝甘寧一帶，生活著許多戎狄的部落和小國。他們生產落後，常常偷襲秦地，搶掠糧食、牲畜和人口，給秦人造成很大的苦難。

當時，西戎諸部落中較強的是綿諸（在今甘肅天水市東）、義渠（在今甘肅寧縣北）和大荔（今陝西大荔東）。其中，綿諸有王，綿諸王聽說秦穆公賢能，就派大臣由余出使秦國。由余是不可多得的人才，為了收服由余，秦穆公隆重地接待他，向其展示秦國壯麗的宮室，同時又用內史廖的策略，挽留由余在秦居住。在此期間，秦穆公給綿諸王送去女樂，通過女色和音樂麻痺綿諸王的鬥志。果然，綿諸王開始沉湎酒色，不理政事，國內大批牛馬死掉，他也不加過問。等到綿諸國內政事一塌糊塗之時，秦穆公才讓由余回國。由余趕緊勸誡綿諸王，但綿諸王正在享樂的興頭上，哪裡聽得進去忠告？

由余的建議不被採納，本人還被綿諸王疏遠，心情很鬱悶。在這種情況下，秦穆公派人勸其歸順秦國，於是，由余就跳槽到了秦穆公的麾下。秦穆公以賓客之禮接待由余，和他討論統一西方戎族的策略。由於由余在西戎生活過，對那裏的情況非常瞭解，所以他給秦穆公提供了許多有效的建議。

西元前六二三年，秦軍出征西戎，以迅雷不及掩耳之勢，包圍了綿諸，在酒樽之下活捉了綿諸王。秦穆公乘勝前進，二十多個戎狄小國先後歸服了秦國。秦國闢地千里，國界南至秦嶺，西達狄道（今甘肅臨洮），北至朐衍戎（今寧夏鹽池），東到黃河。周襄王派遣召公過帶「賀穆公以金鼓」，即周天子賞賜給秦穆公十二隻金鼓。這便是歷史上有名的「秦穆公霸西戎」。作為春秋時期一位有名的國君，秦穆公「東服強晉，西霸戎夷」，事功方面也相當了得。秦穆公雖然沒有像齊桓公、晉文公那樣有稱霸中原的霸業，但他舉賢任能，通過任用百里奚、蹇叔等人，逐漸把秦國從遊牧部落變成了農耕政權，這種轉變對秦國來說至關重要。

西元前西元前六二一年，秦穆公死去，用了一七七人為他殉葬，這是自西周以來用人殉葬最多的一次，反映了秦國社會落後、野蠻的一面。秦國很有才幹的子車氏「三良」：奄息、仲行、針虎也在殉葬人群之列。這樣大量毀滅人才，秦人非常哀傷，作詩《黃鳥》三章來哀悼他們。在《史記》中，司馬遷借「君子」之口評價秦穆公：「秦穆公廣地益國，東服強晉，西霸戎夷，然不為諸侯盟主，亦宜哉。死而棄民，收其良臣而從死。且先王崩，尚猶遺德垂法，況奪人之善人良臣百姓所哀者乎？是以知秦不能複東也。」歷史的發展果然如「君子」所說，秦穆公死後，繼任的秦康公、秦共公、秦恒公等人向東拓展疆土的計畫都失敗了。此後，秦國乾脆放棄了東進企圖，所謂的霸業亦隨之煙消雲散。直到春秋末期，秦國都只能局限於關中，失去了昔日的風光。秦國的再次崛起，則要等到戰國時期——它通過商鞅變法再次強大，並最終統一了六國。而這，顯然是另外的一串故事了。

附錄一　〈陰飴甥對秦伯〉——《左傳》

十月，晉陰飴甥會秦伯[一]，盟于王城[二]。秦伯曰：「晉國和乎？」對曰：「不和。小人恥失其君而悼喪其親，不憚征繕以立圉也[三]，曰：『必報讎，寧事戎狄。』君子愛其君而知其罪，不憚征繕以待秦命，曰：『必報德，有死無二。』以此不和。」

秦伯曰：「國謂君何？」對曰：「小人戚，謂之不免；君子恕，以為必歸。小人曰：『我毒秦，秦豈歸君？』君子曰：『我知罪矣，秦必歸君。貳而執之，服而舍之，德莫厚焉，刑莫威焉。服者懷德，貳者畏刑，此一役也，秦可以霸。納而不定，廢而不立，以德為怨，秦不其然。』」秦伯曰：「是吾心也。」改館晉侯，饋七牢焉[四]。

注釋

一 陰飴甥：晉大夫，即呂甥。
二 秦伯，即秦穆公。王城：在今陝西朝邑縣西南。
三 圉：晉惠公的太子圉。
四 七牢：牛、羊、豬各一頭叫一牢，七牢是當時款待諸侯的禮節。

附錄二 〈燭之武退秦師〉——《左傳》

九月甲午，晉侯、秦伯圍鄭[一]，以其無禮於晉[二]，且貳於楚也[三]。晉軍函陵，秦軍氾南[四]。佚之狐言於鄭伯曰[五]：「國危矣，若使燭之武見秦君，師必退。[六]」公從之。辭曰：「臣之壯也，猶不如人；今老矣，無能為也已。」公曰：「吾不能早用子，今急而求子，是寡人之過也。然鄭亡，子亦有不利焉！」許之。

夜縋而出[七]，見秦伯曰：「秦、晉圍鄭，鄭既知亡矣。若亡鄭而有益於君，敢以煩執事。越國以鄙遠，君知其難也，焉用亡鄭以陪鄰？鄰之厚，君之薄也。若舍鄭以為東道主[八]，行李之往來，共其乏困，君亦無所害。且君嘗為晉君賜矣，許君焦、瑕[九]，朝濟而夕設版焉，君之所知也。夫晉，何厭之有？既東封鄭，又欲肆其西封，若不闕秦[十]，將焉取之？闕秦以利晉，惟君圖之。」秦伯說，與鄭人盟。使杞子、逢孫、楊孫戍之[十一]，乃還。

子犯請擊之[十二]。公曰：「不可。微夫人之力不及此[十三]。因人之力而敝之，不仁；失其所與，不知；以亂易整，不武。吾其還也。」亦去之。

注釋

一　晉侯：晉文公。秦伯：秦穆公。

二　無禮於晉：指晉文公為公子時在外流亡，經過鄭國，鄭文公沒有按照禮節接待他。

三　貳於楚：鄭國自莊公以後，國勢日趨衰落。它介於齊、晉、楚三個大國之間，看誰的勢力強就依附誰，有時依附一方，暗地還要討好另一方。此處指在城濮之戰時鄭國幫助楚國攻打晉國之事。

四　函陵：在今河南鄭縣北。氾南：在今河南中牟縣南。

五　佚之狐：鄭國大夫。鄭伯：鄭文公。

六　燭之武：鄭國大夫。

七　縋：用身子拴住身體，從城牆往下放。

八　東道主：東方道路上招待食宿的主人。因鄭在秦東，所以這麼說，後人用「東道主」代指招待客人之人。

九 焦、瑕：兩個地名，在今河南三門峽市一帶。
十 闕：損害。
十一 杞子、逢孫、楊孫：三個人都是秦國大夫。
十二 子犯：晉大夫，即狐偃，晉文公的舅父。
十三 微：沒有。夫人：那個人，指秦穆公，秦穆公曾幫助晉文公復國。

附錄三 〈蹇叔哭師〉——《左傳》

杞子自鄭使告于秦曰[一]：「鄭人使我掌其北門之管，若潛師以來，國可得也。」穆公訪諸蹇叔[二]，蹇叔曰：「勞師以襲遠，非所聞也。師勞力竭，遠主備之[三]，無乃不可乎？師之所為，鄭必知之；勤而無所，必有悖心[四]。且行千里，其誰不知？」公辭焉。召孟明、西乞、白乙[五]，使出師于東門之外。蹇叔哭之曰：「孟子，吾見師之出而不見其入也！」公使謂之曰：「爾何知？中壽，爾墓之木拱矣。」[六]

蹇叔之子與師[七]，哭而送之，曰：「晉人禦師必於殽[八]，殽有二陵焉：其南陵，夏后皋之墓也[九]；其北陵，文王之所辟風雨也[十]。必死是間，余收爾骨焉。」秦師遂東。

注釋

一　杞子：秦國大夫。
二　蹇叔：秦國老臣。
三　遠主：指鄭國，因為秦和鄭之間隔著晉國。
四　悖心：叛逆作亂之心。
五　孟明、西乞、白乙：孟明，百里奚之子；西乞，名術；白乙，名丙；三個都是秦國的名將。
六　中壽，指活到六七十歲，蹇叔當時八十多歲。
七　與：參與，參加。
八　殽：同「崤」，崤山在今河南洛寧縣西北。
九　夏后皋：夏代的天子，名皋，是夏桀的祖父。
十　文王：周文王。辟：同「避」。

「官二代」實在不好教

——〈石碏諫寵州吁〉與〈觸讋說趙太后〉互參

一

衛國是春秋時期的一個小國，它是周武王的弟弟衛康叔姬封在商朝舊地建立起來的國家，國都在今天的河南淇縣——即商朝時所謂的朝歌。周武王駕崩之後，周成王年少，周公姬旦攝政。管叔、蔡叔不服周公，「乃與武庚祿父作亂」。周公姬旦奉成王之命平定了叛亂，「殺武庚祿父、管叔，放蔡叔」。然後讓衛康叔姬封當衛君，在商朝舊地建立政權。

衛國建立之初，周公考慮到衛康叔年輕，特意叮囑他：「你一定要向殷地的聖賢長者請教，搞清殷商興衰的原因，然後吸取教訓，善待當地百姓。」衛康叔向殷地的聖賢長者請教，聖賢長者「告以紂所以亡者，以淫於酒；酒之失，富人是用，故紂之亂自此始。」也就是說，荒淫無度、沉湎於醇酒和女人是商紂王滅亡的主要原因。這個歷史教訓不可謂不深刻，可惜的是，衛國的後代君王並沒有牢記商紂王的教訓，暴虐、荒淫的事情仍不時發生。《古文觀止》中所選〈石碏諫寵州吁〉一文就與衛國的一段荒唐歷史有關。

衛莊公娶了齊國太子得臣的妹妹，稱為莊姜，美麗卻沒有孩子。莊公又娶了陳國的女子，稱為厲媯，生下孝伯，早死。厲媯的妹妹戴媯也嫁給了莊公，並生下太子完（就是後來的衛桓公），莊姜將完認作自己的兒子。

莊公的寵妾生了個兒子州吁，受到衛莊公的寵愛，州吁喜好舞槍弄棒，衛莊公非但不加以禁止，還讓他當將軍。衛莊公的正室、大美女莊姜卻嫌惡州吁。衛國的賢臣石碏規勸莊公說：「下臣聽說喜愛兒子，要教導他做人的正當道理，不要使他走入邪路。驕傲、矜誇、過度、放縱，是走入邪路的原因。這四種惡習的產生，是由於寵愛和賞賜過分的原故。要是準備立州吁為太子，就定下來算了；如果還沒有定下來，您現在這樣放縱他就會成為禍亂的根源。一般說來，受到寵愛而不驕傲，驕傲而能安於地位下降，地位下降而不怨恨，怨恨而能忍耐，這種人是少有的。還有，卑賤的傷害高貴的，年少的欺負年長的，關係疏遠的離間親近的，新來的離間交情長久的，勢力小的陵駕勢力大的，道德敗壞的破壞品行端正的，這就叫做六逆。君王按照道理行事，臣下執行命令，父親慈愛，兒子孝順，兄長友愛，弟弟恭敬，這就叫做六順。拋棄合乎禮義的行為而去效法那些違背禮義的行徑，是加速禍亂到來的原因。作百姓君主的人，要努力除去禍患，可如今您卻是在加速禍亂的到來，這恐怕不對吧？」

衛莊公不聽石碏的話。石碏的兒子石厚與州吁交遊，石碏禁止兒子與之交往，兒子也不聽。衛莊公死後，太子完即位，稱衛桓公。石碏在這一年就告老辭官了。

選自《左傳》的〈石碏諫寵州吁〉一文到這裏就結束了。我猜測，吳楚材、吳調侯叔侄選中這篇文章的主要原因就在於它深刻地闡述了如何教育子女，尤其是如何教育「官二代」的問題。「教之以義方，弗納於邪」，去「六逆」，（「賤妨貴，少陵長，遠間親，新間舊，小加大，淫破義」），效「六順」（「君義、臣行、父慈、子孝、兄愛、弟敬」）等是儒家經典的教育思想。即便到了今天，這些教子理念仍然散發著智慧的光輝，值得我們細細咂摸（編按：體會），努力踐行。

二

世界上從來不缺少先知，只是先知總是缺少知音；世界上也從來不缺少先進的思想理念，只是先進思想總是缺少真正踐行的人。石碏就是當時的先知，可是衛莊公不聽他的話，就連石碏自己的兒子都不聽老爸的話，我們可以想見石老先生的內心該是多麼孤獨，若用現在的話說，他的心肯定是「拔涼拔涼的」；石碏先生的教育理念無疑是正確的，可是衛莊公卻不願意將其付諸實踐。

先知遭冷落，先進的思想被打入冷宮，其結果必然是悲劇發生。衛國的歷史再次證明了這個顛簸不破的真理。由於弟弟州吁過於驕橫跋扈，衛桓公在即位的第二年便撤了他的將軍職位。州吁自然不服，「出奔」，逃到了其他諸侯國。十四年之後，州吁率領自己糾集的部屬偷偷溜回衛國，與他的心腹石厚（石碏之子）經過密謀，於周恒王元年（西元前七一九年）在一次宴會上刺殺了衛桓公，州吁自立為君，並拜石厚為大夫。州吁因為自己得王位不正，為轉移國人視線，開始對其他諸侯國用兵，他糾集宋、陳、蔡等國以鄭伯不孝的罪名討伐鄭國，雖然打了勝仗，但因為他背著殺兄篡位的惡名，衛國上下都不擁護他。州吁為了取得衛國人的支持，派石厚回家諮詢其父石碏，石碏假意為他們出主意，說：「州吁如果想要穩固自己的地位，必須得到周天子的接見。」石厚問：「那怎樣才能得到周王的接見呢？」衛桓公的母親是陳國人，陳國對衛桓公被害一直耿耿於懷，石碏打算在陳國除掉州吁，就說：「陳侯同周王關係很好，同衛國的關係也不錯，如果州吁親自去陳國，疏通與陳侯的關係，再讓陳侯與周王溝通，周王接見的事一定可以成功。」州吁認為石碏的話很有道理，就與石厚一起攜帶重禮到陳國去。而石碏卻暗中派人給陳國大夫子針送了一封信，信中說：「衛國太小，而我已經老了，沒有力量做什麼事了，這兩個人是殺害衛桓公的兇手，請您將他們抓起來！」於是，州吁和石厚一到陳國就被抓了起來，不久衛國派人到陳國殺了州吁。因為石厚是石碏的兒子，有人主張饒恕石厚，被石碏拒絕了，他親自派孺羊肩到陳國殺了石厚，留下了「大義滅親」的佳話。

相對於衛莊公寵愛州吁，石碏「大義滅親」的舉措再次證明了先知身上的道德力量，他的生命始終是與大義在一起的，即便是親生兒子，一旦違背了大義，他也不包庇。僅此一點，就足以令後人敬佩不已。史家贊曰「碏忠勇義三全，誅逆滅親，安國定邦，真儒者之行也！」

以石碏之賢，尚不足以勸諫衛莊公，亦不能教育好自己的兒子，可見像州吁、石厚這樣的「官二代」多麼難教育！「官二代」之所以不好教，其中最主要的原因就是他們有背景，有後臺，有條件驕奢淫逸，即便闖了禍，也可抬出老爸來嚇人。比如，李啟銘在河北大學校園裏撞死了人，就喊出「我爸是李剛」的話。這就是一種典型的「官二代」思維。既然李啟銘都可以說「我爸是李剛」，那麼州吁就更有資格說「我爸是衛王！」了，同理，石厚也可說「我爸是石碏」。而寵愛子女是人類之通病，很多人都像衛莊公一樣，即便知道寵愛子女不好，也過不了自己感情這一關，還是會以親情為由寵愛孩子、包庇孩子，乃至孩子闖禍之後還替孩子上下打點，竭盡全力為其開脫。父母既然願意為孩子的錯誤承擔無限責任，那麼慣出敗家子之後把家業給「敗」了也自在情理之中。

三

「官二代」之所以不好教，主要原因就在於他們都有一個當官的爹。仗著位高權重的老爹之寵愛自己，很少有人能不驕橫，驕橫的人又很少願意活得低調，不肯低調生活的人就難免生出諸多怨恨，怨恨多了，就極容易惹是生非。正如石碏所說：「夫寵而不驕，驕而能降，降而不憾，憾而能眕者，鮮矣。」可見，要想教育好「官二代」，最根本的還是要從「官一代」的身上下手。若能擺平當官的老爹老媽，他們不寵自己的孩子了，「官二代」的教育問題也就迎刃而解了。在這方面，〈觸讋說趙太后〉一文提供了一個成功的例子。

趙孝成王元年，秦國攻打趙國，連續攻克了三座城市。此時，趙孝成王年幼，又趙太后主持國政。趙國向齊國求救，齊國提出，必須讓趙國的長安君去齊國當人質，齊國才肯出兵救趙。

長安君是趙太后的兒子，讓自己的兒子去齊國做人質，趙太后不肯答應。大臣們極力勸說，趙太后很生氣，對左右的人說：「有哪個再來說要長安君為人質的，我就要把唾沫吐在他的臉上。」於是也沒人再敢說這件事了。

左師觸讋求見趙太后，趙太后氣衝衝地等著他。觸讋來到宮中，慢慢地走著，到了太后跟前謝罪道：「我腳上有毛病，竟不能快步走。好久都沒見您了，我怕您玉體欠安，所以想來見見您。」太后道：「我靠車子才能行動。」觸讋又問：「每日飲食該沒減少吧？」太后道：「不過吃點稀飯罷了。」觸讋說：「我近來很不想吃什麼，卻勉強散散步，每天走三四里，稍稍增加了一些食欲，身體也舒暢了些。」太后說：「我做不到啊。」太后的怒色稍稍地消了些。

觸讋又說：「老臣的賤子舒祺年歲最小，不成器得很，而我已經衰老了，心裏很憐愛他，希望他能充當一名衛士，來保衛王宮。我特冒死來向您稟告。」太后答道：「好吧。他多大了？」觸讋道：「十五歲了。不過，雖然他還小，我卻希望在我沒死之前把他託付給您。」太后問道：「男子漢也愛他的小兒子嗎？」觸讋答道：「比女人還愛得很哩！」太后答道：「女人格外疼愛小兒子。」觸讋說：「我私下認為您對燕後的愛憐超過了對長安君的愛。」

太后說：「您說錯了，我對燕後的愛遠遠趕不上對長安君啊！」

觸讋回答：「父母疼愛自己的孩子，就必須為他考慮長遠的利益。您把燕後嫁出去的時候，拉著她的腳跟，還為她哭泣，不讓她走，想著她遠嫁，您十分悲傷，那情景夠傷心的了。燕後走了，您不是不想念她。可是祭祀時為她祝福，說：『千萬別讓她回來。』您這樣做難道不是為她考慮長遠利益、希望她有子孫能相繼為燕王嗎？」太后答道：「是這樣。」

左師觸讋又說：「從現在的趙王上推三代，直到趙氏從大夫封為國君為止，歷代趙國國君的子孫受封為侯的人，他們的後嗣繼承其封爵的，還有存在的嗎？」

太后答道：「沒有。」

觸讋又問：「不只是趙國，諸侯各國有這種情況嗎？」

太后道：「我還沒聽說過。」

觸讋說：「這大概就叫做：近一點呢，禍患落到自己身上；遠一點呢，災禍就會累及子孫。難道是這些人君之子一定都不好嗎？不是的，是因為他們地位尊貴，卻無功於國；俸祿優厚，卻毫無勞績，而他們又持有許多珍寶異物，這樣就難免危險了。現在您使長安君地位尊貴，把肥沃的土地封給他，賜給他很多寶物，可是不乘現在使他有功於國，有朝一日您不在了，長安君憑什麼在趙國立身呢？我覺得您為長安君考慮得太短淺了，所以認為您對他的愛不及對燕後啊！」

太后答道：「好了，任憑您把他派到哪兒去。」於是為長安君準備了上百輛車子，到齊國作人質。齊國也因此派兵救趙。

大臣子義聽到了這事，說：「太后的孩子尚且不能無功受祿，更何況是一般的人臣呀！」

從這段故事中我們可以看出，為了說服趙太后，觸讋煞費苦心。他先不跟趙太后談政事，而是談談各自的身體健康狀況，藉此來軟化談話氣氛。然後又通過為自己小兒子謀求衛士一事把話題導向父母對子女的關愛之上，最後再比較趙太后對女兒燕後與對長安君的不同表現，得出「父母之愛子，則為之計深遠」的結論。有了這種層層推進的說服教育，趙太后終於醒悟過來：不讓長安君在危機時刻為國家立功，這不是真的愛他；如果真的愛長安君，現在就讓他去齊國當人質，這樣才有利於他日後的發展。

觸讋說服趙太后的核心理念，其實跟石碏勸諫衛莊公的理由是一樣的，都是教育人（尤其是權貴）不要寵愛孩子。中國人常說「愛子如殺子」，又說「名曰愛之，實則害之」，說的都是寵愛孩子就等於害孩子的道理。就理論層面而言，很多人都能認可這種道理，關鍵的問題是，許多人克服不了自己對子女的寵愛之情，經常在實踐中敗下陣來。普通人家的父母，雖也寵愛子女，但限於條件，往往還不算過分，可權貴之家就不同了，他們有權有勢，寵起孩子來往往會一擲千金，如此寵法當然更容易害了孩子。另外，「官二代」的父輩是官，他們手握重權，平時聽慣了吹捧之辭，時間長了難免滋長驕橫跋扈之氣，這種氣息在無形之中也會傳染給孩子。這些都是導致「官二代」飛揚跋扈的重要原因。歸根結底，「官二代」的問題最終還是出在「官一代」的身上，若想教好「官二代」，最重要的就是要教育、監督好各級官員。如果官員沒了特權，失去了驕橫跋扈的資本，那麼他們的心態也就平和了；父母心態平和了，即便仍有寵愛子女之情，一般說來也不會過分。

附錄一　〈石碏諫寵州吁〉——《左傳》

衛莊公娶于齊東宮得臣之妹[一]，曰莊姜，美而無子，衛人所為賦〈碩人〉也。又娶于陳，曰厲媯[二]，生孝伯，蚤死[三]。其娣戴媯，生桓公，莊姜以為己子。

公子州吁，嬖人之子也[四]，有寵而好兵，公弗禁。莊姜惡之。

石碏諫曰[五]：「臣聞愛子，教之以義方，弗納於邪。驕、奢、淫、佚，所自邪也。四者之來，寵祿過也。將立州吁，乃定之矣，若猶未也，階之為禍。夫寵而不驕，驕而能降，降而不憾，憾而能眕者，鮮矣[六]。且夫賤妨貴，少陵長，遠間親，新間舊，小加大，淫破義，所謂六逆也。君義，臣行，父慈，子孝，兄愛，弟敬，所謂六順也。去順效逆，所以速禍也。君人者，將禍是務去，而速之，無乃不可乎？」弗聽。其子厚與州吁遊，禁之，不可。桓公立，乃老[七]。

注釋

一　東宮：太子所住的宮殿，所以也稱太子為東宮。得臣：齊國太子的名。

二　厲媯：陳國為媯姓，厲是謚號。

三　蚤：同「早」。

四　嬖：寵愛。

五　石碏：衛國大夫。

六　鮮：少。

七　老：告老。以年老為由而退休。

附錄二 〈觸讋說趙太后〉——《戰國策》

趙太后新用事[一]，秦急攻之。趙氏求救於齊，齊曰：「必以長安君為質[二]，兵乃出。」太后不肯，大臣強諫。太后明謂左右：「有復言令長安君為質者，老婦必唾其面。」

左師觸讋願見太后盛氣而揖之[三]。入而徐趨，至而自謝，曰：「老臣病足，曾不能疾走，不得見久矣，竊自恕，而恐太后玉體之有所郄也[四]，故願望見。」太后曰：「老婦恃輦而行。」曰：「日食飲得無衰乎？」曰：「恃鬻耳。」曰：「老臣今者殊不欲食，乃自強步，日三四里，少益嗜食，和於身。」太后曰：「老婦不能。」太后之色少解。

左師公曰：「老臣賤息舒祺，最少，不肖；而臣衰，竊愛憐之。願令得補黑衣之數[五]，以衛王宮。沒死以聞。」太后曰：「敬諾。年幾何矣？」對曰：「十五歲矣。雖少，願及未填溝壑而託之[六]。」太后曰：「丈夫亦愛憐其少子乎？」對曰：「甚於婦人。」太后笑曰：「婦人異甚。」對曰：「老臣竊以為媼之愛燕后[七]，賢於長安君。」曰：「君過矣！不若長安君之甚。」左師公曰：「父母之愛子，則為之計深遠。媼之送燕后也，持其踵，為之泣，念悲其遠也，亦哀之矣。已行，非弗思也，祭祀必祝之，祝曰：『必勿使反。[八]』豈非計久長，有子孫相繼為王也哉？」太后曰：「然。」

左師公曰：「今三世以前，至於趙之為趙[九]，趙主之子孫侯者，其繼有在者乎？」曰：「無有。」曰：「微獨趙，諸侯有在者乎？」曰：「老婦不聞也。」「此其近者禍及身，遠者及其子孫。豈人主之子孫則必不善哉？位尊而無功，奉厚而無勞，而挾重器多也。今媼尊長安君之位，而封之以膏腴之地，多予之重器，而不及今令有功於國，一旦山陵崩[十]，長安君何以自託於趙？老臣以媼為長安君計短也，故以為其愛不若燕后。」太后曰：「諾，恣君之所使之。」於是為長安君約車百乘，質於齊，齊兵乃出。

子義聞之[十一]，曰：「人主之於也，骨肉之親也，猶不能恃無功之尊，無勞之奉，而守金玉之重也[十二]，況人臣乎！」

注釋

一 趙太后：即趙威后。新用事：當時趙孝成王年幼，又趙太后執政。

二 長安君：趙太后寵愛的小兒子。質：人質。先秦時，兩國結盟，常以君主的子弟或大臣作為人質，住在盟國。

三 左師：官名。觸讋：趙國老臣。

四 郄：同「隙」，身體不適。

五 黑衣：戰國時王宮的衛士穿黑色軍服，故「黑衣」代指衛士。

六 填溝壑：代指死。人死後埋於地下，故稱為「填溝壑」，這是一種謙稱。

七 燕后：趙太后之女，嫁到燕國為后，故稱為燕后。

八 必勿使反：古代諸侯之女出嫁他國，只有被廢或亡國時才會返回父母之國。這裏是說趙太后常常為燕后祈禱，希望她永遠不要因遭到不幸而返回父母之國。

九 趙之為趙：前趙字指趙姓，後趙字指趙國。趙氏本是晉國大夫趙衰的後代，西元前四〇三年，韓、趙、魏三家分晉，周天子正式封他們為諸侯。趙國第一個國君是趙烈侯。

十 山陵崩：古代帝王死稱「崩」，這裏代指趙太后死去。

十一 子義：趙國賢士。

十二 金玉之重：指尊貴的地位。

修德重於「問鼎」

——〈臧哀伯諫納郜鼎〉與〈王孫滿對楚子〉互參

據說，大禹統治中國時，「收九牧所貢之金鑄九鼎」，以象徵九州。成湯滅夏後，九鼎遷於商都，武王伐紂後，又遷至洛邑。秦滅周後，九鼎佚失。有意思的是，具體的「鼎」消失了，抽象的「鼎」卻非常牢固地保留在了中國文字中。在中國人的話語中，「鼎」已不再是簡單的器皿，而成了至高無上的權力象徵，「問鼎」就是爭奪政權的代名詞。

既然鼎是權力的代表，那麼鼎的使用也就不能亂了規矩。根據周禮規定，只有天子才可以用九鼎，其次，諸侯用七鼎，大夫用五鼎，士用三鼎或一鼎（視不同級別而定）。至於一般的平民百姓，是絕對不可以使用鼎的，若使用，就是僭越，會招至殺身之禍。

在《古文觀止》中，與鼎有關的文章有兩篇：〈臧哀伯諫納郜鼎〉和〈王孫滿對楚子〉，從這兩篇文章中，我們依稀可以看出春秋時代的若干特點，一方面，統治階層內部的相互殺伐與賄賂致使「禮崩樂壞」，另一方面，雖然「崩」，雖然「壞」，但禮在當時畢竟還是存在的，很多有識之士在亂世裏依然守護周禮，用道德的力量對抗統治者的荒淫和貪婪。這些人的努力在當時失敗了，但是，他們給後人留下了寶貴的精神財富。

一

先看〈臧哀伯諫納郜鼎〉一文的相關背景。西元前的七一一年，宋國的太宰（行政長官）華父督在路上遇到了大司馬（最高軍事將領）孔父的夫人。華父督為孔父夫人的美貌所征服，眼睛盯在夫人身上不肯離開，「目逆而送之」。當夫人遠去之後，華父督感歎道：「美而豔」。誰知道，這麼一次偶然的路遇，竟然掀起了一場狂風巨浪。為了奪得孔父「美而豔」的夫人，華父督對宋國人說：「宋殤公即位才十年，就發動了十一次戰爭，老百姓不堪其苦。這都是孔父攛掇的，讓我們殺了孔父，還百姓以安寧。」看看，本來是貪圖人家老婆的美貌，卻說出一番為民請命的言辭，政客說謊的水平絕對不一般呀。於是，華父督「攻殺孔父，取其妻」，殺了孔父，霸佔了人家的老婆。國家的大臣之間發生這樣的事情，宋殤公自然感覺不爽。結果，華父督一不做二不休，把宋殤公也幹掉了，然後「迎穆公子馮於鄭而立之，是為莊公。」這段故事在歷史上被稱為宋國的「華督之亂」（華父督又稱華督）。

殺同僚，「取其妻」，弒君，迎立莊公，這一連串的手段極不光彩。宋莊公新立，地位不穩，要尋求周圍鄰國的支持。那時魯國在東邊還是一言九鼎的大國。為了求得魯國的支持，就把郜國的大鼎行賄給了魯桓公。魯桓公接受了宋國送來的大鼎，並把它供奉在太廟裏，向前來魯國訪問的各國人士炫耀。

魯桓公的做法顯然不地道。其一，郜鼎來路不正，它是宋國兼併郜國從人家那裏搶來的。郜國也是姬姓之國，宋國滅掉姬姓之國，本身是嚴重違反周王朝的法令的。而魯桓公不去討伐這種違法亂紀的做法，還接受宋國賄賂的郜鼎，這等於助長相互殺戮的風氣。其二，宋國為什麼要賄賂魯國？是因為宋莊公的國君名分也來路不正。華父督殺孔父，弒殤公，這本身就是大逆不道的行為，你魯桓公不去討伐，反而被他收買，實在太不像話了。

魯國大臣臧哀伯看不下去了，他決定勸諫。他的父親臧僖伯就以敢於直諫著稱，魯隱公五年，國君要去棠地（現在的山東金鄉）觀看捕魚，臧僖伯就直言相勸，雖然魯隱公最後沒聽他的話，但他的作為被寫進史書，他勸諫國君的話就是有名的〈臧僖伯諫觀魚〉。俗話說「有其父必有其子」，臧哀伯繼承了他爸爸敢於直諫方面的耿直性格，毅然出面勸諫魯桓公。

他說：「做君王的人要昭示美德，遏止邪惡，以此來讓百官效仿，就是這樣做，還怕有什麼過失，所以才要把美德特別明確地昭示給子孫。因此，清淨的廟宇用茅草蓋屋，大車上用草編織做坐席，肉羹不做得太精緻，吃的穀物不去殼，這些做法都是為了提倡節儉啊。禮服、帽子、繡的花紋、拿的玉笏、衣帶、衣裳、綁腿、鞋子、髮簪、帽子飄帶、帽子繫帶、帽子飾物，這些是為了表明尊卑等級制度的，玉墊及其上面的圖案、刀劍的套子及其飾物、腰帶和腰帶下垂的部分，也是為了表明這個禮數的。禮服上所繡的火、龍、亞、斧形花紋，是用文采來表明尊貴等級；車服禮器上的五色對應的是五個方位，馬車上的鈴鐺是為了模擬大自然的各種聲音，旗幟上的日月星辰，是為了象徵光明。這些節儉有序的法度、上下有序的美德，通過文采器物得以表現，目的就是讓百官心生敬畏，提高警惕，不敢輕視綱紀法規。現在，您擯棄美德，在太廟裏擺設違背禮數的物品，拿人家賄賂的郜鼎來炫耀，這是在向百官傳達什麼樣的資訊呢？如果百官都照著去做，您又有什麼理由責怪他們呢？」

臧哀伯又延伸開去，說：「國家衰敗，向來都是因為官員的邪惡。官員道德淪喪，又都是從接受賄賂開始的。現在，您把郜鼎放在太廟裏炫耀，還有比這更過分的嗎？周武王滅了商朝，把九鼎遷到洛陽，當時的義士都認為他做得不對，何況您現在把宋國賄賂的郜鼎放在太廟呢？」

臧哀伯的這番話說得義正嚴詞、鏗鏘有力，可惜的是，「公不聽」，魯桓公不聽他的勸諫，繼續我行我素。從這件事上我們也可以看出春秋時代價值觀的嬗變：雖然有些臣子還在恪守周禮，信奉道德，可是上層統治者已經見利忘義甚至同流合污了。孔子說：「禮失求諸野」，意思正在於此，上層統治階層實在不守規矩，不講道德禮數了，我們只好到臣子中間去尋找有德之士，用現在的話說來說，就是只能從「草根」身上才能看到真正的美德呀。

雖然「公不聽」，但臧哀伯的直諫還是得到了周王朝內史的贊同，他說：「臧哀伯的後人必定會在魯國建功啊！原因就是君王犯錯，他不忘記用德操來勸阻。」古人信奉自己有德，後人必定會跟著有出息。臧哀伯恪守臣子本分，敢於直諫，所以周王朝的內史斷定「其有後於魯乎！」

臧哀伯所說：「國家之敗，由官邪也。官之失德，寵賂章也。」這句話即便在今天看來也仍然有意義。官場風氣的好壞與國家命運前途息息相關，而官員道德淪喪的重要標誌，就是大家都自恃得寵，明目張膽地接受賄賂。考察歷代王朝的衰敗，似乎都是在一次又一次地印證臧哀伯的這句話。若臧哀伯活到今天，他一定會無比傷心：「我早就說了，你們不聽；魯桓公一個人不聽也就罷了，歷朝歷代都不聽，面對著慘痛的歷史教訓也不聽，你們真是不可救藥呀。」

二

如果說臧哀伯批評魯桓公是批判其「納鼎」之過的話，那麼王孫滿與楚莊王的一番對話則是在批評楚莊王的「問鼎」野心了。

楚莊王在歷史上是個很有故事的人物。他是楚穆王的兒子，史書載，他「即位三年，不出號令，日夜為樂，令國中曰『有敢諫者死，無赦。』」也就是說，他在即位的最初三年根本不理朝政，整天就知道飲酒作樂，還說誰敢進諫就「殺無赦」。

別說，還真有不怕死的人。一日，楚國大夫伍舉進諫楚莊王。史書記載當時的情形是：「莊王左抱鄭姬，右抱越女，坐鐘鼓之間」——這哪裡是在上朝呀，分明是在「天上人間」淫樂嘛。他端著酒杯問伍舉：「伍大夫來此，是想喝酒呢，還是要看歌舞？」伍舉話中有話地說：「有人讓我猜一個謎語，我怎麼也猜不出，特此來向您請教。」

楚莊王一面喝酒，一邊問：「什麼謎語，這麼難猜？你說說！」伍舉說：「謎語是『楚京有大鳥，棲上在朝堂，歷時三年整，不鳴亦不飛』。這到底是只什麼鳥呢？」

楚莊王聽了，自然明白了伍舉的諷諫之意，就說：「這可不是一隻普通的鳥，這隻鳥啊，三年不飛，一飛沖天；三年不鳴，一鳴驚人。你等著瞧吧。」伍舉知道楚莊王已明白，便高興地退了出來。

可過了幾個月，楚莊王依然故我，既不「鳴」，也不「飛」，照舊沉溺於醇酒美女之中。大夫蘇從忍受不住了，便來見莊王。他才進宮門，便大哭起來。楚莊王說：「先生，你為什麼事這麼傷心啊？」蘇從回答道：「我為自己就要死了傷心，還為楚國即將滅亡傷心。」楚莊王很吃驚，便問：「你怎麼能死呢？楚國又怎麼能滅亡呢？」蘇從說：「我想勸告您，您聽不進去，肯定要殺死我。您整天觀賞歌舞，飲酒作樂，不管朝政，楚國的滅亡不就在眼前了嗎？」

楚莊王聽完大怒，斥責蘇從：「你是想死嗎？我早已說過，誰來勸諫，我便殺死誰。如今你明知故犯，真是愚蠢！」蘇從十分痛切地說：「我是傻，可您比我還傻。倘若您將我殺了，我死後將得到忠臣的美名；您若是再這樣下去，楚國必亡。您就當了亡國之君。您不是比我還傻嗎？言已至此，您要殺就殺吧！」

楚莊王忽然站起來，動情地說：「大夫的話都是忠言，我必定照你說的辦。」隨即，他令解散了樂隊，打發了舞女，開始聽政。聽政之後，楚莊王「所誅者數百人，所進者數百人，任伍舉、蘇從以政，國人大悅。」這一年就滅掉了庸國，三年之後又討伐宋國，繳獲了五百輛戰車。

楚莊王八年（西元前六〇六年），楚莊王伐陸渾（今河南嵩縣北）之戎，一直打到洛水邊，「觀兵於周疆」，在周都洛陽陳兵示威。一看來者不善，周天子趕緊派大夫王孫滿去慰勞楚莊王。楚莊王藉機向王孫滿詢問周鼎的大小輕重，意欲移鼎於楚，充分暴露了他稱霸天下的野心。

王孫滿的回答很巧妙，他說：「稱霸天下在於德行而不在於鼎。以前，夏代剛剛擁立有德之君的時候，描繪遠方各種奇異事物的圖像，以九州進貢的金屬鑄成九鼎，將所畫的事物鑄在鼎上反映出來。鼎上各種事物都已具備，使百姓懂得哪些是神，哪些是邪惡的事物。所以百姓進入江河湖泊和深山老林，就可知道逃避兇猛的野獸，於是上下和諧，能享受上天賜給的美好生活。夏桀昏聵無德，九鼎遷到商朝，時間長達六百年。商紂殘暴，九鼎又遷到周朝。德行如果美好光明，九鼎雖小，也重得無法遷走。如果奸邪昏亂，九鼎再大，也輕得可以遷走。上天賜福有光明德行的人，福德是有期限的。周成王將九鼎固定安放在王城時，曾預卜周朝傳國三十代，享年七百載，這個期限是上天所決定的。周朝的德行雖然衰退，天命還未更改。九鼎的輕重，是不可以詢問的。」

王孫滿的回答不卑不亢，以「在德不在鼎」打消了楚莊王的野心。王孫滿的話讓楚莊王意識到取代周王室條件還不成熟，便退兵了。這便是「問鼎中原」一詞的由來。

楚莊王「問鼎」，充分反映了春秋時期諸侯不拿周天子當盤菜的現實。楚莊王之前，齊桓公也當過霸主，齊桓公「首霸」時打出的旗號是「尊王攘夷」。那個時候，齊桓公雖然是號令諸侯的霸主，但是，他對周天子在表面上還是很尊重的，他禮節上並不敢僭越。在魯僖公九年（西元前六五一年）的「葵丘尋盟」中，周襄王賜給齊桓公祭肉，齊桓公堅持下階拜謝、然後再登堂接受祭肉的臣子之禮，在禮節上對周天子可謂謙恭。可是，短短四十多年之後，楚莊王稱霸之際就敢於向周天子的使者「問鼎」了，可見當年「禮崩樂壞」速度之快。但即便如此，我們從王孫滿的回答中仍可以看出一些臣子對周禮的維護。更關鍵的是，王孫滿的回答充分說明了中國人重視道德、「萬事德為先」的思想。

三

中國人重視「德行」，最明顯的例子就是孔子。孔子生活在春秋晚期的亂世之中，當時，不但周天子已經名存實亡，就是諸侯也已經常被自己的家臣篡權、殺戮。順便說一句，春秋時期最明顯的政治走向就是大權的層層下移：早期是各國諸侯不拿周天子當盤菜，發展到最後，諸侯國的士大夫也有樣學樣，開始搶班奪權。正是在大家都爭權奪勢的亂世裏，孔子橫空出世。他以自己思想文化的王國來對抗禮崩樂壞的亂世，以倡導仁德來批判亂臣賊子，以「禮樂」來提升人生境界。他「知其不可而為之」，帶著一幫弟子四處奔走，試圖說服各國諸侯實行「仁政」，以拯救天下蒼生。因為各國國君都崇尚實力、武力，實行的都是霸道，而非「王道」，所以，他們都不願意聽從孔子的規勸。在政治訴求的層面上，孔子失敗了，但是，在思想文化的層面上，孔子成功了。他所創立的儒家思想此後成了中國二千多年來的主流價值觀；他所提倡的「仁義禮智信」的道德體系，是中國人「修身、齊家、治國、平天下」的核心依據。

「天不生仲尼，萬古如長夜」，可以說，孔子的出現從整體上提升了中國的文化境界。在爭權奪利、殺君弒父的亂世裏，孔子向世人指明了另外一條道路——通過修身提升道德才是抵達快樂人生的通途大道。孔子說：「自天子以至於庶人，壹是皆以修身為本。」一個人只有通過修身，建立了正確的人生觀、價值觀，才能對宇宙人生有一個清醒的認識，有此認識，才能有一個幸福快樂的人生。否則，心向外求，整個人跟著慾望走，而慾望是沒有盡頭的，「慾壑難填」，所求總得不到滿足，又哪裡能得到快樂呢？

孔子倡導過「仁義禮智信」的道德生活，目的就是要讓人們在瘋狂追求物欲的路上及時「回頭」，通過向內用力來實現心靈的充盈與富足。孔子經常表揚顏回，就是因為他能時刻讓自己的內心處於「正道」，所謂「三月不違如愚」。正因為顏回能讓快樂從自己的內心自然而然地滋長出來，所以他才能「一簞食，一瓢飲，在陋巷，人也不堪其憂，回也不改其樂。」這並不是說一定要「以苦為樂」，故意與物質享受作對，而是要告訴人們，真正的高級別的快樂與物慾關係不大，只要肯於求道、「樂道」，不需要特別的物質享受（基本的飲食滿足即可）也能得到內心的快樂。

孔子還是中國歷史上最偉大的教育家，他有教無類，因材施教，教出了一大批「文化大師」，即所謂「弟子三千，賢人七十二」。而「七十二賢人」中又有最頂級的「孔門十哲」，即子淵、子騫、伯牛、仲弓、子有、子貢、子路、子我、子游、子夏。這十哲分為「德行」、「政事」、「言語」、「文學」四科。四科之中，將「德行」放在第一位，亦顯示出孔子對道德教育的特別重視。

圍繞著孔子和儒家文化的是是非非，爭論幾乎從來就沒有停止過。但是，公允地說，孔子重視道德教化，以「萬事德讓先」的姿態來處理中國文化問題並沒有太大的過錯。在春秋時期的亂世中，周天子也好，諸侯國的國君也罷，若德行不夠，確實是件很麻煩的事。他們也許可以用武力奪得王位，但武力奪得的王位亦可以被別人用武力奪走，「馬上可以得天下，不可以馬上治天下」，若想治理好國家，還真得「文治」，所謂「文治」，其核心理念就是「講信修睦」，國君自己帶頭講道德，然後影響全國上下接受道德教化。國君有道德，對外避免了窮兵黷武，對內避免了橫徵暴斂，這樣，才能通過休養生息來發展生產，讓百姓過上和平安定的生活。老百姓的生活安穩了，誰還願意提著腦袋造反呢？底層人民不造反，國君也就用不著整天過提心吊膽的日子。這樣，豈不是雙贏？問題在於，儒家思想真正被統治階級信奉、貫徹的時間並不多。相反，在中國的歷史上，儒家思想經常被統治階級利用，他們嘴裏說的是仁義道德，做的卻是男盜女娼之事；他們自我標榜的治國理念是儒家之仁政，可實際採用的卻是法家的嚴刑峻法和陰謀詭計。當然，這是孔子儒家思想被改造、利用之後的情況，已屬另外一個話題，在此按下不表。

附錄一　〈臧哀伯諫納郜鼎〉——《左傳》

夏，四月，取郜大鼎于宋。戊申，納于大廟[一]，非禮也。

臧哀伯諫曰[二]：「君人者，將昭德塞違，以臨照百官；猶懼或失之，故昭令德以示子孫。是以清廟茅屋，大路越席[三]，大羹不致[四]，粢食不鑿[五]，昭其儉也。袞、冕、黻、珽，帶、裳、幅、舄，衡、紞、紘、綖，昭其度也[六]。藻、率、鞞、鞛，鞶、厲、游、纓，昭其數也[七]。火、龍、黼、黻，昭其文也[八]。五色比象[九]，昭其物也。錫、鸞、和、鈴[十]，昭其聲也。三辰旂旗[十一]，昭其明也。夫德，儉而有度，登降有數。文、物以紀之，聲、明以發之，以臨照百官。百官於是乎戒懼而不敢易紀律。今滅德立違[十二]，而寘其賂器於大廟，以明示百官。百官象之，其又何誅焉？國家之敗，由官邪也；官之失德，寵賂章也。郜鼎在廟，章孰甚焉？武王克商，遷九鼎於雒邑[十三]，義士猶或非之，而況將昭違亂之賂器於大廟，其若之何？」

公不聽。周內史聞之，曰：「臧孫達其有後於魯乎[十四]，君違，不忘諫之以德。」

注釋

一 郜：國名，姬姓，始封之君為周文王之子。故都在今山東成武東南，後被宋國吞併。「大廟」即太廟，天子或諸侯供奉祖先之所，大，同「太」。

二 臧哀伯：魯國大夫。

三 大路：同「大輅」，天子祭天時乘坐的車子，要樸素無華，以蒲草作席。

四 大羹：即「太羹」，祭祀用的肉汁。不致：不另外加調味品。

五 粢食：黍子和穀子合稱為粢，是當時的主要糧食。不鑿：不精細加工。

六 袞：天子和高級官吏祭祀時穿的禮服。冕：黑色禮帽，祭祀時，大夫以上的官員要戴著它；黻：熟皮子做的蔽膝；珽：帝王所持用玉做的朝板；幅：古人斜裹在小腿上的布；舄：有複底的鞋；衡：用來固定冠冕的簪子；紞：古人帽子兩邊懸掛玉石的帶子；紘：古人帽子上的紐帶；綖：冕上面長方形的版，外包黑布。

七 藻和率都是用熟皮子做的放玉的襯墊；鞞和鞛是古人刀鞘上的裝飾物；鞶：古人的皮帶；厲：下垂的裝飾性皮帶；遊：旌旗上懸掛的小玉；纓：馬頭上的裝飾性皮帶。

八 黼、黻：古代禮服上所繡的裝飾性花紋。

九 五色：青、赤、黃、白、黑五種顏色。比象：模擬天地四方的形象。

十 錫、鸞、和、鈴：都是馬車上裝飾的鈴鐺之類。馬額上的叫錫，馬嚼子上的叫鸞，車前橫木上的叫和，旂子上的叫鈴。

十一 三辰：日、月、星。旂旗：繡著龍並掛著鈴的旗幟叫旂，繡著熊、虎的叫旗。

十二 滅德立違：讓道德泯滅，默認違反道德的人和事。宋大夫華父督見孔父之妻美麗，就殺了孔父，並佔有了他的妻子。宋殤公不滿此事，華父督就又殺了宋殤公，隨後另立宋莊公，並自任宋相。他恐怕遭到諸侯討伐，就取了郜國所造的鼎賄賂魯國。魯桓公接受了他的賄賂，默認華督為宋相。「滅德立違」即指此事。

十三 九鼎：相傳為夏禹所鑄。夏、商、周三代以為傳授政權的國寶。

十四 臧孫達：即臧哀伯。

附錄二 〈王孫滿對楚子〉——《左傳》

楚子伐陸渾之戎[一]，遂至於雒，觀兵于周疆[二]。定王使王孫滿勞楚子[三]。楚子問鼎之大小輕重焉[四]。

對曰：「在德不在鼎。昔夏之方有德也，遠方圖物，貢金九牧[五]，鑄鼎象物[六]，百物而為之備，使民知神、姦。故民入川澤、山林，不逢不若[七]。螭魅罔兩[八]，莫能逢之。用能協于上下，以承天休。桀有昏德，鼎遷于商，載祀六百。商紂暴虐，鼎遷于周。德之休明，雖小，重也。其姦回昏亂，雖大，輕也。天祚明德，有所底止。成王定鼎于郟鄏[九]，卜世三十，卜年七百，天所命也。周德雖衰，天命未改。鼎之輕重，未可問也。」

注釋

一 楚子：楚莊王。楚國受封時是子爵，但「不服周」，自稱王。陸渾之戎：我國古代西北地方民族之一，原居秦、晉西北，後遷伊川，在今河南嵩縣東北。

二 觀兵：檢閱軍隊以炫耀武力。

三 定王：周朝第二十一代王。王孫滿：周大夫。

四 鼎：相傳為夏禹所鑄，為夏、商、周三代的國寶。此句為「問鼎」的最早出處，在當時，諸侯國問周天子「鼎之輕重」是一種僭越之舉。

五 九牧：古代中國分為九州，九牧就是九州的首領。

六 鑄鼎象物：用九牧所貢之金（銅）鑄鼎，把所描繪的事務鑄在鼎上。

七 不若：不利之物。

八 螭魅：山林裏的鬼怪；罔兩：水裏的鬼怪。

九 成王：周成王。郟鄏：周地，在今河南洛陽。

「只愛一點點」

——〈魯共公擇言〉的深意

李敖寫過的一首詩〈只愛一點點〉：「不愛那麼多／只愛一點點／別人的愛情像海深／我的愛情淺……」針對這首詩，李敖自己解釋說：「我相信，愛情本是人生的一部分，它應該只占一個比例而已，它不是全部，也不該日日夜夜時時刻刻扯到它。一旦扯到，除了快樂，沒有別的，也不該有別的。只在快樂上有遠近深淺，絕不在痛苦上有死去活來，這才是最該有的『智者之愛』……」

「智者之愛」的說法讓人耳目一新。「智者之愛」與「凡夫之愛」有何區別？何為智？何在俗？仔細思考，我們就會發現，所謂的「智者」其實就是善於運用理智、做事講分寸、愛恨懂節制的人，而凡夫俗子往往不知道節制，做事缺乏分寸感，只能聽憑情緒和慾望的驅使，最終不是「利令智昏」、「色令智昏」

就是「權令智昏」——反正是把自己弄「昏了頭」。

考察中國歷史，我們也會發現，許多「智者」確實對物慾（包括酒色、財貨、權力、名望等）抱有足夠的警惕。〈魯共公擇言〉一文記載：「昔者，帝女令儀狄作酒而美，進之禹。禹飲而甘之，遂疏儀狄，絕旨酒，曰：『後世必有以酒亡其國者。』」這段話的主要意思是：儀狄造出了美酒並進獻給了大禹。大禹喝過之後也覺得不錯，但大禹卻因此疏遠了儀狄，並且戒了酒，還說：「後世必有因為貪圖飲酒而導致國家滅亡的人。」類似的故事還在齊桓公、晉文公、楚莊王等人的身上發生過。夜半時分，寵臣易牙給齊桓公做了一頓美食，齊桓公吃得極爽，睡到第二天早晨還沒醒來。然後他就說：「後世必定有因為貪圖美味而導致國家滅亡的人。」晉文公得到一個大美女南威，兩個人廝混了三天。三天之後，晉文公想到已三天沒上朝了，就推開南威，並疏遠了她，說：「後世必定有因為貪圖女色而導致國家滅亡的人。」楚莊王登上強臺，眺望山河，左邊是長江，右邊是洞庭湖，他站在高臺上欣賞美景，來回走動，「其樂忘死」。過後，他發誓再也不登強臺了，並說：「後世必定會有因為大修樓堂館所、宮殿園林而導致國家滅亡的人。」上述幾位都算是「智者」，他們雖然也愛美酒、愛美食、愛美女、愛美景，但是他們並不沉迷。他們知道控制自己的慾望，一旦發現有被

「糖衣炮彈」擊中的危險就趕緊回頭，絕不讓自己沉湎於慾望之中不能自拔。這不是就是「只愛一點點」的智慧嗎？

美酒、美食、美色、美景當然是好的，但是，好的東西也要「只愛一點點」，也要有所節制。如果不懂得節制，過度享受，那麼好事也會變成壞事，樂事也會變成苦事，正所謂「樂極生悲」是也。智者之所以有智慧，就在於他們比一般人「站得高，看得遠」。普通人只知道警惕壞事，不知道警惕好事。而智者不然，他們知道，美酒、美食、美色、美景等好事更容易引起人們的貪戀之心，也值得警惕。老子說：「五色令人目盲，五音令人耳聾，五味令人口爽，馳騁畋獵令人心發狂，難得之貨令人行妨。」極端的物質享受和慾望滿足會鈍化人們的感官，消磨人們的意志力和進取精神，不認識到這一點顯然是不明智的。

對一個人來說，最難的修為其實就是控制自己的慾望。如果不能很好地控制慾望，我們就會成為各種慾望的奴隸。隨手可舉的例子便是貪官。很多貪官並不是一開始就腐敗，甚至他們在成為貪官之前往往還多有一段可圈可點的奮鬥史，他們中的大多數都是在某一特定的時刻屈服於卑下的慾望，「破了戒」。而那一刻也就成了他們人生的「拐點」。在此之前，他們聽憑「佛」（良知、正義、責任感等）的召喚；在此之後，他們屈從於「魔」（貪慾、色相、關係網）的擺佈。誠可謂「佛魔一念間」呀。

那麼，我們到底該如何控制自己的慾望——尤其是在自知「道行」還不夠的時候？《荷馬史詩》中的一段故事可以給我們以深深的啟迪。洗劫了特洛伊之後，奧德賽帶兵返回希臘。在返回的途中，他們遇到的危險之一就是塞壬的歌聲。塞壬是半人半鳥的海妖，她有著天使一般的面容和美妙無比的歌聲，她的歌聲充滿了無盡的媚惑。只要聽見了塞壬的歌聲，任何航海者都會受到誘惑，然後會不由自主地向她所在的島嶼駛去，結果導致船隻觸礁沉沒。英雄奧德賽事先知道塞壬的歌聲有致命的誘惑力，於是就事先防禦。在船隊快要經過塞壬所在的島嶼時，他將自己綁在船的桅杆上，又讓船員和士兵用蠟封住自己的耳朵。這樣，船員和士兵聽不見塞壬美妙的歌聲，奧德賽本人雖能聽到歌聲卻不能活動。這種精心的安排使得奧德賽的船隊免受滅頂之災，奧德賽本人也因此成了聽過塞壬的歌聲還能活下來的第一個人。

奧德賽的智慧也在於他能很好地控制自己的慾望——他知道人性的弱點並提早防範，萬不得已之時還借助了外力（比如蠟和繩子）。

學會自我控制是每個人必修的一門功課，可惜很多人都沒有足夠的自控力。想減肥的人往往抵制不住美食的誘惑，想攢錢的人往往抵制不住購物的誘惑；賭徒屈從於賭癮，吸毒者屈從於毒癮；流氓是淫慾的奴隸，貪官是貪慾的奴隸……可以說，這些人都不懂得「只愛一點點」的道理，都沒有奧德賽式的智慧。

在慾望叢生的當今時代，我們有必要向古聖先賢學習，學習他們管理情緒、控制慾望的智慧。「只愛一點點」，不要貪戀，更不要貪婪。明乎此，再做點奧德賽式的預防工作，我們的人生就會更幸福，更美滿。

附錄　〈魯共公擇言〉——《戰國策》

梁王魏嬰觴諸侯於范臺[一]。酒酣，請魯君舉觴[二]。魯君興，避席擇言曰[三]：「昔者帝女令儀狄作酒而美[四]，進之禹。禹飲而甘之，遂疏儀狄，絕旨酒[五]，曰：『後世必有以酒亡其國者。』齊桓公夜半不嗛[六]，易牙乃煎熬燔炙[七]，和調五味而進之。桓公食之而飽，至旦不覺，曰：『後世必有以味亡其國者。』晉文公得南之威[八]，三日不聽朝，遂推南之威而遠之，曰：『後世必有以色亡其國者。』楚王登強臺而望崩山[九]，左江而右湖[十]，以臨彷徨，其樂忘死，遂盟強臺而弗登，曰：『後世必有以高臺陂池亡其國者。』[十一]今主君之尊，儀狄之酒也；主君之味，易牙之調也；左白臺而右閭須[十二]，南威之美也；前夾林而後蘭臺，強臺之樂也。有一於此，足以亡其國，今主君兼此四者，可無戒與？」梁王稱善相屬[十三]。

注釋

一　梁王魏嬰：即梁惠王。梁惠王十五年（西元前三四四年）召集逢澤（今開封東南）之會，自稱為王。當時，魏國強盛，魯、衛、宋、鄭的國君都來朝見。
二　魯君：即魯共公，魯國國君。觴：古代喝酒用的器物。
三　擇言：選擇有意義的話。
四　儀狄：美女名，相傳是她釀造了酒。
五　旨酒：美酒。旨：美味。
六　嗛：舒服。
七　易牙：春秋時齊桓公的寵臣，善調味。
八　南之威：即南威，當時的美女。
九　楚王：這裏指的是楚莊王，春秋五霸之一。強臺：即章華臺；崩山：一作「崇山」。
十　左江：指長江；右湖：指洞庭湖。
十一　陂池：池塘。這裏的「高臺陂池」泛指宮殿園林。
十二　白臺、閭須：美女名。
十三　相屬：相連。這裏指「連聲說好」。

介之推的「四項基本原則」

——〈介之推不言祿〉之前前後後

晉獻公晚年寵愛驪姬，驪姬就趁機挑撥獻公和幾個嫡生兒子之間的關係，目的是讓自己的兒子奚齊為太子。經過密謀之後，驪姬對太子申生說：「國君夢見了你母親齊姜，你一定要去曲沃祭祀她。」太子到了曲沃去祭祀生母，並把祭祀用過的酒肉獻給晉獻公。晉獻公在外打獵，回來的時候驪姬已經在酒肉中下了毒藥。驪姬對晉獻公說：「這些酒肉是太子申生從曲沃送來的，您應該試一試再吃。」結果，酒灑在地上，地面凸起；拿肉給狗吃，狗被毒死；給宮中小臣吃，小臣也死了。驪姬哭著說：「是太子想謀害您。」太子申生只好逃到了新城，晉獻公就殺了太子的師傅杜原款。

有人對太子說：「您要向父王申辯，他一定會辨明是非。」太子申生說：

「父王如果沒有了驪姬，就會寢食不安。我一申辯，驪姬必定會被治罪。父王老了，我不能再使他失去快樂。」那人說：「您想出走嗎？」太子說：「父王還沒有明察驪姬的罪過，我帶著殺父的罪名出走，誰會接納我呢？」於是，太子申生就在新城上吊自盡了。接著，驪姬又誣陷重耳和夷吾兩個公子，說他們是申生的同謀。為了避免政治迫害，重耳和夷吾均流亡異國。這就是晉國歷史上有名的「驪姬之亂」。

重耳就是後來的晉文公。他流亡國外十九年，後來在姐夫秦穆公的幫助下回晉國做了國君。當上國君之後，晉文公封賞那些在流亡年代與他同甘共苦的臣子。這個時候，問題出現了，「介之推不言祿，祿亦弗及」，介之推沒有向晉文公邀功請賞，晉文公也就真的把人家給忘了。

介之推是什麼人？在重耳四處流亡的歲月裏，他一直對這位落難公子忠心耿耿。有一次，重耳餓暈了過去，若再沒吃的，就可能一命嗚呼。在這種情況下，介之推毅然將自己大腿上的肉割下一塊來給重耳吃。落難之際，不少人都已經離開重耳自謀生路去了，而介之推還能這樣對重耳，實在難能可貴。俗話說「錦上添花易，雪中送炭難」。人在得勢之時，身邊從來不缺幫忙幫閒之人，而一旦落難，遭遇「失勢」，就很少有人肯對你施以援手。此時，若有人肯真心幫助你，那這個人就對你有大恩大德，你應該時刻記得這份深情厚意。可是，人性的弱點是在得勢之際特別愛聽溜鬚拍馬、歌功頌德之聲，因此也就特別容易被小人包圍。整天聽著小人們的歌功頌德之聲，很多人甚至忘記了當初為自己「雪中送炭」的恩人。雖然晉文公是「春秋五霸」之一，是一代名君，但他也有這種弱點。他整天被溜鬚拍馬的人包圍著，竟然忘了大恩人介之推。

自己的功績被他人遺忘，我們該怎麼辦？是自己去據理力爭還是尋找中間人去向國君提醒、疏通？介之推是亂世裏的高人，他品格高潔，不但自己「不言祿」，就是看到眾人自我吹噓、爭相邀功的嘴臉，亦感覺非常厭惡。更讓他感到失望的是，晉文公對邀功請賞的人都給予了賞賜，卻獨獨忘記了他這個不屑爭功的人。於是，介之推決定帶著老母親退隱山林，「安靜地走開」，「不跟你們這夥兒沒正事的人玩了」。在決定退隱山林之際，介之推和母親之間有一段寓意深刻的對話，這段話明確地表明了介之推的心志。

介之推說：「晉獻公的兒子有九個，現在唯獨國君（指重耳）還在人世。上天沒有打算滅絕晉國，所以晉國必定會有君主。在這樣的情況下，主政晉國的人，不是君王又是誰呢？可見，重耳當晉國國君是上天的意志，可是，現在有那麼一些人卻以為這（指重耳當上國君）是他們的貢獻，這不是欺騙嗎？偷取別人的錢財都是一種盜竊的行徑，更何況把上天的功勞說成是自己的貢獻呢？下面的臣子將貪天之功當作理所當然，上面的國君還對這樣的人給予賞賜。上下互相欺瞞，我實在難以和他們相處啊。」

介之推的母親說：「你也可以去要求賞賜呀？否則，就這樣貧窮地死去，你又能埋怨誰呢？」

介之推說：「責備一種行為然後又去效仿它，那罪過實在是太重啊！況且說出埋怨國君的話，就更不應該再吃他賞賜的俸祿了。」

介之推的母親說：「不受國君的賞賜，那總可以讓國君知道這件事吧？」

介之推回答：「言語是用來表白自身行動的。自身都要隱居了，還用得著去表白嗎？如果去表白，這還是等於乞求顯貴啊。」

介之推的母親說：「你真能隱居嗎？如果是真的，那我也和你一起隱居。」

於是兩個人躲進綿山，歸隱了。

通過介之推母子的這段對話，我們可以清晰地看出：介之推對那些貪天之功據為己有的人是深惡痛絕的。介之推認為晉文公能夠登九五之位是天命的體現，「二三子」據天功為己有，是貪的表現，這無異於犯罪。而晉文公還對這些人加以賞賜，這更加讓介之推不爽，「下義其罪，上賞其奸，上下相蒙，難與處矣。」並且，介之推還表示，既然說了國君的壞話，就不能再領取他的俸祿了。

母親最後一次試探：就算不要他的賞賜，那麼讓他知道你有功，又能怎麼樣呢？

介之推再次拒絕，說既然都要隱居了，又何必還要這樣的名聲呢？

至此，亂世高人介之推那種言行一致、視顯貴如草芥的決絕氣質躍然紙上。而母親在幾次試探之後，亦表示跟兒子一起隱居，以實際行動來支持兒子的道義擔當，可見這位母親亦非凡人。母子之間，「相尚以道」，實屬難得。

介之推母子歸隱山林之後，有人替介之推鳴不平，作詩來諷刺晉文公忘恩負義。詩歌很快傳到了晉文公耳朵裏，晉文公意識到了自己的錯誤，就親自帶著大臣前往綿山迎介之推出來做官，介之推不肯下山。有人獻計，讓晉文公下令燒山，介之推是孝子，為了母親，必定下山。晉文公不知是計，信以為真。結果大火了七天七夜，等火滅的時候，晉文公率人上山尋找，卻發現介之推與老母親抱著一棵大樹被燒死了。晉文公悲痛難忍，做了三件事來表達對介之推的深情懷念，其一，將介之推與母親合抱著的那棵樹砍下來，做成一雙木屐，每當他穿起這雙鞋，就想起與介之推那段患難與共的往事，不由得慨歎：「足下，悲乎！」「足下」一詞由此而來；其二，下令將綿山作為介之推的封地；其三，下令在介之推的忌日不得生火煮飯，只能吃寒食。由此，介之推的祭日演變成了寒食節。

針對自己紀念介之推的做法，晉文公解釋為「以志吾過，且旌善人」，意思是用這些來記下我的過錯，並且用來表彰好人。這三項措施確實很經典，從中我們不僅可以看出介之推的高尚情懷，亦看出晉文公勇於改過的精神和他對介之推的一往深情。

我們不妨再回過頭來總結一下介之推的高貴之處。他的人生信條可總結為以下幾點：一、嚴重鄙視貪天之功據為己有的人；二、嘴裏批評某種行為，行為上就絕不再去效仿它；三、埋怨國君（上司）就不應該再接受他的賞賜或重用；四、既然不求回報，那麼自己對他人的恩惠亦沒有必要到處宣說。這四條實屬君子的處世之道，裏面飽含強烈的自律精神和豐富的人生智慧，對今人亦有很高的借鑑意義。現在，貪婪之人幾乎隨處可見，邀功爭寵差不多已成了官場和職場的常態。貪心重的人與介之推先生相比應該感到慚愧。還有，很多人罵貪官罵特權，可仔細觀察就會發現，他們的憎惡之所在亦是其羨慕之所在，一旦有條件有機會，他們也照樣以權謀私、頤指氣使。這樣的人對照介之推亦該深刻反省。如果我們不斷效仿的對象與我們猛烈批評的對象一再重合，那只能說明我們虛偽讒曲、言行不一。同樣的邏輯，官場也好，職場也罷，總有人一邊發牢騷埋怨上司，一邊又心存僥倖地希望得到上司的提拔和恩惠。這不也是很荒謬的嗎？最後，如果一方面標榜自己不是為了得到回報，一方面卻又不停地宣說自己對公家的貢獻及對他人的恩惠，這不也是很矛盾嗎？如果介之推先生仍在，他一定對會這些人說：「言，身之文也。身將隱，焉用文之？是求顯也。」意思是說，你所表白的「不求回報」不是真的，如果真的不求回報，你還有必要表白嗎？表白本身就說明你還是在求回報呀。

最後需要說明的是，「介四條」（上述四條原則）不僅可以幫助我們看破許多花言巧語，看清很多勢利小人的真面目，而且更應該成為修身進德的一把尺規，幫助我們提升自己的人生境界和道德水平。

附錄　〈介之推不言祿〉——《左傳》

晉侯賞從亡者[一]，介之推不言祿[二]，祿亦弗及。

推曰：「獻公之子九人，唯君在矣[三]。惠、懷無親，外內棄之[四]。天未絕晉，必將有主。主晉祀者，非君而誰？天實置之，而二三子以為己力[五]，不亦誣乎？竊人之財，猶謂之盜。況貪天之功，以為己力乎？下義其罪，上賞其奸，上下相蒙，難與處矣。」

其母曰：「盍亦求之？以死誰懟？[六]」對曰：「尤而效之[七]，罪又甚焉！且出怨言，不食其食。」其母曰：「亦使知之，若何？」對曰：「言，身之文也[八]。身將隱，焉用文之？是求顯也。」其母曰：「能如是乎？與女偕隱。」遂隱而死。

晉侯求之不獲，以綿上為之田。曰：「以志吾過[九]，且旌善人[十]。」

注釋

一 晉侯：齊桓公。從亡者：跟隨晉文公一起流亡的人，如狐偃、趙衰等。
二 介之推：姓介名推，之是加在姓名之間的介詞。
三 獻公：指晉獻公，晉文公的父親。
四 惠、懷：晉惠公和晉懷公。晉惠公是晉文公的弟弟，晉懷公是晉惠公的兒子。
五 二三子：相當於現在講的「那幾個人」，指跟隨晉文公一起逃亡的人。
六 懟：怨恨。
七 尤：過失。
八 文：修飾。
九 志：標記、記錄。
十 旌：表揚，獎勵。

美輪美奐又如何
——〈晉獻文子成室〉與〈凌虛臺記〉互參

晉獻文子名趙武，謚號文（一作獻文），史稱趙文子或晉獻文子。他是趙朔與趙莊姬之子，也就是「趙氏孤兒」中的那位孤兒之原型。或許是鑒於幼年悲慘的亡族記憶，趙武掌權之後從不參與卿族之間爭權奪利的事情。他執政晉國之時，主動減輕諸侯盟國對晉國的納貢（當時晉國依然是霸主），加強禮儀交涉，與各諸侯國「和睦相處」。西元前五四六年，趙武代表晉國與楚國實現和平，中原各國之間的戰事基本結束。

「修和無人見，存心有天知」，也許正因為晉獻文子力主和平，不事征伐，所以史書上對他的記載不是很多。「趙氏孤兒」的故事在中國家喻戶曉，人們對程嬰和公孫杵臼的悲壯人生唏噓不已，可是對「孤兒」趙武後來的命運卻大多不甚了了。好在《古文觀止》中的〈晉獻文子成室〉一文還可以讓我們窺視趙武言行之一斑。

事情是這樣的：晉獻文子主持修建的一座宮殿落成了，晉國各位大臣、貴族都送禮祝賀，出席落成典禮。放在現在，這事肯定要上《新聞聯播》。那時沒有電視，但人們還是記下了典禮上的一件趣事。參加典禮的人中有一位「張老」，他發表祝詞：「這宮殿真高大呀，真華美呀！大王您將在這裏祭祀、奏樂，您也將在這裏居喪哭靈，您還將在這裏與祖先聚會（暗指死後的牌位也被放在這裏）。」

這話裏面雖有讚美，但更多的恐怕是諷諫。放在一般人的身上，恐怕是要發怒的──你想呀，在人家喜慶的典禮上講哭靈、放牌位之類的事多不吉利。好在趙武有修養，他不但沒有發怒，而且接著說了一段話，他說：「我趙武果真能夠在這裏祭祀奏樂，在這裏居喪哭靈，在這裏與祖先聚會（指牌位放在這裏），這也就算無災無難，可以問心無愧地見九泉之下的祖宗了。」說完，向北方磕頭祈禱。

對於張老與晉獻文子的這段對話，《禮記》說「君子謂之善頌善禱」，意思是說張老在宮殿落成典禮上發表的祝詞很好，很別致，晉獻文子的祈禱詞也意味深長，兩個人都很有水平。

為什麼說這段對話「善頌善禱」？就是因為這段對話裏面充滿智慧。這智慧便是對現實生活既面對又要超越的人生態度。晉獻文子修建的宮殿美輪美奐，堪稱晉國的「地標」性建築。為地標性建築舉行個落成典禮（甚至做個電視專題片來宣傳政績）亦在情理之中，可是，再美輪美奐的建築也是為人服務的，若僅局限於對建築的讚美，而不談及人事與人生，那豈不太逼仄（編按：狹窄）了？

在〈晉獻文子成室〉中，「張老」在讚美完晉獻文子的宮殿「美輪美奐」之後，立馬將目光從建築轉向了人事、人生——「歌於斯，哭於斯，聚國族於斯」，這就是告訴晉獻文子，您將在這所宮殿裏所要做的事遠比這所宮殿本身重要。晉獻文子立即就明白「張老」的用意，把「張老」的祝詞稍加改動就變成自己的祈禱詞：「武也得歌於斯，哭於斯，聚國族於斯，是全要領以從先大夫於九京也。」這等於是在宣誓表決心：我願意在這個宮殿裏恪盡職守，以無愧於祖先。讀這樣的對話就像看兩位高手對弈一樣，表面上看似平平常常，實則潛流湧動，一來一往，皆有深意，暗藏機鋒，說其「善頌善禱」真的一點也不過分。

一千五百多年之後，歷史進入了北宋。這一年（西元一〇六五年），陝西鳳翔知府陳希亮（字公弼）修建了一座樓臺，取名「凌虛臺」。樓臺建好之後，陳希亮讓自己的屬下蘇軾（蘇軾當時任「簽書鳳翔府判官」，也就是鳳翔知府的助理）寫篇文章，以作紀念。蘇軾揮筆寫下了有名的散文〈凌虛臺記〉。

蘇軾在文章中先簡單地敘述了凌虛臺的修建經過：陳希亮拄著拐杖在山下閒遊，見到山峰高出樹林之上，重重疊疊的樣子像有人在牆外行走且能看見那人髮髻的形狀。於是，陳希亮說：「這裏必然有不同之處。」遂派工匠在山前開鑿出一個方形的池子，用挖出的土建造一個高臺。人們到了高臺之上，都恍恍忽忽，以為臺子不是人工的，而是山突然冒出來的。陳希亮於是將此臺命名為「凌虛臺」，並要求蘇軾寫篇文章來記述這件事。

蘇軾接著筆鋒一轉，針對此事進行了議論：事物的興衰成敗是無法預料的。建凌虛臺的地方從前是長滿荒草的野地，常有狐狸和毒蛇出沒。在那個時候，誰會想到有朝一日會在這裏建凌虛臺呢？既然如此，那麼日後這凌虛臺會不會再變成荒灘野地呢？這種事情實在是不能預料的呀。為了佐證自己的觀點，蘇軾還舉了歷史上的例子。他說，凌虛臺的東面就是當年秦穆公修建的祈年、橐泉兩座宮殿，南面是漢武帝修建的長楊、五柞兩座宮殿，北面是隋朝的仁壽宮和唐朝的九成宮。這些著名的宮殿，當年多麼奇麗、雄偉，它們堅不可摧，勝過凌虛臺何止百倍！然而，到了現在，想再見到它們的樣子，連破瓦斷牆都不復存在了。這些著名宮殿早就變成了莊稼地和廢墟了。與這些歷史上的宮殿相比，這座凌虛臺又算得了什麼呢？堅固的宮殿建築尚且不能長久，何況忽來忽往的人事得失？有的人想靠修一個高臺之類的地標性建築就自誇，那實在是錯了。人世間如果確實有足以依持的東西，那也絕對不會是一座高臺呀。

作為幕僚的蘇軾就把這樣的一篇文章交給了他的上司陳希亮。與「張老」對晉獻文子委婉的「善祝」相比，蘇軾對自己頂頭上司簡直就是明顯的譏諷和教育了。這裏需要說明一下的是，陳希亮和蘇軾是同鄉，年齡比蘇軾大很多，算是蘇軾的父輩，他平日對蘇軾要求很嚴，意氣風發的蘇軾對其亦心懷不滿（當時蘇軾僅有二十八歲，也是個憤青。年長之後，蘇軾又特意為陳希亮寫過〈陳公弼傳〉一文，對陳希亮做了公正評價），因此特意寫這樣一篇文章來「紀念」陳希亮修建的凌虛臺。不過就文章而論，〈凌虛臺記〉絕對是篇好文章，它沒有就凌虛臺寫凌虛臺，而是通過新建成的凌虛臺講述了歷史興衰、世事無常的人間大道。就建築本身而言，蘇軾其實是在用否定凌虛臺的方式來紀念凌虛臺，通過否定具體的建築來表達興衰莫測、世事無常的人間至理。「蓋世有足恃者，而不在乎臺之存亡也」，這何嘗不是一種既現實又超越的態度？無論多麼華美的建築，它本身都不能永恆，但是建築落成與毀壞背後所蘊含的規律卻是永恆的。藝術所要追求的就是化瞬間為永恆，「覽古今於一瞬，挫萬物於筆端」，也就是要通過面對現實而又超越現實的審美關照，來獲得超越功利的心靈愉悅。

既現實又超越，這是中國古人看待事物的一種重要的思維向度。儒家講「心懷天下」，佛家講「心包太虛」，這都是教人要拓寬心量，不要只看到眼前的一點點得失，而要想到更遠。想到多遠？想到人生的終極——對人生做終極追問。終極追問的結果是事有緣聚緣散，人有生老病死，連山河大地都有成住壞空，一切都強求不得，更不可能永久持有。既然都是暫時現象，又何必太執著呢？《金剛經》上說：「凡所有相，皆是虛妄」，又云：「一切有為法，如夢幻泡影，如露亦如電，應作如是觀」，其目的就是要教人破除對事相的執著——不要讓心被紛繁複雜的事和物搞亂，只有從錯綜複雜的現實生活中抽「心」而出，才能獲得心靈的充實和自由。

從〈晉獻文子成室〉到〈凌虛臺記〉，時光雖然隔了一千五百多年，但我們可以看出古人的思維模式是何其相似！今天，晉獻文子那座美輪美奐的宮殿不見了蹤影，凌虛臺也已毀壞。但是，與建築有關的兩篇著名文章依然被人反覆閱讀，玩味，文章所蘊藏的智慧歷久彌新，依然值得今人學習、汲取。這也正是兩篇文章具有超越建築物本身力量的最好證明。

從蘇軾寫〈凌虛臺記〉到現在，時光又過了快一千年。如今，全國各地都建了一些地標性建築，這些建築也美輪美奐，這些建築在落成之際也舉行典禮。可惜的是，典禮儀式上沒有了〈晉獻文子成室〉那樣充滿智慧的對話，建築物的碑文亦沒有〈凌虛臺記〉那樣氣韻生動、思想深刻。這，怎麼說都算是一種遺憾吧？如果美輪美奐的建築物不能催生出充滿智慧的文化載體，那麼，當建築物毀壞之後，我們拿什麼去與後人對話呢？後人又憑什麼要對我們這代人心懷敬意呢？

順便說一句，陳希亮雖然對蘇軾很嚴厲，但他並沒有因為下級對自己寫文章發牢騷就進行打擊報復。面對蘇軾「不合時宜」的〈凌虛臺記〉，他並沒有追查蘇軾的「誹謗領導」罪，亦沒有給蘇軾穿小鞋，而是讓人把這篇文章一字不改地刻在石碑上。這種雅量亦值得今天的官員學習。如果說蘇軾是在用文章闡釋「凡所有相，皆是虛妄」的道理，那麼陳希亮知府就是用實際行動告誡後世官員：不必太把下屬的「冒犯」放在心上，包容別人不同的想法恰恰是成就自己君子風範的必要條件——「有容乃大」，所謂的「大人」不就是指心量大、能包容他人的人嗎？而所謂的「小人」也正是指那些心胸狹小、與別人斤斤計較的人。君子與小人之別，亦可從此處看出端倪。

附錄一 〈晉獻文子成室〉——（《禮記‧檀弓下》）

晉獻文子成室[一]，晉大夫發焉[二]。張老[三]曰：「美哉輪焉，美哉奐焉[四]！歌於斯，哭於斯，聚國族於斯[五]。」文子曰：「武也得歌於斯，哭於斯，聚國族於斯，是全要領以從先大夫於九京也[六]。」北面再拜稽首。

君子謂之善頌善禱[七]。

注釋

一　晉獻文子：趙武，時任晉卿。

二　發：送禮祝賀。

三　張老：晉大夫。

四　輪：指宮室高大。奐：文彩鮮麗。

五　聚國族：宗族聚會。

六　九京：即九原。晉國卿大夫的墓葬地，後世因此稱墓地為九京。

七　善頌：指張老的頌詞。善禱：指晉獻文子的答話。

附錄二 〈凌虛臺記〉——蘇軾

國於南山之下[一]，宜若起居飲食與山接也。四方之山，莫高於終南，而都邑之麗山者，莫近於扶風[二]。以至近求最高，其勢必得。而太守之居，未嘗知有山焉。雖非事之所以損益，而物理有不當然者。此凌虛之所為築也。

方其未築也，太守陳公杖履逍遙於其下[三]，見山之出於林木之上者，累累如人之旅行於牆外而見其髻也，曰：「是必有異。」使工鑿其前為方池，以其土築臺，高出於屋之檐而止。然後人之至於其上者，怳然不知臺之高，而以為山之踴躍奮迅而出也。公曰：「是宜名凌虛。」以告其從事蘇軾，而求文以為記。

軾復於公曰：「物之廢興成毀，不可得而知也。昔者荒草野田，霜露之所蒙翳，狐虺之所竄伏[四]。方是時，豈知有凌虛臺耶？廢興成毀，相尋於無窮，則臺之復為荒草野田，皆不可知也。嘗試與公登臺而望，其東則秦穆之祈年、橐泉也[五]，其南則漢武之長楊、五柞[六]，而其北則隋之仁壽、唐之九成也[七]。計其一時之盛，宏傑詭麗，堅固而不可動者，豈特百倍於臺而已哉！然而數世之後，欲求其彷彿，而破瓦頹垣無復存者，既已化為禾黍荊棘丘墟隴畝矣，而況於此臺歟！夫臺猶不足恃以長久，而況於人世之得喪、忽往而忽來者歟？而或者欲以夸世而自足，則過矣。蓋世有足恃者，而不在乎臺之存亡也。」既已言於公，退而為之記。

注釋

一 國：指城邑，在這裏用作動詞。「國於南山之下」即「立城於南山之下」。
二 扶風：縣名，在今陝西寶雞市東郊。
三 太守陳公：指陳希亮，當時任鳳翔知府，蘇軾任府判官。
四 蒙翳：遮蔽。虺：毒蛇。
五 秦穆：即秦穆公。祈年、橐泉：秦時二座著名宮殿的名字。
六 漢武：即漢武帝。長楊、五柞：漢代宮殿名。
七 隋文帝開皇十三年修建仁壽宮，唐貞觀五年重修，改名為九成宮。

「勞動者是最美的人」
——從〈敬姜論勞逸〉說起

趙本山演過一個叫《紅高粱模特隊》的小品，其中有一句話很給力：「勞動者是最美的人！」之所以想起了這句話，是因為看到了一條新聞：中國社會科學院社會學研究所、社會科學文獻出版社在二〇一〇年十二月十五日聯合發佈了二〇一一年《社會藍皮書》。社會藍皮書對全國二百八十六個城市的小學四年級和初中二年級在校生及其家長進行調查。結果顯示，百分之二十五的家長希望孩子成為醫生、律師、記者等專業人員；百分之十五的家長希望孩子成為科學家、工程師；另有百分之十五的家長希望孩子成為教師；選擇讓孩子當政府官員的占百分之十一・六。而選擇讓孩子成為工人、農民的家長僅為百分之一・二。「理想很豐滿，現實很骨感」，「勞動者是最美的人」之語毫釐不爽，但這份調查資料也實實在在地說明了現實的殘酷——很多人對工人、農民（他們是體力勞動者的代表）缺乏足夠的認同。全社會沒有形成對勞動（包括體力勞動和腦力勞動）的普遍尊重，這其實是一個危險的信號，它至少說明，很多人只尊重「比較體面」的腦力勞動，而對體力勞動則不屑一顧。看不起體力勞動，就意味著「勞動者是最美的人」的觀念並沒有真正地深入人心。一些人之所以會出現這樣的思想偏差，除了工人、農民收入偏低等現實因素外，還與人們對勞動的重要性認識不足有關。

勞動（無論是體力勞動還是腦力勞動）不僅僅是人類的一種謀生手段，它還是人類的第一需要——在本質上，勞動是人們自我提升、自我實現乃至自我拯救的唯一途徑。離開了勞動，人類不但會在物質上陷入窘境，而且精神世界也會隨之崩潰。作為群體的人類如此，作為個體的每個人亦是如此。對此，不僅馬克思、恩格斯等思想家有過經典論述，中國古人也有相當清醒的認識。

春秋時期，魯國有位貴族婦女敬姜，她是魯大夫公父文伯的母親。一天，文伯下朝回來看到母親在織布，就說：「母親，您怎麼還在織布呢？我在朝廷擔任高官，我的俸祿難道還不能養活您嗎？我的母親還織布，讓人看見了會笑話我的，以為我不能侍奉您呢。」

文伯的話在今天看來似乎也沒有大錯，兒子做了高官，有足夠的收入來供養老母，母親是可以安享晚年的。但是，敬姜卻不這麼看。她對兒子說：「魯國要亡了吧？他們讓你當了高官卻沒讓你明白道理，這太可怕了！你坐下，我講給你聽。」然後就引經據典，把兒子教訓了一頓。

敬姜教訓兒子的主題就是「人是必須要勞動的」，「勞動者是最美的人」。這個結論並不高深，難能可貴的是，她講出了勞動對人們精神的重要影響：「夫民勞則思，思則善心生；逸則淫，淫則忘善，忘善則惡心生。」意思是說，民眾經常勞作會促進思考，思考會生發出善良的念頭；而安逸過度就會荒淫，荒淫就會忘記善良，忘了善良，邪惡的念頭便會產生。

敬姜還告訴兒子，從前自天子到庶人都是要勤勤懇懇地勞作的。天子早晨要跟三公、九卿一起祭祀太陽和大地，中午考察政務，向百官交代該做的事，晚上要督促嬪妃們清洗祭祀器物，然後才可以休息；諸侯們清早聽取天子佈置的事務和訓導，白天完成他們的工作，傍晚要溫習有關典章和法規，深夜還要告誡手下官員，不讓他們享樂過度，然後才可休息；卿大夫清早考慮他的職責，白天辦理政務，夜晚處理自己的家事，然後才可休息；貴族青年清早要接受教育，白天學習相關技藝，傍晚復習，夜晚反省自己有無過錯，然後才可休息；平民以下，日出而作，日落而息，更沒有一天敢於懈怠……自上而下，誰敢只享樂而不勞作呢？

敬姜最後說：「如今，我守寡了，你是大夫，從早到晚兢兢業業地參與朝政事務還怕做不好呢，如果懈怠懶惰，那怎麼躲避得了懲罰呢？我還指望你早晚提醒我說『一定不要廢棄先人的傳統。』可你今天卻說：『為什麼不自己圖安逸啊？』你以這樣的態度當官，我恐怕你爹要絕後啊。」

敬姜的這番話說得語重心長，合情合理，難怪孔子都對她給予了高度評價：「仲尼聞之曰：『弟子志之，季氏之婦不淫矣。』（你們要記住，季家這位婦人不貪圖安逸）」

敬姜所講古代各階層的勞動狀態對今人而言相去甚遠，已失去了模仿之必要。但是，她所說的每個人都要保持勞動習慣、盡心盡力地對待工作的態度仍然值得今人學習。

需要說明的是，勞動所創造的價值是超越單純的物質屬性的。勞動不僅可以創造物質財富，還可以提升精神境界；勞動不僅可以強健體魄，還可以開發智慧；勞動不僅可以利益他人，還可以使自己獲得充實感、成就感和幸福感。若完全脫離了勞動，一個人必然會陷入無聊與空虛之中，於身心均有極大危害。對於這一點，佛教界有很深的認識。佛教傳入中國之後，許多寺院都採用了「禪農並重、自食其力」的建院原則，著名的百丈禪師更是提出過「一日不作，一日不食」的寺院清規，這意味「勞動」已成了佛教徒修行的一部分（與讀經、念佛一樣不可或缺）。佛家的祖師大德之所以這麼重視勞動，絕不僅僅是為了勞作之後的「收成」，而是要讓大家通過參與勞動而熱愛勞動，通過熱愛勞動而珍惜勞動成果，提升精神境界，進而平等地尊重一切勞動者。從這個層面上，我們甚至可以說，勞動其實也是佛家培養清淨心、慈悲心、平等心的一種修行法門。

「勞動者是最美的人」，作為普通人，勞動會伴隨我們一生，我們理應對勞動有深切的領悟，然後將其落實到實踐中——從事任何勞動都要盡心盡力。不論是體力勞動還是腦力勞動，也不論勞動創造的物質財物是多是少，只要是盡心盡力的勞動，其本身就會發出同等的金子般的光輝，勞動者也因參與了這樣的勞動而無可置疑地成為「最美的人」。對此，我們一定要確信。一定。

附錄 〈敬姜論勞逸〉——《國語》

公父文伯退朝[一]，朝其母[二]，其母方績。文伯曰：「以歜之家而主猶績，懼忓季孫之怒也，其以歜為不能事主乎！[三]」其母歎曰：「魯其亡乎！使僮子備官而未之聞耶[四]？居[五]，吾語女[六]。

「昔聖王之處民也，擇瘠土而處之，勞其民而用之，故長王天下。夫民勞則思，思則善心生；逸則淫，淫則忘善，忘善則惡心生。沃土之民不材，逸也；瘠土之民莫不嚮義，勞也。

「是故天子大采朝日，與三公、九卿祖識地德；日中考政，與百官之政事，師尹惟旅牧相，宣序民事；少采夕月，與太史、司載，糾虔天刑；日入監九御，使潔奉禘、郊之粢盛，而後即安。

諸侯朝修天子之業命，晝考其國職，夕省其典刑，夜儆[七]百工，使無慆淫[八]，而後即安。卿大夫朝考其職，晝講其庶政，夕序其業，夜庀[九]其家事，而後即安。士朝受業，晝而講貫，夕而習復，夜而計過無憾，而後即安。自庶人以下，明而動，晦而休，無日以怠。

王后親織玄紞，公侯之夫人加之以紘、綖，卿之內子為大帶[十]，命婦祭服[十一]，列士之妻加之以朝服，自庶士以下，皆衣其夫。社而賦事[十二]，蒸而獻功[十三]，男女效績，愆則有辟[十四]，古之制也。君子勞心，小人勞力，先王之訓也。自上以下，誰敢淫心舍力？

「今我，寡也，爾又在下位[十五]，朝夕處事，猶恐忘先人之業。況有怠惰，其何以避辟！吾冀而朝夕修我曰：『必無廢先人。』爾今曰：『胡不自安？』以是承君之官，余懼穆伯之絕祀也。」

仲尼聞之曰：「弟子志之，季氏之婦不淫矣。[十六]」

注釋

一 公父文伯：魯國大夫，季悼子的孫子，公父穆伯的兒子。

二 朝：古代人去見君王叫朝，謁見尊敬的人也可以叫朝。

三 歜：文伯自稱其名。主：主母。季孫：季康子，當時擔任魯國的正卿，是季悼子的曾孫。季氏是魯國的大族，敬姜是季康子的從叔祖母，所以文伯這樣說。

四 備官：充任官職。

五 居：坐下。

六 女：同「汝」。

七 儆：告誡。

八 慆淫：怠慢放蕩。

九 庀：治理。

十 紞：懸掛在帽子上的絲繩。紘：從頷下繞過的小絲帶。綖：冕上面方形的版。

十一 命婦：大夫之妻。祭服：祭祀時穿的黑色禮服。

十二 社而賦事：社，春祭之名；賦事，向神明祈禱農事豐收。

十三 蒸而獻功：蒸，冬祭之名；獻功，報告農業豐收。

十四 愆：過失。辟：罪。

十五 下位：下大夫之位。

十六 志：記住。

規矩大多是被領導破壞的

——從〈臧僖伯諫觀魚〉說起

在春和景明的日子裏，人們大都想去野外吹吹風，國君也不例外。西元前七一八年的春天，魯隱公要到棠地（今山東金鄉）去兜風的願望格外強烈，史書記載，他到那裏去是要觀看漁民捕魚。此事放在今天實屬小菜一碟，領導人想出去「走一走，看一看」實在太正常。不但正常，類似的公款旅遊完全可以打著考察、調研的名義名正言順地進行。至於觀看漁民捕魚，那不正說明領導人深入基層、體察民眾疾苦嗎？

可是，春秋時期與現在不一樣。那時候的人做什麼事都講規矩，一個人做了他不該做的事，往往會遭到批評，國君也不例外。這不，魯隱公想去棠地觀魚的想法就遭到了臧僖伯的勸阻。臧僖伯是魯孝公之子，魯惠公之弟，魯隱公之叔父。這樣的身份可能也是他敢於對魯隱公說「不」的一個重要原因。

他對魯隱公說：「凡是一種東西，如果它夠不上用來演習祭祀和軍事這樣的大事，它的材料夠不上用來製作祭器和兵器，國君就不去理會它。國君所要做的就是引導百姓走上正軌，善於取捨。一些物品，能用來演習大事、合乎法度，叫做『軌』；能用來做祭器、兵器的器物才做「物」。事情不合於法度，器物不合於規定，就是政治紊亂。政治紊亂持續發生，國家就會因此敗亡。」

大道理講完之後，臧僖伯又舉具體的例子來加以說明。他說，春、夏，秋、冬四季舉行狩獵儀式，都要選擇在農閒之時，為的就是既不影響農事，又能演習軍事。打獵也是有規矩的：春天打獵不能獵殺懷孕的野獸，以順應春天的生發之氣，所以叫春蒐；夏季打獵有替莊稼除害之意，所以叫夏苗；秋天打獵是為了順應秋天的肅殺之氣，所以叫秋獮；冬季萬物蕭條，打獵也就不再有選擇，見到獵物就打，所以叫冬狩。這些規矩不能亂。

此外，軍事演習也有規矩。每三年演習一次，演習完畢，進入國都時要整頓隊伍，回來後還要告祭宗廟，犒賞臣下，彙報收穫。演習隊伍的旌旗車服等儀仗也要顯示文采，明確貴賤，辨別等級，排列長幼，這都是為了保持軍隊的威武，合乎法度禮儀。

祭祀當然更有規矩：飛鳥和走獸（相對於家禽）的肉是不能放到祭器上的，有些動物的皮革、牙齒、骨角、毛羽等不能用作兵器或兵器的裝飾物，那麼國君就不應該獵殺它們，這些都是古代的制度。至於像山林、河流、湖泊的出產物，都是維持百姓日常生活的東西，與祭祀、軍事演習等大事無關，那是做具體事務的小臣們的事，不該國君過問。

臧僖伯的講述為我們描述了春秋時期的基本禮制，用時髦的說法就是，那個時候也是有制度建設的，而且相關的規定也不光限制臣子和老百姓，還限制國君。限制國君的總思路是：國君只能管大事，比如祭祀、戰爭（包括軍事演習性質的打獵）等，除此之外，一般的小事，比如捕魚之類的，國君不應該參與。

國君所作「惟祭與戎」，其餘都要交給臣子和百姓，這看似不合情理（國君無權參與具體事務，那還有什麼意思），實則包含大智慧。它的用意是給國君「減負」：當領導的能管好大事就不容易了，小事您就不用操心了。如果沒有限制，國君什麼事都管，那他就是累死也管不完、管不好。這個道理符合現代管理學理念，決策者宜宏觀把握而不易微觀干涉。對於高級領導幹部而言，事必親躬有時未必是好事，其於自己而言是過度操心，於部下而言則是干擾太多，讓人無法放開手腳做事。

魯隱公想去棠地觀魚，我想其動機並不是要親自抓漁業工作，而是要藉機外出兜兜風，以實現「我和春天有一場約會」之休閒目的。國君休閒娛樂肯定也是可以的，但是，臧僖伯認為，國君應該是遵守規則的模範，即便是休閒也不可隨心所欲，而要規規矩矩，「出師有名」。

看來，臧僖伯對國君的要求實在太高了，不但春秋時期的魯隱公做不到，就是今天的各級領導，恐怕也很難在休閒娛樂之際還能想著黨紀國法，若大家時刻都有一條「守規矩」的弦兒，貪官污吏也不會出這麼多。說得再俗一點，若處處都按規矩辦事，那當領導還有什麼樂趣呢？所以，規矩是人定的，定了之後總會有人去破壞它。而且，能挑戰規則，破壞規矩的人往往就是有權有勢的領導（普通人一般不敢呀）。

當然，領導幹違規之事總能找到漂亮的藉口。今天的情況如此，古代亦然。臧僖伯勸諫魯隱公觀魚的理由義正嚴詞，魯隱公實在無法反駁。但是他是國君，他可以把相關規定做有利於自己的解釋呀。於是，魯隱公說：「我準備視察一下邊境（吾將略地焉）。」你不是說國君不該觀看捕魚嘛，好，那我不去看捕魚，我去視察邊境總可以吧？

魯隱公打出了視察邊境的幌子，這也就意味著臧僖伯的勸諫失敗了。以視察邊境的名義，魯隱公來到了棠地，他讓漁人擺下漁具捕魚，供他觀賞。

臧僖伯是個原則性極強的人，魯隱公不聽自己的勸告，他就稱病請假，拒絕陪同國君前往棠地。

對於魯隱公的這次觀魚事件，《春秋》記載「公矢魚於棠」，意思是說，魯隱公到棠地陳列漁具，是不合禮制的。

需要說明的是，魯隱公雖然不聽勸諫，但他並沒有對臧僖伯進行打擊報復。《左傳》記載，就在魯隱公五年，「冬十二月辛巳，臧僖伯卒。公曰：『叔父有憾於寡人，寡人弗敢忘。』葬之加一等。」意思是說，臧僖伯去世後，魯隱公說：「叔父對我沒聽他的勸諫深感遺憾，對此，我是不敢忘記的。」然後下令將臧僖伯葬禮的規格提高一級，這也等於向九泉之下的叔父委婉認個錯。

順便再說一下魯隱公其人。除了「棠地觀魚」外，他還做過「初獻六羽」的違規之事。就在「棠地觀魚」的同一年秋天，魯隱公主持了魯太子生母陵寢的落成典禮，典禮上採用了六佾之舞（執羽的舞者八人一列為一佾，六佾就是六列），此事亦違反周禮。按禮法，其一，隱公只是攝政，魯太子親娘不是他的娘，他不該主持這個典禮；其二，禮法規定，天子八佾，三公六佾，諸侯四佾，士大夫二佾。魯隱公身為諸侯卻搞了個六佾，屬於典型的僭越，因此《春秋》裏記錄「初獻六羽，始為六佾」，這個「初」和「始」兩個字都是譏諷隱公帶頭不守規矩。既然領導帶頭破壞規矩，那麼日後的禮崩樂壞也就在情理之中了，發展到後來，連魯國的大臣季氏都敢在自家院子裏跳八佾之舞了（對此，孔子說「是可忍也，孰不可忍也？」，意在說明這種僭越太過分了）。季氏不但用八佾之舞，還去泰山祭祀。祭泰山是天子之禮，季氏以魯國大臣的身份祭泰山，顯然是嚴重的僭越。當時，孔子的弟子冉有正在季氏那裏作官，孔子問冉有：「女弗能救與？（你能勸阻他嗎？）」對曰：「不能。」子曰：「嗚呼！曾謂泰山不如林放乎！」意思是說泰山之神還不如林放懂得禮制嗎？也就是說泰山之神是不會接受這種非法祭祀的。林放是魯國人，曾虔誠地向孔子請教禮法。孔子以此來批評季氏等大臣不懂禮法。這也再次說明，規矩之所以最後不管用，多數都是領導帶頭破壞所致。

魯隱公總體上屬於平庸之君，他在位十一年，並沒有太強的政治野心，也沒幹過特別驚天動地的大事。魯隱公十一年（西元前七一二年）冬，魯大夫羽父（姬翬）向魯隱公申請當宰相。隱公答道：「我弟弟姬允已經長大了，馬上就要上臺了，你不妨直接去問他。」羽父卻誤會了他的意思，說：「古人說：『利器在手，不能讓給別人』。你弟弟已經長大了，恐怕對你不利，不如讓我幫你殺掉他，免除你的後患。事成之後，你提升我為宰相怎麼樣？」

魯隱公一聽，馬上反駁說：「你這是什麼話?!我弟弟長大了，我也老了，我修建的別墅一完工，我就退休啦。國君之位是我弟弟的，我豈敢有非分之想?!」

羽父立刻發現自己已經坐在火山口上，一旦姬允將來當上國君並知道此事，自己肯定沒有好果子吃。於是他又產生了更加邪惡的想法，他調頭去找太子姬允，說：「國君見你長大，今日特地喚我進宮，命我來殺了你。」姬允一聽，嚇得要死。

羽父於是又自告奮勇，信誓旦旦地保證：「不過，我當然不會幹這種骯髒的勾當，所以特來通報。您如果想自救，就要先下手為強。」

姬允感激涕零地說：「如果我不死，一定封你當宰相！」

魯隱公做公子時，曾與鄭國作戰，被鄭國俘虜，賄賂了鄭國大夫尹氏才得以脫身。所以魯隱公就把尹氏的家神供在一座園子裏，時不常地要去祭拜一下，祭拜完就住在附近的大臣蔿氏家裏。羽父就趁魯隱公去祭拜時將其殺害，並嫁禍給蔿氏，繼而屠滅蔿氏家族。

魯隱公被弒之後，姬允上臺，是為魯桓公。

附錄 〈臧僖伯諫觀魚〉——《左傳・隱公五年》

春，公將如棠觀魚者[一]。臧僖伯諫曰[二]：「凡物不足以講大事，其材不足以備器用，則君不舉焉。君將納民於軌物者也[三]。故講事以度軌量謂之軌，取材以章物采謂之物。不軌不物，謂之亂政。亂政亟行，所以敗也。故春蒐、夏苗、秋獮、冬狩，皆於農隙以講事也[四]。三年而治兵，入而振旅[五]，歸而飲至，以數軍實。昭文章，明貴賤，辨等列，順少長，習威儀也。鳥獸之肉，不登於俎[六]，皮革齒牙，骨角毛羽，不登於器，則公不射，古之制也。若夫山林川澤之實，器用之資，皁隸之事[七]，官司之守，非君所及也。」

公曰：「吾將略地焉。」遂往，陳魚而觀之。僖伯稱疾不從。書曰：「公矢魚于棠[八]」，非禮也，且言遠地也。

注釋

一 如：往。棠：地名，今山東金鄉縣東。魚：同「漁」，捕魚。

二 臧僖伯：魯國大臣。

三 軌物：法度。

四 春蒐：春天打獵，蒐：搜索，春天打獵要搜索，選擇不孕的禽獸捕殺。夏苗：夏天打獵，有為莊稼除害之意。秋獮：秋天打獵，獮：殺。秋天打獵順應肅殺之氣。冬狩：冬天打獵。冬天打獵不用再加以選擇，見到就可以捕獲。

五 振旅：整頓、訓練軍隊。

六　俎：古代祭祀時用來裝載祭祀品（如牛、羊、豬）的禮器。
七　皂隸：服勞役的人。
八　矢：陳列。

不替混帳領導背黑鍋
——〈晏子不死君難〉中的智慧

深明大義的晏子

晉文公得到一個大美女南威，兩個人廝混了三天。三天之後，晉文公想到已三天沒上朝了，就推開南威，疏遠了她，並很有感慨地說：「後世必定有因為貪圖女色而導致國家滅亡的人。」晉文公說的一點都沒錯。夏桀之於妹喜、商紂王之於妲己、周幽王之於褒姒自不必多說，就是在春秋時期也頗有因好色而敗身亡國的人，齊莊公就是其中的一位。他因與崔杼夫人私通而被殺死。齊莊公被殺之後，另一個重要人物出場了，他就是晏子。面對國君莊公被殺這樣的政治突變，晏子並不慌張，他既沒有自殺以殉難，亦沒有出逃以避禍。那麼他是怎麼做的呢？《古文觀止》中的〈晏子不死君難〉一文給出了答案。

〈晏子不死君難〉一文的大意是：崔武子見到棠姜，發現她很美，就娶了她。齊莊公和棠姜私通。崔武子殺死了莊公。

晏子站在崔家的門外。左右的人說：「你要為莊公去死嗎？」晏子說：「是我一個人的國君嗎？我為什麼去死？」左右的人說：「那你出走嗎？」晏子說：「我有罪過嗎？我為什麼逃亡？」左右的人說：「回去嗎？」晏子說：「國君死了，我能回到哪兒去？作百姓君主的人，豈可凌駕於百姓之上？而是要管理國家。作為臣子的人，豈是為了自己的俸祿？而是要保養國家。所以國君為國家而死，臣子就跟著他去死；國君為國家而逃亡，臣子就跟著他逃亡。如果國君是為自己的私慾而死，或者是為自己的私慾而逃亡，我們做臣子的又不是國君私人密友，誰還願意為他承擔罪責呢？況且人家擁立了國君又殺掉他，我怎能為他而死？又怎能為他而逃亡？又能回到哪裡去呢？」

門開了，晏子就進去，把莊公的屍首放在自己的大腿上大聲地哭。哭畢起來，踴了三次，然後就走出去。有人對崔杼說：「一定要殺掉他。」崔杼說：「這是百姓所仰望的人，放了他能得到民心。」

文章很短，但其意義卻很深，其核心智慧就是「不能替混帳領導背黑鍋」。晏子的這種智慧深合儒家理念。儒家思想雖然一再強調「君臣綱常」，強調臣子要對君主盡忠（在忠孝不能兩全之時甚至還要「移孝作忠」）。但是這種盡忠也是有條件的，那就是君王先要有個君王的樣子，然後才可要求臣子效忠，若君王不像樣兒，所做所為全是為了自己的私慾，那麼臣子就可不必為之盡忠。孟子曾經對齊宣王說：「君之視臣如手足，則臣視君如腹心；君之視臣如犬馬，則臣視君如國人；君之視臣如草芥，則臣視君如寇仇。」孟子的這些話，即便在今天看來，也充滿了思想光芒，飽含智慧。

在儒家看來，臣子對君王雖然有盡忠的義務，但這種義務絕對不是無條件的，而是充滿了互動性的——「君之視臣如手足，則臣視君如腹心；君之視臣如犬馬，則臣視君如國人；君之視臣如草芥，則臣視君如寇仇。」由此推論，若君王很混蛋，臣子當然可以棄之不顧，哪裡還用得著為他殉難呢？由此可知，儒家所雲「君君臣臣」的本意是雙向的，既規勸君主又要求臣子，君也好，臣也罷，都要守好自己的本分，為百姓社稷貢獻力量。孟子還說：「盛德之士，君不得而臣，父不得而子。」這就更加明確地指出，在君權和父權之上，還有一個「盛德」（道義）存在。對那些德高望重的賢人，君主不能以臣子對待，而應該恭敬如師。

晏字，名嬰，字平仲，是春秋後期一位重要的政治家、思想家和外交家，在齊靈公、莊公和景公三朝任事。他愛國憂民，敢於直諫，在諸侯和百姓中享有極高的聲譽；他博聞強識，善於辭令，主張以禮治國，曾力諫齊景公輕賦省刑。據說在他輔佐齊景公時，大雪連下了三天還不放晴。齊景公穿著裘皮大衣坐在大殿的臺階上。晏子進宮謁見，景公說：「好奇怪啊！下了三天大雪，可天氣還不冷。」晏子回答說：「天氣不冷嗎？」景公笑了。晏子說：「我聽說古代賢德的國君自己吃飽了卻知道別人的饑餓，自己穿暖卻知道別人的寒冷，自己安逸卻知道別人的勞苦。現在的君王不知道別人了。」齊景公一聽就知道晏子是在勸諫自己，便說：「說得好！我聽從您的教誨了。」便命人發放皮衣、糧食給饑餓寒冷的人。孔子聽到這件事後說：「晏子能闡明他的想法，齊景公能實行他所認識到的德政。」

晏子還留下了許多趣事，都收錄在《晏子春秋》一書中。大史學家司馬遷非常推崇晏子，他在《管晏列傳》中說：「假令晏子而在，余雖為之執鞭，所忻慕焉。」司馬遷之所以推崇晏子，在治國本領之外，恐怕也是他看中了晏子「不替混帳領導背黑鍋」的智慧。晏子是春秋後期的人，在孟子之前，他雖然沒有讀過

《孟子》這部書，但能用行動實踐孟子的思想智慧，這實在不簡單。這樣的智慧遠比「君叫臣死，臣不得不死」的愚忠高明百倍。

因緋聞而喪命的齊莊公

《古文觀止》裏的〈晏子不死君難〉一文提到了齊莊公因通姦被殺一事，但說得過於簡略。為了讓大家更好地理解齊莊公的荒唐、可笑，在此不妨談一談這位因緋聞而喪命的國君。

齊莊公名光，是齊靈公的太子，後又被廢而立公子牙。周靈王十八年（西元前五五四年）夏，齊靈公死，大夫崔杼重新將他扶為太子，並繼立為齊君，而將公子牙抓了起來。對此，齊莊公是十分感激崔杼的，就讓崔杼做了國相。

可是，齊莊公對崔杼的感激敵不過美色的誘惑。一樁桃色事件導致齊莊公與崔杼之間的君臣反目，並最終使莊公命喪黃泉。

事情是這樣的：崔杼的妻子叫棠姜，是崔杼家臣東郭偃的姐姐。棠姜原是齊國棠邑（今山東平度縣東南）大夫棠公的妻子。棠公死時，崔杼讓東郭偃為自己駕車前去弔唁，「見棠姜而美之」（《左傳・襄公二十五年》），便想娶棠姜。

這事曾一度讓東郭偃犯愁，他對崔杼說：「自古以來，男女同姓不成婚，主公是丁公之後，下臣是桓公的後代，同為姜姓。主公欲娶臣姐，恐怕不大合適吧！」崔杼就讓人占卜，太史說是吉卦，但陳文子卻說是凶卦。崔杼為棠姜的美貌所吸引，堅持說：「棠姜是寡婦，有何妨礙？凶兆已被她的丈夫承擔了！」於是便娶了棠姜。可沒想到，這個美麗的妻子卻招來了國君齊莊公的垂涎。

有一天，齊莊公到崔杼家中飲酒，崔杼讓棠姜奉酒。棠姜的姿色使齊莊公為之傾倒，齊莊公便重金賄賂東郭偃，讓他從中牽線，與棠姜通姦。由於來往日多，漸被崔杼發覺，崔杼盤問棠姜。棠姜隱瞞不過，就紅著臉說：「是有這麼回事。他用國君的威勢來逼我，我一個婦人，怎敢抗拒？」崔杼問：「你為什麼不告訴我？」棠姜道：「妾自知有罪，不敢說。」崔杼沈默了一會兒，說：「此事與你無關。」從此，崔杼便產生了殺死齊莊公的念頭。

齊莊公四年（西元前五五〇年），齊莊公率軍討伐晉國，崔杼想藉機殺死他，但沒有得手。但崔杼並不甘心，極力尋找同謀者。恰在這時，齊莊公的侍者賈舉因小過遭到齊莊公的鞭打，崔杼便設法親近他，讓他在宮中充當耳目。賈舉欣然應允，「崔杼間公以報怨」。

西元前五四八年夏天，莒國國君來朝見齊莊公。齊莊公在臨淄城北設宴款待他，並召諸大夫坐陪。崔杼推說有病，沒有赴宴。齊莊公侍者賈舉密報崔杼說：「國君將在席散之後，前來探問相國病情。」崔杼笑道：「昏君哪裡是要來看望我，是想做那種無恥之事罷了。」回頭又對妻子說：「我今天決計殺死昏君，你若聽從我的安排，我不張揚你的醜事，還將立你的兒子為嗣，否則，你們母子別想活命！」棠姜應允。崔杼於是在內室埋伏下殺手，讓東郭偃帶甲士藏在大門之外，又派人密告賈舉，讓他見機行事。

齊莊公果然上當，他驅駕來崔府探病。入宅後不見崔杼本人，看門的人說，他病得很厲害，剛吃過藥，正在外寢躺著。齊莊公心中暗喜，徑直前往內室。賈舉以恐怕驚動崔杼為由，把齊莊公的隨從擋在門外，自己將中門關閉。看門人也同時關上大門，上了鎖。莊公獨留內室，見棠姜濃妝豔抹地走了出來，不禁心花怒放，剛要上前與她親近，有婢女前來，說：「相國口渴，要喝蜜湯！」棠姜遂與婢女走出，進了外寢，和崔杼從側門走了出去。這時，內室中只剩下齊莊公一人。久等棠姜不至，自知中了圈套，急呼侍者賈舉，無人答應。莊公破門而出，登上一座樓臺。此時，伏兵向莊公殺來。莊公請求免他一死，甲兵不答應；請求與崔杼結盟和解，仍不答應；又請求到祖廟自殺，還是不答應。崔杼的甲兵一邊逼近他，一邊說：「你的臣子崔杼病重，不能出面親聽你的命令。我們只知道奉命捉拿淫賊，不知道還有其他命令！」莊公被逼無奈，打算跳牆逃走。甲士們引弓便射，莊公的大腿上中了一箭，跌落在牆內，眾甲士一擁而上，將他殺死，隨從莊公的幾個力士也被殺死。

齊莊公死後，崔杼等人擁立齊莊公的異母弟杵臼為君，即齊景公。

司馬遷說：「人固有一死，或重於泰山，或輕於鴻毛。」齊莊公之死，實在是死於好色，死於不守「君道」。面對齊莊公這種不正當不光彩的死法，身為臣子的晏子雖也哭他，但絕對不肯為他「死於君難」。晏子所言：「君為社稷死，則死之；為社稷亡，則亡之；若為己死，而為己亡，非其私暱，誰敢任之？」這話鏗鏘有力，算是說到了點子上。如果國君因通姦被殺臣子都得為之殉道，那臣子之死豈不與國君同樣荒唐？這種思路放在今天同樣適用，若領導一心為公，秉公辦事，我們自然可以替領導賣力；若領導是個混蛋，做的都是滿足自己私慾的事，我們還替他賣命作什麼？

弒君的崔杼也不得好死

崔杼設計殺死齊莊公後，掌管記載史事的太史在國家史書上寫道：「崔杼殺了他的國君。」崔杼大怒，殺死了太史。太史的弟弟接著這樣寫，也被殺。接著，太史的又一個弟弟還是這樣寫，崔杼無奈，只好免他一死。南史聽到太史被殺的消息，「執簡以往」，打算繼續以死抗爭，途中聽到史官已如實記載下了這件事才回去了。這件事曾被後世史家傳為美談，把齊國史官與晉國史官董狐並論，說他們均是秉筆直書的典型。

殺死齊莊公之後，崔杼立齊莊公同父異母的弟弟杵臼為齊國國君，是為齊景公。齊景公即位後，以崔杼為右相，慶封為左相。崔杼、慶封當權之後，害怕再起禍亂，就讓齊國的大臣百姓發誓：「不與崔、慶者死（不與兩位相國保持高度一致的人天打五雷轟）！」這個時候，晏子又站了出來，他說：「我晏嬰不想撈什麼好處，我只知道聽從忠於國君、有利於社稷的人！」不肯發誓忠於崔杼、慶封二人。慶封要殺了晏子，崔杼說：「他是個忠臣，放了他吧。」晏子再一次免於一死。

崔杼跟原配生了兩個兒子：崔成和崔彊。原配死後，他又娶了東郭偃的姐姐棠姜，又跟棠姜生了一子崔明。因為寵愛棠姜，崔杼就讓棠姜與前夫生的兒子無咎和東郭偃管理自己相府的事務。崔成犯了罪，無咎和東郭偃要懲罰崔成，並想著讓崔明做崔杼的接班人。崔成向崔杼請求去崔地養老（以免於懲罰），崔杼答應了，但無咎和東郭偃不許。崔成、崔彊兄弟兩個很生氣，就去左相慶封那裏尋求幫助。

慶封與崔杼在工作中發生過矛盾，非常希望崔家衰敗，就跟崔成、崔彊說，必須殺了無咎、東郭偃等才能解決問題。這兄弟兩個就真的把無咎和東郭偃給殺了。家裏發生了血案，崔杼十分生氣，情急之下又跑到左相府請慶封幫忙。慶封說：「請讓我替你殺了這兩個逆子！」於是派人包圍了崔府，「盡滅崔氏，崔杼婦自殺」。頃刻之間家破人亡，崔杼本人受不了這麼慘痛的打擊，也自殺了。

慶封「盡滅崔氏」之後，獨攬大權，更加驕橫。他嗜酒好獵，不聽政令，讓兒子慶舍代行政事。慶封把自己的財產和家室遷到寵臣家，整天在那裏飲酒作樂，處理政務，那裏簡直成了朝廷，史稱「國遷朝焉」。齊國大臣田文子因此預言「亂將作」。於是，田、鮑、高、欒四大貴族相與合謀除掉慶氏。齊景公三年（西元前五四五年）十月，趁慶封出去打獵之際，四大貴族共同率領家丁包圍並攻佔相府。慶封回來，不得其門而入，逃往魯國。齊人責怪魯國，慶封只好逃到吳國，吳王賜朱方（今江蘇鎮江東）作為他的封邑，慶氏宗族聚集在那裏，其富裕程度竟超過在齊國時，成為春秋時期著名的富豪。後來慶氏的封地被楚人奪去，慶封也為楚人所殺。

笑到了最後的還是晏子

在崔杼、慶封當權之時，齊國一些正直的公子、大臣或流亡，或下野。待崔杼自盡、慶封逃亡之後，齊國開始召回此前不得志的公子和大臣，並厚待他們，「具其器用而反其邑焉」。由於晏子此前不肯與崔杼、慶封盟誓，齊國將邶殿（齊國別都，在今山東昌邑縣）周邊六十個城邑賜予晏子，以示犒勞，但是晏子不肯接受。子尾就問他：「富貴，是大家都希望得到的東西，您為什麼偏不接受？（富，人之所欲也，何獨弗受？）」晏子回答：「慶封的城邑讓他的慾望太膨脹了，所以他逃亡了。我的城邑還沒有讓我的慾望膨脹，但是把邶殿地區的六十個城邑加起來也有可能使我慾望膨脹。慾望一膨脹，離逃亡也就沒幾天了。一旦逃亡，我就連一個城邑都沒有了。我不接受邶殿，不是厭惡富貴，而是害怕失去富貴。並且，富貴像布帛，它是有限度的。百姓生活富裕、財用充足，這個時候就應該讓他們端正品行，不能讓財富超過了一定的限度。利益若超過了限度就會敗壞心性。我不敢貪多，就是要守好富貴的限度。（慶氏之邑足欲，故亡。吾邑，不足欲也。益之以邶殿，乃足欲。足欲，亡無日矣。在外，不能宰吾一邑。

不受邶殿，非惡富也，恐失富也。且夫富如布帛之有幅焉，為之制度，使無遷也。夫民生厚而用利，於是乎正德以幅之，使無黜慢，謂之幅利。利過則為敗。吾不敢貪多，所謂幅也。）」

最後，齊景公給晏子「北郭佐邑六十（這比邶殿六十邑小很多）」，晏子才接受。更關鍵的是，在晏子的感召之下，其他人也不再接受太多的城邑了，《左傳》記載，「與子雅邑，辭多受少。與子尾邑，受而稍致之。」也就是，齊景公賜給子雅城邑，子雅也像晏子一樣，辭去了多的，接受了少的；賜予子尾城邑，他先接受了，但沒過多久就又退回了。更關鍵的是，經過這次「讓邑」事件之後，齊景公認識到晏子是個大忠臣，開始重用晏子。

晏子後來做為齊國丞相，但他依然穿粗布衣服，吃簡單的飯菜。左右侍從將此事告訴了齊景公，齊景公就封賞他以食邑，讓田無宇將臺邑和無鹽邑送給晏子。晏子說：「過去我們先君太公受封到營丘，受封的土地有五百里，就算是大國之首了。從太公到君王之身，已經有十數個國君了。假若能取悅君王的人就能取得食邑，那麼就會有很多人到齊國來求取土地。在君王您這一代，齊國恐怕就沒有立足棲身的地方了。我聽說，臣子有德增加俸祿，無德退還俸祿，哪有不肖的父親給不肖的兒子以封邑，並最終敗壞政治的呢？」於是又辭掉了封邑。此事又一次彰顯了晏子凡事能從大局著眼，不謀私利的高尚品德。

晏子做齊國國相時，多次成功勸諫齊景公，其中一個重要的原因就是「公以為忠」——齊景公從心底佩服晏子，所以願意聽從他的勸諫。可見，即便是在亂世，道德依然是有力量的。

從「晏子不死君難」到「晏子辭邑」，我們可以依稀地看到春秋時期的君子風範：有智慧、有操守，在政治壓力面前不退縮，在富貴到來之際亦懂得節制，誠所謂「威武不能屈，富貴不能淫，貧賤不能移」是也。晏子便是一個這樣的人。司馬遷對晏子推崇備至，絕非過譽，而是實至名歸。即便到了今天，晏子的智慧和境界依然讓人高山仰止。

同時，通過齊莊公之死、崔杼自盡、慶封亂政、晏子辭邑等齊國的一系列政治事件，我們亦可大體看出春秋時期的某些社會特徵：那確實是一個動盪不安的亂世，亂世之中，什麼樣的人都有，有齊莊公這樣的荒淫國君，有崔杼、慶封一類的「亂臣」，但也有晏子這樣有操守、有道德、俯仰從容、境界崇高的政治家和智者。或許正因如此，那個大變革的時代才格外有魅力——它在正反兩個方面都為後人提供了豐富的人生參照和思想智慧。

附錄　〈晏子不死君難〉——《左傳》

崔武子見棠姜而美之，遂取之[一]。莊公通焉[二]。崔子弒之[三]。

晏子立於崔氏之門外[四]。其人曰[五]：「死乎？」曰：「獨吾君也乎哉，吾死也？」曰：「行乎？」曰：「吾罪也乎哉，吾亡也？」曰：「歸乎？」曰：「君死安歸？君民者，豈以陵民？社稷是主；臣君者[六]，豈為其口實，社稷是養。故君為社稷死，則死之；為社稷亡，則亡之；若為己死，而為己亡，非其私暱[七]，誰敢任之？且人有君而弒之，吾焉得死之？而焉得亡之？將庸何歸？」

門啟而入，枕尸股而哭，興[八]，三踴而出[九]。人謂崔子：「必殺之。」崔子曰：「民之望也，舍之得民。」[十]

注釋

一　崔武子：齊卿，即崔杼。棠姜：棠公的妻子。棠公是齊國棠邑的大夫，棠邑在今山東金鄉縣東。取：同「娶」。棠公死，崔杼去弔喪，見棠姜美麗，就娶了她。

二　莊公：齊莊公。通：私通。

三　弒：古代臣殺君、子殺父曰弒。

四　晏子：即晏嬰，字平仲，齊國大夫。齊靈公二十六年（西元前五五六年），其父晏弱死後，繼任齊卿，歷任齊靈公、齊莊公、齊景公三世，是春秋時期著名的政治家。

五　其人：當時在晏子身邊的人。

六　君民者：做人民君主的人。
七　暱：近親。
八　與：起立。
九　踴：跳躍。三踴：跳躍了三下，以表示悲傷。
十　望：有聲望的人。舍：放掉。

顏斶的底氣和孟子的「三不為」

〈顏斶說齊王〉是《戰國策・齊策》中的名篇。這裏的齊王就是齊宣王，而顏斶則是齊國的一個隱士，他一生中最著名的故事可能就是這次與齊宣王的會面了，而有此一事亦足以讓他青史留名了。當然，作為隱士，人家顏斶壓根就不在乎什麼名不名的，這一點我們可在後文中得到印證。

故事的情節是這樣的：有一天，齊王召見顏斶，顏斶在離齊王很遠的地方便站住了。齊王不太高興，說：「請你走到我面前來。」顏斶不慌不忙地說：「大王，請你走到我面前來。」

顏斶的話，不但讓齊宣王不爽，就連齊宣王左右的人都感覺到被「冒犯」了，他們對顏斶說：「大王是人君，你顏斶是人臣。大王說顏斶到我跟前來，你顏斶也說大王到我跟前來，這麼跟大王頂牛，可以嗎？」

顏斶回答：「如果我走上前，那就是貪慕權勢；而大王走上前，卻是禮賢下士。與其讓我做一個貪慕權勢的人，不如讓大王做一個禮賢下士的人。」

雖然顏斶說的很有道理，可齊宣王的面子有時比道理要管用得多，所以，齊王「忿然作色」，說：「是大王尊貴呢還是士尊貴？」

顏斶回答：「士尊貴，大王不尊貴。」

齊宣王問：「有根據嗎？」

顏斶回答：「有。從前秦國攻打齊國，秦王所下的一道命令是，有誰敢在柳下季墓前五十步之內砍柴動土，判處死刑，不赦免。同時還有一道命令是，有誰能得到齊王的頭顱，封為萬戶侯，賞黃金一千鎰。從這兩條命令可以看出，活著的大王的頭顱還不如死去了的賢士的墓呢。」

齊宣王一看說不過顏斶，也壓服不了人家，就轉而用收買戰術了。他說：「啊呀，對您這樣的君子怎麼可以侮辱呢！我真是自討沒趣。我希望您能收我做弟子。只要先生您答應了同我交遊，我將以上等宴席招待您，外出給您配備高級車馬，您的妻子兒女也可穿上華貴的服裝。」

齊宣王開出的條件很誘人，若放在現在的知識份子身上，他們恐怕會說：「好呀，咱們簽約吧。」但顏斶是名副其實的隱士，人家的境界就是高。他拒絕了齊宣王的收買，說：「璞玉生在深山中，經過玉匠加工，破璞而取玉，其價值並非不寶貴，然而本來的面貌已不復存在了。士人生於偏僻鄉野之地，經過推舉選拔而被任用，享有祿位，他並非不尊貴、不顯赫，可是他的本質精神已被傷害了。我希望回到我的鄉里，晚點吃飯，權當作吃肉，悠閒地散步，權當作乘車，不犯王法，權當作富貴，如此清靜純正地生活也能自得其樂。如今發號施令的，是大王您；而竭盡忠心直言進諫的是顏斶我。我的主要意見已經說了，希望您允許我回去，平平安安地回到我的家鄉。」於是，他再一次拜謝，之後就飄然離去了。

後世的君子評價說：顏斶可以說是知足的了，他捨棄功、名、利、祿，辭王而歸，回到本鄉，恢復他本來是老百姓的面目，這樣就終身不受到侮辱。

讀這篇古文，我們無法不為顏斶的境界所折服。這才是真正的隱士，具有知識份子的獨立操守——不畏權貴，亦不貪圖富貴，恰好符合孟子所說「貧賤不能移，富貴不能淫，威武不能屈」的「大丈夫」標準。古往今來，這樣的硬漢子都是少數。我們不禁要學著小瀋陽問一問：這是為什麼呢？

有人說，這是體制內與體制外的差別。顏斶是隱士，身處體制之外，不需要齊宣王給他發工資，不想讓齊宣王給他一官半職，所以可以擺擺架子，抖抖威風。如果他進入體制之內，成了齊宣王手下的大臣，那他也得跟我們一樣活得小心翼翼，不敢有個性。可問題是，人家顏斶是有機會進入體制之內的（而且齊宣王開出的價碼還很高），可人家視榮華富貴如浮雲。而一般的人呢，正好相反，在榮華富貴面前，他們的操守和氣節如浮雲。這裏的差別可就大了去了。今天有多少人做夢都想考上公務員呀，進入體制之內簡直就是他們最大的夢想，而顏斶面對著國王親自給打開的體制大門，瀟灑地轉身離去。這兩者的境界怎可混同！

那麼，顏斶的底氣到底來自何處？我認為《孟子》裏的一段話恰好可以回答這個問題。「孟子曰：說大人則藐之，勿視其巍巍然。堂高數仞，榱題數尺，我得志，弗為也。食前方丈，侍妾數百人，我得志，弗為也。般樂飲酒，驅騁田獵，後車千乘，我得志，弗為也。在彼者，皆我所不為也；在我者，皆古之制也。吾何畏彼哉？」這段話的意思是，向位高顯貴的人進言，先要在心理上藐視他，不要把他的顯赫地位和權勢放在眼裏。他的殿堂高兩三丈，屋簷好幾尺寬，即便我得志，我也不屑於這些；他滿桌佳餚美味，侍奉的姬妾好幾百人，即便我得志，我也不幹這樣的事；飲酒作樂，馳驅打獵，隨從車輛成百上千，即便我得志，我也不屑於做這些事。他所擁有的，都是我所不屑於有的；我所希望的，是古代的禮樂制度。我為什麼要怕他呢？

孟子和顏斶是同時代的人。恰好，孟子也見過齊宣王，並對齊宣王說過那段有名的話：「君之視臣如手足，則臣視君如腹心，；君之視臣如犬馬，則臣視君如國人；君之視臣如土芥，則臣視君如寇仇。」兩者在齊宣王面前都牛，所以，我覺得，顏斶拒絕齊宣王的底氣與孟子藐視權貴的資本是一致的。孟子有其「三不為」的人生底線：「堂高數仞，榱題數尺，我得志，弗為也。食前方丈，侍妾數百人，我得志，弗為也。般樂飲酒，驅騁田獵，後車千乘，我得志，弗為也。」有了這「三不為」，他就脫離了低級趣味，對世俗的物欲誘惑有了極大的免疫力。有了這「三不為」的底線，底氣就足了：「在彼者，皆我所不為也；在我者，皆古之制也。吾何畏彼哉？」顏斶亦是如此，面對齊宣王「食必太牢，出必乘車，妻子衣服麗都」的物質誘惑，他的回答是「斶願得歸，晚食以當肉，安步以當車，無罪以當貴，清淨貞正以自虞」，明確表示物質誘惑對他沒有吸引力。可以說，顏斶和孟子藐視權貴的底氣，均來自他們對物質誘惑的超強免疫力和對人格操守的精心維護。

可見，在物質上越是養成了知足常樂的生活習慣，在精神上就越容易抵達超拔無畏、俯仰從容的境界。「事能知足心常樂，人到無求品自高」，這話是真的。孟子也好，顏斶也罷，若他們多欲多求，高官厚祿、榮華富貴都想要，那還怎麼保持「富貴於我如浮雲」的人格操守？沒有「無欲則剛」的底氣，哪裡還能「說大人則藐之」（恐怕巴結還來不及呢）？

附錄 〈顏斶說齊王〉——《戰國策‧齊策》

齊宣王見顏斶，曰：「斶前！」斶亦曰：「王前！」宣王不悅。左右曰：「王，人君也。斶，人臣也。王曰『斶前』，亦曰『王前』，可乎」斶對曰：「夫斶前為慕勢，王前為趨士[一]。與使斶為慕勢，不如使王為趨士。」王忿然作色曰：「王者貴乎？士貴乎？」對曰：「士貴耳，王者不貴。」王曰：「有說乎？」斶曰：「有。昔者秦攻齊，令曰：『有敢去柳下季壟五十步而樵采者，死不赦。』令曰：『有能得齊王頭者，封萬戶侯，賜金千鎰。』由是觀之，生王之頭，曾不若死士之壟也。」

宣王曰：「嗟乎！君子焉可侮哉，寡人自取病耳！及今聞君子之言，乃今聞細人之行，願請受為弟子。且顏先生與寡人遊，食必太牢[二]，出必乘車，妻子衣服麗都。」顏斶辭去曰：「夫玉生於山，制則破焉，非弗寶貴矣，然太璞不完[三]。士生乎鄙野，推選則祿焉，非不得尊遂也[四]，然而形神不全。斶願得歸，晚食以當肉[五]，安步以當車，無罪以當貴，清靜貞正以自虞[六]。制言者王也，盡忠直言者斶也。言要道已備矣，願得賜歸，安行而反臣之邑屋。」則再拜而辭去也。

君子曰：斶知足矣，歸真反璞，則終身不辱也。

注釋

一　趨士：禮賢下士。
二　太牢：一牛、一羊、一豬，三牲具備，叫「太牢」。
三　璞：蘊藏著玉的石塊。
四　遂：尊貴顯達。
五　晚食以當肉：把飯吃得晚一點，雖沒有吃好的，但因為饑餓而感到香甜，抵得上吃肉。
六　虞：同「娛」。

中國古人的生態倫理
——〈里革斷罟匡君〉之解讀

魯宣公在夏天到泗水的深潭中下網捕魚，里革割破了他的魚網，把它丟在一旁，說：「古時候，大寒以後，冬眠的動物開始活動，這個時候，掌管河水禁令的官員才整理魚網、魚鉤，開始捕魚鱉。捕到魚鱉之後，先拿到廟裏祭祀祖先，然後百姓才可以捕魚。當鳥獸開始孕育，魚鱉已經長大的時候，管理川澤禁令的官員就禁止用網捕捉鳥獸了，這是為了幫助鳥獸生長。不僅對捕殺動物要講規矩，就是對植物也一樣。到山上不能砍伐新生的樹枝，在水邊也不能割取幼嫩的草木，捕魚時禁止捕小魚，捕獸時要留下小鹿和小駝鹿，捕鳥時要保護雛鳥和鳥卵，捕蟲時要避免傷害螞蟻和蝗蟲的幼蟲，這都是為了讓萬物繁殖生長，維護生態平衡。現在正當魚類孕育的時候，您卻不讓它長大，還下網捕捉，真是貪心不足啊！」

聽了里革的話以後，魯宣公誠懇認錯，說：「我有過錯，里革便糾正我，不是很好的嗎？這是一張很有意義的網，它使我認識到古代治理天下的方法。請主管官吏把它藏好，使我永遠不忘里革的規諫。」有個名叫存的樂師順勢對魯宣公說：「保存這個網，還不如將里革安置在您身邊，這樣就更不會忘記他的規諫了。」

這則故事來自《古文觀止》中的〈里革斷罟匡君〉一文。這篇文章比較集中地闡述了中國古人的生態倫理。這種倫理的核心就是教人不要貪心，對自然資源要「取之有度，用之以時」，而不能索取無度，任意捕殺鳥獸蟲魚。這樣的生態觀念在今天依然有著極強的現實意義。

恩格斯曾說：「我們每走一步都要記住：我們統治自然界，絕不像征服統治異族人那樣，絕不是像站在自然界之外的——相反地，我們連同我們的肉血和頭腦都是屬於自然界並存在於自然之中；我們對自然界的全部統治力量，就在於我們比其他一切生物能力更強，能夠認識和正確運用自然規律。」從〈里革斷罟匡君〉一文中可以看出，早在春秋時期，中國古人就設置了「水虞」、「獸虞」這類旨在保護河水生態和山林生態的專業官員，並頒佈了專業「禁令」，如「山不槎蘗，澤不伐夭，魚禁鯤鮞，獸長麑麌，鳥翼鷇卵，蟲舍蚳蝝」等，這些規定翻譯成今天的話就是：到山上砍柴不准砍樹木的嫩芽，到窪地不准砍伐還沒長成的草木，捕魚時禁止捕捉魚苗魚卵，捕獸時不傷害幼鹿幼麋，獵鳥時保護雛鳥和鳥蛋，捉蟲時則要留下蟻卵和幼蟲。這樣做的目的就是給萬物以生長繁殖的機會。一句話，人類要生存，但同時也給別的物種以生存繁殖的機會。自己活，也要讓別人活；人要生存，也要讓其他物種能夠生存下去。這便是古人的環保理念，這種理念雖是儒家「親民而愛物」倫理的自然擴展，但它在保護生態環境的效果上卻與現代的環保理念不謀而合。

儒家的宗師孔子積極推行「周禮」，對周代的環保理念同樣身體力行。《論語》中記載，孔子「釣而不綱，弋不射宿」，意思是說，孔子只用魚鉤釣魚而不用網，射小鳥的時候也不射正在樹上睡覺的鳥，為的就是有所節制，不大量捕殺動物。到了宋代，著名的理學大師張載更是提出了「民胞物與」的思想，一切人都是我的同胞，一切物都是我的朋友，而天地是人和萬物共同的父母。這種觀點闡述了人與萬物之間相互依存、理應和諧相處的生態理念。我們愛護地球上的其他生命，不僅僅是因為人類有憐憫之心，更因為其他生物的命運在某種程度上就是人類的命運。如果肆意殺害其他動物，破壞了大自然的生物鏈，那麼人類最終也一定受到「大自然的報復」。

現在，人類掌握了先進的科學技術，他們改造大自然的能力不知要比古人高多少倍。在這種情況下，若人類仍任由自己的慾望無限膨脹，繼續過度開發自然資源，那麼，人和自然環境之間的矛盾就勢必凸顯，生態危機就在所難免。有鑒於此，有識之士積極推行環保理念，生態倫理學也作為一種新興的學科而受到了人們的重視。而生態倫理學最核心的理念就是：任何生命都是有價值的，所有生物都是一個有機的整體。所有的生物和人類一樣都擁有生存、繁殖的權利，人類不得在追求自己享樂的過程中剝奪了其他生物生存、繁殖的權利。這種觀點改變了過去完全以人為中心來考察自然環境的視角，對保護環境、維護生態平衡無疑具有積極的價值。而這種理念與張載所言「民胞物與」的思想亦有不謀而合之處。可見，中國古人並不笨，在很多大問題上，他們是有智慧的。只不過，後人常常會忘記古人的教誨，忽略前輩的智慧。

附錄〈里革斷罟匡君〉——《國語》

宣公夏濫於泗淵[一]，里革斷其罟而棄之[二]，曰：「古者大寒降，土蟄發[三]，水虞於是乎講罛罶[四]，取名魚，登川禽，而嘗之寢廟[五]，行諸國人，助宣氣也。鳥獸孕，水蟲成，獸虞於是乎禁罝羅[六]，矠魚鱉以為夏槁[七]，助生阜也[八]。鳥獸成，水蟲孕，水虞於是禁罝罜麗[九]。設阱鄂[十]，以實廟庖，畜功用也。且夫山不槎蘖[十一]，澤不伐夭，魚禁鯤鮞[十二]，獸長麑麌[十三]，鳥翼鷇卵[十四]，蟲舍蚳蝝[十五]，蕃庶物也，古之訓也。今魚方別孕，不教魚長，又行網罟，貪無藝也。」[十六]

公聞之曰：「吾過而里革匡我，不亦善乎！是良罟也，為我得法。使有司藏之，使吾無忘諗。[十七]」師存侍[十八]，曰：「藏罟，不如置里革於側之不忘也。」

注釋

一 宣公：魯宣公。濫：沉浸其中。泗：泗水，發源於山東蒙山南麓，因四源併發而得名。

二 里革：魯國太史。罟：網。

三 土蟄：冬眠的蟲子伏藏在土中，故名土蟄。

四 水虞：古代掌管川澤禁令的官員。罛罶：古代捕魚的用具。

五 寢廟：宗廟。古代宗廟分兩個部分，後面停放牌位和先人遺物的地方叫寢，前面祭祀的地方叫廟，合成寢廟。

六 罝：捕魚的網。羅：捕鳥的網。

七 矠：刺取。槁：枯乾。

八 助生阜：助其生長。阜：長。

九 罝罜：小漁網。

十 阱鄂：阱，陷阱；鄂，捕魚的用具。

十一 槎：用刀斧砍伐。蘖：樹木被砍伐後又生出來的嫩條。

十二 鯤鮞：沒有長成的小魚。

十三 麑麌：小鹿。

十四 翼：輔育。鷇：雛鳥。

十五 蚳：蟲卵。蝝：沒長出翅膀的幼蟲。

十六 無藝：沒有限度。

十七 諗：勸告。

十八 師：樂師。存：樂師的名字。

聖賢多樣性
——從《伯夷列傳》說起

用今天一些人的眼光來看，伯夷、叔齊餓死首陽山的做法簡直有愚笨之嫌。伯夷、叔齊是孤竹君的兩個兒子。父親想立叔齊為君，等到父親死後，叔齊又讓位給長兄伯夷。伯夷說：「這是父親的意願。」遂以父命難違為由拒絕接受國君之位，並且逃掉。叔齊也不肯繼承君位，也選擇了逃掉。國中的人只好立他們的另一個兄弟。正當這個時候，伯夷、叔齊聽說西伯姬昌敬養老人，便商量著說：我們何不去投奔他呢？等到他們到達的時候，西伯姬昌已死，他的兒子武王用車載著靈牌，尊他為文王，正向東進發，去討伐商紂王。伯夷、叔齊拉住武王的戰馬問：「父親死了尚未安葬，就動起干戈來，能說得上是孝嗎？以臣子的身份去攻打君王，能說得上是仁嗎？」武王身邊的人想殺死他們，姜太公說：「這是兩位義士啊！」就叫人扶起他們，送走了。武王平定殷亂以後，天下都歸順於周朝，只有伯夷、叔齊堅持大義，不吃周朝的糧食，並隱居於首陽山，靠采薇來充饑，最後餓死。

商紂王無道，周武王帥軍討伐亦在情理之中。無論是孔子、孟子還是後代的史學家，對武王伐紂的正義性都是予以肯定的。但是，作為當時的聖賢，伯夷、叔齊卻覺得周武王「不孝不仁」，「父死不葬，爰及干戈，可謂孝乎？以臣弒君，可謂仁乎？」這樣的質問不能說沒道理，但總有點過於守舊的味道。針對武王伐紂，孟子曾說：「賊仁者謂之賊，賊義者謂之殘，殘賊之人謂之一夫。聞誅一夫紂矣，未聞弒君也。」意思是說，商紂王「賊仁殘義」，殘暴無道，已經不能算是合格的國君了，他只是個獨夫，這樣的人被討伐是完全應該的，根本不算「弒君」。孟子的思想具有革命性，在要求臣子恪守道德的同時，亦要求國君守道義，實行仁政。若國君無道，國人就有權利發動革命，推翻他。

孔子雖不像孟子那樣具有「革命性」，但他也認同武王伐紂之舉，不僅如此，他還是個對周朝文化一往情深的人，他說：「郁郁乎文哉，吾從周」。可是，面對著寧可餓死首陽山也「不食周粟」的伯夷、叔齊，孔子依然給予了極高的評價，說他們「不念舊惡，怨是用希」，「求仁得仁，又何怨乎？」這說明，孔子是一個比較寬容的人，並不以自己信奉的「周禮」為唯一評判標準，而是有著更高的超越政治理念的認定標準。孔子的這種胸襟在另一件事上亦有體現，他說：「微子去之，箕子為奴，比干諫而死，殷有三仁焉。」在商紂王殘暴無道的情況下，微子棄官隱居，箕子因勸諫而被囚為奴，比干冒死進諫、被紂王剖心而死。可以說，這三個人在同一個時代背景下的選擇也是不一樣的，但孔子都認定他們是「仁人」。從這個地方，我們可以看出孔子的寬容，他尊重微子、箕子、比干三個人的不同選擇。原因就在於，這三個人的選擇雖然不一樣，但他們都守住了底線：不與商紂王同流合污。

孔子說：「君子和而不同。」在對古人的評價上，他也奉行這一點，既不強求古人與自己的思想觀念完全一致，也不要求仁人面對暴君時都得像比干一樣「諫而死」，而是充分尊重個人的選擇——只要你能恪守自己的原則，不同流合污就好。現代人講環保，愛說「保護物種多樣性」，套用一下，孔子的思想就為「聖賢多樣性」提供了理論依據。

所謂的「聖賢多樣性」，即聖賢的標準不是固定唯一的，而是在恪守底線的前提下為個人留有充分的選擇空間。由於個人的選擇不同，同為聖賢，其境界也就不同，這是當然的。對於這一點，孟子做出了更具體的論述，他說：「伯夷，目不視惡色，耳不聽惡聲。非其君不事，非其民不使。治則進，亂則退。橫政之所出，橫民之所止，不忍居也。思與鄉人處，如以朝衣朝冠坐於塗炭也。當紂之時，居北海之濱，以待天下之清也。故聞伯夷之風者，頑夫廉，懦夫有立志。伊尹曰：『何事非君，何使非民？』治亦進，亂亦進，曰：『天之生斯民也，使先知覺後知，使先覺覺後覺。予，天民之先覺者也，予將以此道覺此民也。』思天下之民匹夫匹婦有不與被堯舜之澤者，若己推而內之溝中——其自任以天下之重也。柳下惠不羞汙君，不辭小官。進不隱賢，必以其道。遺佚而不怨，厄窮而不憫。與鄉人處，由由然不忍去也。『爾為爾，我為我，雖袒裼裸裎於我側，爾焉能浼我哉？』故聞柳下惠之風者，鄙夫寬，薄夫敦。孔子之去齊也，接淅而行；去魯，曰：『遲遲吾行也，去父母國之道也。』可以速而速，可以久而久，可以仕而仕，孔子也。」孟子的這段話詳細比較了歷史上有名的幾位聖賢。伯夷叔齊他們眼睛不看醜惡的事物，耳朵不聽醜惡的聲音，國君不是他們理想中的君主，他們就不去侍奉，百姓不是他們理想中的百姓，他們也不去管理這些百姓。天下太平，他們就出來做事，天下混亂，他們就退隱。實行暴政的地方，住有暴民的地區，他們都不肯居住，也不與沒修養不講道德的人交往。他們是清高的聖賢，受這種清高聖賢感召的人，貪婪的人會變得廉潔，懦弱的人會變得有獨立不屈的志向。而伊尹卻與伯夷叔齊完全不同，他說：『哪個國君不可以侍奉，哪個百姓不可以管理？』因此，天下太平也出來做官，天下混亂也依然出來做官。並且還說：『上天生出這些百姓，就是要讓先知先覺的人來開導後知後覺的人。我就是先知先覺的人，我有義務以堯舜之道來教化百姓。像伊尹這樣的就是勇於承擔責任的聖賢，他們擁有將天下的重擔都挑在自己身上的勇氣。柳下惠則是又一種類型的聖賢。他不以侍奉壞的君主為羞恥，也不因官位小就拒絕做官。他立於朝廷也不隱藏自己的才華，但是他一定按照自己的原則辦事。為了堅持原則，即便被遺棄也不抱怨，即便遭受了窮困也不憂愁。他即使同沒修養的鄉巴佬也能相處得很好，他說：『你是你，我是我。你即便在我身邊赤身裸體，也不能污染我的德行與操守。』柳下惠可以說是隨和的聖賢。而孔子則是聖賢的集大成者，他離開齊國的時候，不等米淘完就走，離開魯國的時候又說『我們慢慢走吧，這是離開祖國的態度。』他的態度比較圓融，可以做官的時候就做官，不該做官的時候就不做官，分寸拿捏得最到位、最識時務的聖賢。

孟子以孔子的傳人自許，極力推崇孔子。有人問他，伯夷可以與孔子媲美嗎？孟子回答：「自生民以來，未有盛於孔子也。」然後又問他，這些聖賢有相同之處嗎？他說：「有。得百里之地而君之，皆能以朝諸侯有天下。行一不義、殺一無辜而得天下，皆不為也。」意思是說，這些人不僅都是輔佐國君的高手，而且都恪守不行不義、不殺無辜的原則。在這裏，孟子雖然最推崇孔子，但也高度評價了伯夷、伊尹、柳下惠等其他類型的聖賢。這與孔子評價「殷有三仁」的思路是一脈相承的。

聖賢多樣性的原理再次證明了包容的重要性。即便同為聖賢，不同的人仍有不同的個性，都很難達到完美的「中庸」境界，何況普通人？因此，道德永遠應該是內省而非苛求的，是內斂的而非擴張的，正所謂「嚴於律己，寬以待人」是也。

需要說明的是，我由《伯夷列傳》而談「聖賢多樣性」這個話題，這並不是司馬遷的本意。司馬遷寫《伯夷列傳》除了簡單地記述伯夷、叔齊的事蹟外，穿插了大量的抒情、議論，他藉著歷史上善人、惡人的不同遭遇，表達了對社會不公現象的憤恨之情，甚至對「天道無親，常與善人」的古訓提出了某種懷疑。聖賢有不同的類型和境界，後人解讀聖賢也有不同的方式和路徑，這算不算也是「聖賢多樣性」的又一層意思呢？

附錄 〈伯夷列傳〉——《史記》

夫學者載籍極博，猶考信於六藝[一]。《詩》、《書》雖缺，然虞、夏之文可知也。堯將遜位，讓於虞舜，舜、禹之間，岳牧咸薦，乃試之於位，典職數十年，功用既興，然後授政。示天下重器，王者大統，傳天下若斯之難也。而說者曰：「堯讓天下於許由[二]，許由不受，恥之逃隱。及夏之時，有卞隨、務光者[三]。」此何以稱焉？太史公曰：余登箕山[四]，其上蓋有許由冢云。孔子序列古之仁聖賢人，如吳太伯、伯夷之倫詳矣。余以所聞由、光義至高，其文辭不少概見，何哉？

孔子曰：「伯夷、叔齊，不念舊惡，怨是用希。[五]」「求仁得仁，又何怨乎？」余悲伯夷之意，睹軼詩可異焉。其傳曰：伯夷、叔齊，孤竹君之二子也[六]。父欲立叔齊，及父卒，叔齊讓伯夷。伯夷曰：「父命也。」遂逃去。叔齊亦不肯立而逃之。國人立其中子[七]。於是伯夷、叔齊聞西伯昌善養老[八]，盍往歸焉。及至，西伯卒，武王載木主[九]，號為文王，東伐紂。伯夷、叔齊叩馬而諫曰[十]：「父死不葬，爰及干戈[十一]，可謂孝乎？以臣弒君，可謂仁乎？」左右欲兵之。太公曰：「此義人也。」扶而去之。武王已平殷亂，天下宗周[十二]，而伯夷、叔齊恥之，義不食周粟[十三]，隱於首陽山[十四]，采薇而食之。及餓且死，作歌。其辭曰：「登彼西山兮，采其薇矣。以暴易暴兮，不知其非矣。神農、虞、夏忽焉沒兮，我安適歸矣？于嗟徂兮，命之衰矣！」遂餓死於首陽山。

由此觀之，怨邪非邪？

或曰：「天道無親，常與善人。」若伯夷、叔齊，可謂善人者非邪？積仁絜行如此而餓死！且七十子之徒，仲尼獨薦顏淵為好學[十五]。然回也屢空，糟糠不厭，而卒蚤夭[十六]。天之報施善人，其何如哉？盜蹠日殺不辜[十七]，肝人之肉，暴戾恣睢，聚黨數千人橫行天下，竟以壽終。是遵何德哉？此其尤大彰明較著者也。若至近世，操行不軌，專犯忌諱，而終身逸樂，富厚累世不絕。或擇地而蹈之，時然後出言，行不由徑，非公正不發憤，而遇禍災者，不可勝數也。余甚惑焉，儻所謂天道，是邪非邪？

子曰：「道不同，不相為謀」，亦各從其志也。故曰「富貴如可求，雖執鞭之士，吾亦為之。如不可求，從吾所好」。「歲寒，然後知松柏之後凋」。舉世混濁，清士乃見，豈以其重若彼，其輕若此哉？

「君子疾沒世而名不稱焉。」賈子曰：「貪夫徇財，烈士徇名，夸者死權，眾庶馮生」。「同明相照，同類相求」。「雲從龍，風從虎，聖人作而萬物覩」。伯夷、叔齊雖賢，得夫子而名益彰。顏淵雖篤學，附驥尾而行益顯[十八]。巖穴之士，趣舍有時若此，類名堙滅而不稱，悲夫！閭巷之人，欲砥行立名者，非附青雲之士，惡能施於後世哉？

注釋

一　六藝：儒家的《易》、《詩》、《書》、《禮》、《樂》、《春秋》六部經典。

二　許由：相傳是堯時的隱士，堯要把帝位讓給他，他不接受，逃至箕山下，農耕而食。堯又請他做九州長官，他到潁水邊洗耳朵，說堯的話玷污了他的耳朵，表示不願意聽。

三　卞隨、務光：相傳湯要將天下讓給卞隨、務光，他們當作恥辱，投水而死。

四　箕山：在今河南登封南。

五　怨是用希：即「用是怨希」之意，用，因此；希，稀少。

六　孤竹：古國名，存在於商、西周、春秋之際，在今河北盧龍縣南。

七　中子：第二個兒子。

八　西伯昌：周文王姬昌，商末為西伯，即西方諸侯之長。

九　木主：木制的靈牌。

十　叩馬：勒住馬。

十一　爰：乃，就。

十二　宗周：以周王室為宗主，意即歸順周。

十三　不食周粟：不吃周王朝的糧食。

十四　首陽山，在今山西永濟縣南。

十五　顏淵：即顏回，孔子的得意弟子。魯哀公曾問孔子，弟子中誰最好學，孔子只提顏回，說此外再沒有聽說過好學的人。

十六　蚤：同「早」。顏回三十二歲而死。

十七　盜蹠：相傳為古代起義首領。

十八　附驥尾：比喻追隨聖賢之後。驥，千里馬。

「辭之懌矣，民之莫矣」

——春秋時期的外交辭令

春秋時期，晉、楚、齊、秦是大國，霸主地位的爭奪也經常在這四個諸侯國之間發生。西元前六三二年，晉楚之間在城濮展開大戰，楚國戰敗，晉國由此確立了霸主地位。不過，「江湖風水輪流轉」，到了西元前五九七年，晉楚兩國又爆發了邲之戰，這次，晉國戰敗，楚莊王由此躋身於「春秋五霸」的行列。

贏得了邲之戰之後，楚國西聯秦，東北聯齊，東聯吳越，滅江、六、舒、蓼，威震中原。而晉國勢力則一落千丈，不僅受到來自西方秦、南方楚聯盟的威脅，而且北有白狄之患，東有赤狄之禍。

在晉國勢力削弱之際，齊國蠢蠢欲動，意欲在北方與晉國一爭高下。於是，晉、齊之間出現了矛盾。

雖然在邲之戰中傷了元氣，但「瘦死的駱駝比馬大」，晉國依然是北方大國。西元前五九三年，晉在消滅赤狄以後，想在斷道（今山西省沁縣東北）召開諸侯大會，就派大臣郤克出使齊國，想通過拉攏齊國的辦法鞏固自己的霸主地位。

此時，齊國國君是齊頃公。郤克到齊國進行「國事訪問」，這是重大的外交活動，齊頃公在高臺之上舉行接見儀式。可齊頃公的母親蕭同叔子非要看熱鬧（按當時的規矩，女人是不能參與這種外交活動的），齊頃公就給母親搭了個帷幕，讓她偷偷地看。

郤克腿跛，上臺階的時候一瘸一拐的。看到這種情形，蕭同叔子忍不住笑出了聲。郤克知道這個齊國的女人是在笑話自己，非常氣憤，發誓要報復齊國。

西元前五八九年，齊國與魯、衛發生了戰爭，魯、衛兩國向晉國求救。郤克終於等到了這個機會，力主伐齊，晉景公也因齊國倒向楚國而感到惱火，想藉機打破楚齊聯盟，於是就任命郤克為主帥，率領八百輛戰車的大軍殺向齊國。晉、齊鞍之戰由此爆發。

經過激烈戰鬥，晉軍戰勝了齊軍，齊頃公還險些做了晉軍的俘虜。

戰敗之後，齊頃公派了一個叫賓媚人的高級貴族向晉國求和。求和的條件是齊國向晉國獻出滅紀所得的甗（yǎn，音演）和玉磬，並願割地。

晉軍主帥郤克一心想著報當年蕭同叔子侮辱自己的私仇，面對這樣的求和條件，開始並不接受，他開出的停戰條件是：「必以蕭同叔子為質，而使齊之封內盡東其畝。」就是說，必須要蕭同叔子到晉國來做人質，還要齊國的田壟由南北向改為東西向（這樣便於晉國的戰車進攻齊國）。

面對如此苛刻的條件，賓媚人回答說：「蕭同叔子為寡君之母。按照我們列國之間的關係，晉、齊兩國是兄弟，齊君之母也是晉君之母。以國母為質是大不孝。晉怎能以不孝號令諸侯？」這樣，就義正嚴詞地將郤克所提「必以蕭同叔子為質」的條件給駁回了。

針對晉軍提出的「齊之封內盡東其畝」的要求，賓媚人又說，田壟的方向是因地制宜的，他引用《詩經》裏的句子說：「我疆我理，南東其畝。」意思是說，我們治理自己的田壟，或南北向，或東西向，這都是根據土地情況和先王之法來定的，你們怎麼能光為了你們晉國戰車好走就強迫我們改變田壟的方向呢？如果晉再相逼迫，齊國只有「收合餘燼，背城借一」，再與晉軍一決雌雄。

此時，魯、衛二國也力勸郤克與齊講和。最後，郤克只得接受齊國提出的停戰條件。隨後，齊國歸還了侵佔魯國的汶陽之地，鞍之戰次年（西元前五八八年），齊頃公親自朝晉，建立晉、齊聯盟。可以說，經過鞍之戰，晉國成功地打破了齊、楚聯盟，把齊拉到了自己一邊。

賓媚人答覆晉國主帥郤克的這篇外交辭令鏗鏘有力，被選入了《古文觀止》，名為〈齊國佐不辱命〉。通過這篇文章，我們可以看出春秋時期戰爭與外交活動的一些特點。

其一，「春秋無義戰」，當時的戰爭多是爭霸、爭利之戰。而且，很多戰爭還夾雜了個人恩怨。比如，齊桓公曾與夫人蔡姬一塊坐船遊玩，蔡姬會游泳，就故意搖船嚇唬不會游泳的齊桓公。齊桓公很害怕，要蔡姬停止嬉鬧，蔡姬覺得好玩，繼續「蕩舟」。結果，齊桓公「怒，歸蔡姬，弗絕」，把蔡姬攆回了蔡國，但並沒有辦離婚手續。「蔡亦怒，嫁其女」，蔡國國君一怒之下把蔡姬嫁給了別人。結果，「桓公聞而怒，興師往伐。」夫妻之間的一場小矛盾，由此就演變成了齊國討伐蔡國的戰爭。

在齊晉鞍之戰之前也有這種公報私仇的戰爭傾向。晉國的郤克出使齊國，在外事活動中受到了侮辱，就發誓要報仇。他回國就跟晉景公說，給我一支軍隊，我要攻打齊國，報仇雪恨。晉景公沒同意，說，因為人家笑話你的生理缺欠就發動戰爭，這不好呀。郤克又說，既然國家不給我軍隊，那我就帶著我的私人軍隊去攻打齊國，這總可以了吧？晉景公又說，這也不行。你這樣會破壞晉國與齊國之間的關係。這才把郤克壓住。從這裏我們還可以看出，整個一個春秋時代，其實就是一個權力不斷下移的時代。最先，是周天子失去了權威，權力下移到各諸侯國那裏；而在諸侯國內，權力也在不斷下移，在不斷爭霸的過程中，貴族的勢力越來越大（他們或因軍功而不斷受賞，或是在治理國家中也壯大了自己的家族勢力），各國國君的權力因此也就不斷地被有勢力的大臣所切分。晉景公已經算是晉國歷史上很有作為的國君了，可就在他的手下，大臣郤克也非常跋扈，公然把自己的面子擺在了國家的利益之上，為了報私仇就想發動戰爭。越到春秋後期，權臣專權、僭越的現象就越嚴重，孔子時代，魯國是三桓執政，國君成了空架子。與權力不斷下移相伴生的就是「禮崩樂壞」，原來周天子才有資格做的事後來諸侯國國君也能做了，緊跟著，卿大夫也敢做了。《論語・八佾篇》云：「孔子謂季氏，『八佾舞於庭，是可忍也，孰不可忍也。』」，說的就是這種情況，佾是奏樂舞蹈的行列，也是表示社會地位的樂舞規格。一佾指一列八人，八佾八列六十四人。按周禮規定，只有天子才能用八佾，諸侯用六佾，卿大夫用四佾，士用二佾。季氏是正卿，只能用四佾，他卻用八佾。孔子對於這種破壞周禮等級的僭越行為極為不滿，因此，在議論季氏時說：「在他的家廟的庭院裏用八佾奏樂舞蹈，若對這樣的事情都能夠容忍，還有什麼事情不能夠容忍呢！」

其二，諸侯爭霸雖然是實力的較量，但外交的作用亦十分重要。在齊晉鞌之戰中，齊國戰敗。賓媚人是以戰敗國使者的身份去與晉人和談，但是，當晉國主帥郤克提出兩項過於苛刻的停戰條件後，賓媚人立刻予以了針鋒相對的反駁。在這篇著名的外交辭令中，他援引出了春秋時期的「普世價值觀」，第一是「以孝治天下」，明確告訴晉軍主帥郤克，以齊頃公的母親蕭同叔子做人質的要求嚴重違反孝道，「若以不孝令於諸侯，其無乃非德類也乎？」第二是「布政優優，百祿是遒」，翻譯成現代話就是做人要厚道，不能欺人太甚。各國田壟的方向是先王根據土地的實際情況來確定，這是各諸侯國的內政，他國不能干涉。戰敗國可以割地、賄賂寶器來求和，但絕不答應他國干涉內政的非理要求。這樣的外交辭令，有理有據有節，佔據了道義的制高點，一方面闡述了「以孝治天下」的最高原則，另一方面也捍衛了自己國家的主權獨立，挫敗了「霸權主義者」干涉別國內政的囂張氣焰。

類似的情形還有一例。鄭國是春秋時期的一個小國，夾在晉、齊、楚等大國之間，誰都不敢得罪，日子很難過。可是，鄭國的子產是個很有才能的人（孔子曾稱讚他是「古之遺愛者也」），在外交上常有可圈可點的表現。晉國當盟主的時候，子產陪同鄭簡公去晉國進貢。晉平公因為魯國有喪事的緣故，就沒有會見鄭簡公。自己的國君不受接見，子產很惱火，就派人將晉國賓館的圍牆給拆毀，把裝有禮物的車馬安置了進去。

晉國大夫士文伯就責問子產，子產就勢回答說，因為我們鄭國狹小，又處於大國之間，大國責成我們納貢沒有準確時間，所以我們不得不隨時準備前來上貢。來了，碰上貴國領導沒空閒，還不能進見。這樣一來，我們既不敢把財物獻上，也不敢讓它露在外面，如果獻上，那就是君主府庫中的財物了，沒有經過陳列的儀式，我們是不敢將它獻上的。如果讓它暴露在外，又害怕有時乾燥有時潮濕而讓它腐爛了，這樣就加重了我們的罪過。我們也沒辦法才拆了貴國賓館的圍牆呀。如果貴國國君能給我們明確的指示，讓我們完成進見的使命，我們走的時候自然會修好了圍牆再回去，難道我們還怕這點辛苦嗎？

然後，子產還拿晉國的歷史說事。說在晉文公當霸主的時候，晉國對各國使節的接待總是很周到，使節住的房間與晉文公的寢宮一樣，諸侯賓客到達，有管薪火的官在庭中點上照明用的大燭，有僕人在館舍巡邏。車馬有安置的地方，隨從有人代為服務，管車的為車軸上油，清掃的人、看守牛羊的人、看守馬匹的人，各自做好他分內的事。可你們現在倒好，根本不拿諸侯的使節當回事，既不接見，也不安排食宿，這成何體統？

一番話說得晉國人心服口服。晉國的執政趙文子說：「他說得對！我們實在沒有德行，用下等人住的房子去接待諸侯，這是我們的罪過啊。」先是派士文伯去賠禮道歉，隨後，晉平公在接見鄭簡公時也提高了禮儀規格。

子產的外交口才不但替鄭簡公贏得了國際地位，而且還贏得了晉國大夫的贊許，叔向就說：「辭令是不可以廢棄的呀！子產善於辭令，諸侯靠他的辭令得到了好處，為什麼要放棄辭令呢？《詩・大雅》中說：辭之輯矣，民之協矣；辭之懌矣，民之莫矣』，其知之矣。」意思是說，在外交活動中言辭得當，百姓也跟著獲得和平與安寧，子產就是能做到這一點的人。

我們常常說「弱國無外交」，這話當然不錯。可是，看春秋時期歷史，我們就會發現，問題還有另一面，即，如果能很好地使用外交手段和外交技術，戰敗國往往能把戰敗的損失減小到最低限度。同樣道理，弱國的外交官若才華出眾，同樣可以替自己的國家爭取到較好的待遇，個人也會贏得尊重。從這個意義上，我們甚至可以說，越是弱國、戰敗國，越需要有高超的外交手段和外交技巧。

附錄一 〈齊國佐不辱命〉——《左傳》

晉師從齊師，入自丘輿[一]，擊馬陘[二]。齊侯使賓媚人賂以紀甗、玉磬與地[三]；不可，則聽客之所為。

賓媚人致賂，晉人不可，曰：「必以蕭同叔子為質[四]，而使齊之封內盡東其畝。[五]」

對曰：「蕭同叔子非他，寡君之母也。若以匹敵，則亦晉君之母也。吾子布大命於諸侯，而曰必質其母以為信，其若王命何？且是以不孝令也。《詩》曰：『孝子不匱，永錫爾類』[六]。若以不孝令於諸侯，其無乃非德類也乎？先王疆理天下，物土之宜而布其利。故《詩》曰：『我疆我理，南東其畝。』今吾子疆理諸侯，而曰『盡東其畝』而已，唯吾子戎車是利，無顧土宜，其無乃非先王之命也乎？反先王則不義，何以為盟主？其晉實有闕[七]！四王之王也[八]，樹德而濟同欲焉[九]；五伯之霸也[十]，勤而撫之，以役王命[十一]。今吾子求合諸侯，以逞無疆之欲。《詩》曰：『布政優優，百祿是遒。』[十二]子實不優，而棄百祿，諸侯何害焉！不然，寡君之命使臣，則有辭矣。曰：『子以君師辱於敝邑，不腆敝賦，以犒從者。畏君之震，師徒撓敗，吾子惠徼齊國之福，不泯其社稷，使繼舊好。唯是先君之敝器土地不敢愛。子又不許。請收合餘燼，背城借一[十三]。敝邑之幸，亦云從也。況其不幸，敢不唯命是聽』」

注釋

一 丘輿：齊國邑名，在今山東益都縣。

二 馬陘：齊國邑名，在益都縣西南。

三 齊侯：齊頃公。

四 蕭：當時的一個小國；同叔：蕭國國君；子：女兒。蕭君同叔的女兒即齊頃公的母親。

五 封內：國境內。盡東其畝：田壟全部改為東西方向。

六 匱：窮盡。錫：同賜，給予、賜予。「孝子不匱，永錫爾類」意為：孝子永遠不會窮盡，他們的孝心永遠影響和感化同類的人。

七 闕：缺點，過失。

八 四王指夏禹、商湯、周文王、周武王四位有賢德的君王。

九 濟：滿足之意。同欲：共同的慾望。

十 五伯：指春秋五霸齊桓公、宋襄公、晉文公、秦穆公和楚莊王。

十一 役王命：從事於王命。

十二 優優：和緩寬大的樣子。道：聚。

十三 背城借一：背靠著城，再打一仗，意即在城下決一死戰。

附錄二 〈子產壞晉館垣〉——《左傳》

子產相鄭伯以如晉[一]，晉侯以我喪故[二]，未之見也。子產使盡壞其館之垣[三]，而納車馬焉。

士文伯讓之曰[四]：「敝邑以政刑之不修，寇盜充斥，無若諸侯之屬辱在寡君者何？是以令吏人完客所館，高其閈閎[五]，厚其牆垣，以無憂客使。今吾子壞之。雖從者能戒，其若異客何[六]？以敝邑之為盟主，繕完葺牆，以待賓客，若皆毀之，其何以共命[七]？寡君使匄請命。」

對曰：「以敝邑褊小，介於大國，誅求無時，是以不敢寧居，悉索敝賦，以來會時事。逢執事之不閒，而未得見；又不獲聞命，未知見時。不敢輸幣[八]。亦不敢暴露。其輸之，則君之府實也，非薦陳之，不敢輸也。其暴露之，則恐燥濕之不時而朽蠹，以重敝邑之罪。僑聞文公之為盟主也，宮室卑庳，無觀臺榭，以崇大諸侯之館，館如公寢。庫廄繕修，司空以時平易道路，圬人以時塓館宮室[九]。諸侯賓至，甸設庭燎[十]，僕人巡宮，車馬有所，賓從有代[十一]，巾車脂轄[十二]，隸人牧圉[十三]，各瞻其事；百官之屬，各展其物。公不留賓，而亦無廢事；憂樂同之，事則巡之；教其不知，而恤其不足。賓至如歸，無寧菑患[十四]？不畏寇盜，而亦不患燥濕。今銅鞮之宮數里[十五]，而諸侯舍於隸人。門不容車，而不可逾越。盜賊公行，而夭厲不戒。賓見無時，命不可知。若又勿壞，是無所藏幣，以重罪也。敢請執事，將何所命之？雖君之有魯喪，亦敝邑之憂也。若獲薦幣，修垣而行，君之惠也，敢憚勤勞？」

文伯復命。趙文子曰[十六]：「信。我實不德，而以隸人之垣以贏諸侯，是吾罪也。」使士文伯謝不敏焉。

晉侯見鄭伯[十七]，有加禮，厚其宴、好而歸之。乃築諸侯之館。

叔向曰[十八]：「辭之不可以已也如是夫！子產有辭，諸侯賴之，若之何其釋辭也？《詩》曰：『辭之輯矣，民之協矣；辭之繹矣，民之莫矣』，其知之矣。」[十九]

注釋

一　子產：即公孫僑，鄭國的執政大臣。相：輔佐。鄭伯：鄭簡公。

二　晉侯：指晉平公。我喪：指魯襄公之死。

三　館：指接待外賓的館舍。垣：圍牆。

四 士文伯：晉大夫，名匄，字伯瑕。讓：責備。

五 閈閎：館舍的大門。

六 異賓：別國的賓客。

七 共：同「供」。

八 幣：在這裏指玉石、絲織品、車、馬等禮物。

九 圬人：泥水匠。

十 甸：甸人，管理柴薪的人。庭燎：庭院裏設置的照明物。

十一 有代：有人代為服務。

十二 巾車：管車的官吏。脂轄：給車軸塗油脂。

十三 隸人：打掃院子和廁所的人。牧：看管牛羊的人。圉：看管馬匹的人。

十四 菑：同「災」。

十五 銅鞮之宮：指晉平公的離宮，故址在今山西沁縣西南十里處。

十六 趙文子：即趙武，趙盾的孫子，也就是《趙氏孤兒》中的那個孤兒。當時他任晉國的指正大臣。

十七 晉侯指晉平公，鄭伯指鄭簡公。

十八 叔向：晉國著名的大夫。

十九 輯：和睦之意；協：融洽之意；懌：喜悅之意。

破解李陵困局

——由〈李陵答蘇武書〉引發的思考

蘇武牧羊的故事在中國家喻戶曉。蘇武在漢武帝天漢元年（西元前一〇〇年）出使匈奴，結果被匈奴扣留，一扣就是十九年。可是，讓很多人想不到的是，身為「忠君愛國」典型的蘇武，卻有一個投降匈奴的好朋友李陵。在漢朝，蘇武是「愛國主義」的道德楷模，而李陵則是戰敗投降匈奴的「叛徒」，兩個人應該不共戴天才對。可真實的歷史卻不是這樣。兩人在匈奴期間結下了深厚的友誼，蘇武歸漢後，寫信給李陵，招他歸漢。李陵回書，拒絕了蘇武的建議，這封信就是被收入《古文觀止》的《答蘇武書》。更弔詭的是，「叛徒」李陵的這封信寫得情深意厚、理直氣壯，讓後人唏噓不已。

為什麼會這樣？

要解開這個疑問，恐怕還得從李陵的身世說起。

一

李陵的故事對很多人來說並不陌生。李陵是漢代飛將軍李廣的孫子，大約是因為遺傳的原因，李陵「善射，愛士卒」，曾帶領著八百騎兵，「嘗深入匈奴二千餘里，過居延視地形，無所見虜而還。」不久，「拜為騎都尉，將丹陽楚人五千，教射酒泉、張掖以屯衛胡，數歲。」可見，李陵是個難得的將才。

天漢二年（西元前九十九年）秋，漢武帝劉徹派貳師將軍李廣利帶領三萬騎兵攻打匈奴，嫉賢妒能的李廣利不讓李陵帶兵打仗，卻讓他管理後勤輜重。報國心切的李陵遂直接向漢武帝請命，「願以少擊眾，步兵五千人涉單于庭」。於是，他帶著五千弓箭手「出居延北千餘里」，在浚稽山與匈奴遭遇。單于以八萬騎兵圍攻李陵的五千步兵，李陵寡不敵眾，且戰且退，堅持了八天，退到了離居延不到百里的地方，可是李廣利的援軍仍未趕到。「陵食乏而救兵不到，虜急擊，招降陵。陵曰：『無面目報陛下。』遂降匈奴。」

從軍事的角度來看，李陵實在是一位難得的將才，以五千步兵抗擊匈奴騎兵八萬人近十天，「殺傷匈奴亦萬餘人」，浚稽山之戰可謂雖敗猶榮。事實上，李陵的驍勇亦贏得了對手的尊重，「單於既得陵，素聞其家聲，及戰又壯，乃以其女妻陵而貴之。」也就是說，李陵成了單于的女婿，地位十分尊貴。

可是，漢武帝劉徹對李陵的投降之舉非常惱火，遂「族陵母妻子」——把李陵的老母、妻子、兒女都給殺了。著名的史學家司馬遷因為替李陵說了幾句話就被漢武帝下獄，最後施以宮刑。這便是歷史上有名的李陵事件。

李陵事件之所以一直讓後人念念不忘，我覺得絕不僅僅是因為漢武帝的做法太殘暴了，更在於這裏面涉及到了對「忠」這一價值觀的不同讀解。而對「忠」的不同理解構成了一種幾乎恒定的價值衝突，貫穿整個中國歷史的始終。這種衝突不僅在思想層面上困擾過很多人，而且在實踐層面上也釀造了不少悲劇。鑒於此，我姑且稱之「李陵困局」。

漢武帝劉徹理解的「忠」與李陵理解的「忠」顯然是不一樣的。漢武帝理解的「忠」很簡單：你既然是漢將，就應該為漢朝作戰，作戰失敗了，你就應該戰死；戰死了，殺身成仁，你就是烈士，你的家人就是烈屬，我會給烈士以榮譽，給烈屬以撫恤。相反，如果你戰敗投降，那就是背叛了朝廷，你對朝廷不仁，我就對你不義，所以，「族陵母妻子」也是情理之中的事。李陵理解的「忠」要複雜得多深刻得多。按司馬遷的解釋，李陵之所以投降匈奴，是在不得以情況下的一種保全之策，目的是為了以後尋找機會繼續報效大漢王朝，有忍辱負重的意思在裏面。我比較認同司馬遷的解釋，作為一代名將，李陵作戰勇敢，絕不是貪生怕死之徒，戰死疆場或戰敗自殺對他來說並不是一件多麼難的事。他之所以選擇活下來，就是因為心有不甘，想著日後翻盤，一來以雪自己當年戰敗之恥，二來以報君王的信任之恩。〈李陵答蘇武書〉中說「誠以虛死不如立節，滅名不如報德也。昔范蠡不殉會稽之恥，曹沫不死三敗之辱，卒復勾踐之讎，報魯國之羞。區區之心，切慕此耳。何圖志未立而怨已成，計未從而骨肉受刑？此陵所以仰天椎心而泣血也！」

漢武帝屠殺他全家一事成了李陵心中永遠的痛，他本想報國，可「國」已視他為敵；他本想尋找機會回家，可家已被徹底毀掉。無家可回，有國卻又不能報，家仇與國恨的對立深深地糾纏著李陵。滅族之痛讓他失去了對漢朝的歸屬感。史書記載，李陵曾在送蘇武歸漢的宴會上起舞而歌：「徑萬里兮度沙幕，為君將兮奮匈奴。路窮絕兮矢刃催，士眾滅兮名已聵。老母已死，雖欲報恩將安歸！」

一句話，如果不是漢武帝株連無辜，屠殺李陵全家，李陵對漢朝的歸屬感就不會喪失，他再次為漢朝效力的機會就依然存在。可惜的是，漢武帝非但不信任李陵，反而認為李陵之舉讓「朕」很沒面子，遂視他為敵人，並遷怒於他的家人。由此可見，下屬要與上司取得心理默契是一件多麼難的事呀。有時你以為你是在「為工作考慮」，「也是替領導分憂」，「是幫忙」，可人家上司偏偏就認為你是在「找碴」，是在「添亂」，你能奈何？

二

李陵事件所揭示的核心問題是：在必敗的戰局面前，作將軍的難道就只能殺身成仁嗎？難道就只有「以死謝君王」這一條路可走嗎？難道就只有戰死才算「忠」嗎？難道做戰俘就是「大逆」了嗎？

顯然不是。孟子就說：「可以死，可以無死，死，傷勇。」意思是說，生命是極其可貴的，在可以死也可以不死的情況下應該儘量不死，這時如果去死，反而是對勇敢品格的一種傷害。可見，即便是在戰敗的情況下，個人也還是有選擇空間的，以身殉職當然是一種選擇，是「忠」的一種表現，而戰敗被俘也是一種合理選擇，並不就是「大逆」。這兩種選擇都是成立的。這一點可以通過屈突通的故事來說明。屈突通原是隋朝的大將，鎮守山西永濟。他率兵去救京師長安，被唐高祖派兵圍困。唐軍派他的家僮去勸降，屈突通不肯降，把家僮殺了；唐軍又派他的兒子去勸降，他仍不肯降，還用箭射他兒子，說：「以前我和你是父子，從今以後咱們就是敵人了！」後來，京師陷落。唐軍再去勸降，曲突通就投降了。投降之前，他下馬向著東南方向磕頭大哭，說：「我已經盡了全力，可還是打敗了，我對得起你皇帝了！」後來，唐太宗李世民命人在凌煙閣畫二十四功臣像，屈突通的畫像就是其中之一。

屈突通當然是忠臣，不過他還有比普通忠臣更值得嘉許的地方，那就是他對「忠」的理解極其到位：「我已經盡了全力……我對得起你皇帝了！」軍人對自己的國家和君王盡了全力，這也就是盡忠了，至於他是不是去死，原本就不是衡量「忠」與「不忠」的唯一標準。

有關「忠」在價值觀層面上引起的困惑至此已基本解決。漢武帝劉徹所理解的「忠」是狹隘的，偏頗的。他只知道戰死疆場是「忠」，卻不知道，臨難不死在很多時候也是「忠」；他只知道前方將士的「以身殉職」會讓君王「臉上有光」，卻不願意承認，在死亦於大局無補的情況下，選擇不死是將士們天然的權利。一句話，「勝敗乃兵家之常事」，在全力拼殺仍不能避免敗局的情況下，將士們是選擇死還是選擇生，這應該是他們個人自由選擇的事，別人無權再對他們的選擇橫加干涉。正是基於這種理念，現代的國際社會制定了戰爭法，不允許虐待戰俘，戰俘回國後也應得到足夠的尊重。在伊拉克戰爭中，美國女兵潔西嘉・林奇被俘，然後又被美國特種部隊救出，她和她的家人受到了美國各界的關懷，她的傳奇故事還被拍成了電影。我們不得不承認，這才是一種讓人心生溫暖的人道行為。拿它與漢武帝屠殺李陵全家的行為相比，二者高下立判。

三

要求軍人為國盡忠沒有任何的錯誤，但同時國家也必須珍惜將士的生命。當毅然決然地踏上戰場的時候，將士已經將生死置之度外；當奮力拼殺的時候，他們已經為國家盡忠了。他們已經盡了全力，他們的付出已經足夠。我們還有什麼理由要求他們在戰敗之時必須馬革裹屍、殺身成仁？

如果非要尋找理由，我認為理由只有一個：面子——專制獨裁者的面子，以及似是而非的國家面子。為了自己面子上好看，就不惜讓別人去做烈士，這實在是一件非常划算的事。所以，歷代的專制獨裁者都喜歡幹這種事。漢武帝自然是希望李陵戰死的，因為那樣他就「很有面子」——「看，將士們是多麼忠於我呀！」即使到了近代，和漢武帝劉徹的想法一致的人依然存在，蔣介石就是其中的一位。

李敖就說蔣介石有一個「文天祥情結」，就是總希望自己的將領學習文天祥，能以身殉國。一九四七年四月，蔣介石集合前方高級將領到南京受訓，在開學典禮上，他明確要求軍人應有殺身成仁的精神，一旦戰敗被俘，「只有自殺」才能解決這「人生最可恥的事情」。在淮海戰役中，他更是時時處處暗示高級將領要以身殉職，「為黨國盡忠」。宋希濂在自己的回憶錄中談到，他到淮海戰場之前，蔣介石請他吃飯，飯後放映了一部《文天祥》的電影片，暗示宋希濂要學習文天祥，在關鍵的時刻殺身成仁。杜聿明是蔣介石的嫡系將領，在被派往前線之前，蔣介石「表情沉痛」地告訴他：這一戰是生死存亡之戰，「你放下槍，我脫軍裝！」師生之情溢於言表。有感於此，杜聿明在被圍困之際拒絕投降，最後下令軍隊突圍。以當時的戰況而論，杜聿明的部隊已被圍困多日，糧食斷絕，士兵只能殺掉戰馬，吃馬肉，馬肉吃完了就只能吃草根、樹皮，部隊的戰鬥力已然喪失。仗打到這個份兒上，按說杜聿明已經為蔣介石「盡了全力」，對得起蔣介石了。可是，因為杜聿明最後仍然兵敗被俘，被俘後又沒有自殺，沒有達到蔣介石所要求的殺身成仁的標準，所以，蔣介石就惡毒地對待杜聿明的家人以示懲罰，其思路與當年的漢武帝如出一轍。杜聿明的夫人曹秀清被蔣介石扣為人質，帶到臺灣，過著非常悲苦的生活。杜聿明的長子杜致仁在氣憤之下自殺而死。幸好，杜夫人生了個優秀的女兒杜致禮，杜致禮嫁給了一個更優秀的人物——楊振寧。一九五七年，楊振寧和李政道一起獲得了諾貝爾物理學獎。這個時候，蔣介石和宋美齡又對杜夫人一家大獻殷勤，目的是通過杜夫人曹秀清勸說楊振寧回臺灣，「為黨國效力」。杜夫人將計就計，以勸說女婿楊振寧之名去了美國。通過女婿楊振寧，曹秀清與丈夫杜聿明取得了聯繫。後來經過周恩來總理的精心安排，曹秀清於一九六三年六月回到北京，和杜聿明夫妻團聚。

杜聿明一家當然要比李陵一家幸運一些，可是，在他們的對手一面，蔣介石對待部將及部將家人的做法，比漢武帝高明不了多少。在整體思路上，蔣介石和漢武帝是一脈相承的。歷史躍進了兩千多年，而蔣介石的思維還停留在漢武帝的水準上，這看似不可理喻，可實際情形就是如此。

其實，這也沒什麼不好理解的，因為蔣介石和漢武帝都是專制獨裁者。專制獨裁者從來就不惜以他人的苦難來做自己的精神面膜；專制獨裁者從來就不惜以他人的屍骨來裝飾自己的權力基座；專制獨裁者從來就不惜犧牲他人的血肉之軀以成全所謂的忠孝牌位。我想，這便是破解李陵困局的最佳定律。

附錄 〈李陵答蘇武書〉

子卿足下[一]：勤宣令德，策名清時，榮問休暢，幸甚幸甚！遠託異國，昔人所悲，望風懷想，能不依依！昔者不遺，遠辱還答，慰誨勤勤，有逾骨肉。陵雖不敏，能不慨然！

自從初降[二]，以至今日，身之窮困，獨坐愁苦。終日無睹，但見異類[三]。韋鞲毳幕[四]，以禦風雨；羶肉酪漿[五]，以充饑渴。舉目言笑，誰與為歡？胡地玄冰，邊土慘裂，但聞悲風蕭條之聲。涼秋九月，塞外草衰。夜不能寐，側耳遠聽，胡笳互動[六]，牧馬悲鳴，吟嘯成群，邊聲四起。晨坐聽之，不覺淚下。嗟乎子卿[七]，陵獨何心[八]，能不悲哉！

與子別後，益復無聊，上念老母，臨年被戮[九]；妻子無辜，並為鯨鯢[十]；身負國恩，為世所悲。子歸受榮，我留受辱，命也如何？身出禮義之鄉，而入無知之俗；違棄君親之恩，長為蠻夷之域，傷已！令先君之嗣[十一]，更成戎狄之族[十二]，又自悲矣。功大罪小，不蒙明察[十三]，孤負陵心區區之意[十四]。每一念至，忽然忘生。陵不難刺心以自明[十五]，刎頸以見志，顧國家於我已矣[十六]，殺身無益，適足增羞，故每攘臂忍辱[十七]，輒復苟活。左右之人，見陵如此，以為不入耳之歡，來相勸勉。異方之樂，祇令人悲，增忉怛耳[十八]。

注釋

一 子卿：蘇武字。漢武帝天漢元年（西元前一〇〇年），蘇武出使匈奴被扣，歷經十九年後，才得以歸漢。在匈奴期間，李陵和蘇武是好朋友。蘇武歸漢後，曾寫信給李陵，招他歸漢。李陵回書蘇武，就是這篇《答蘇武書》。足下：敬辭。古代下對上或同輩之間相稱，都可用「足下」。

二 自從初降：指李陵兵敗後投降匈奴。漢武帝天漢二年，李陵提步卒五千出擊匈奴，在士卒傷亡殆盡之際敗降匈奴。

三 異類：古代對少數民族的貶稱。此處指匈奴。

四 韋韝：皮革製的長袖套，用以束衣袖，以便射箭或其他操作。毳幕：毛氈製成的帳篷。

五 羶肉：帶有腥臭氣味的羊肉。酪漿：牲畜的乳漿。

六 胡笳：古代我國北方民族的管樂，其音悲涼。此處指胡笳吹奏的音樂。

七 嗟乎：嘆詞。

八 獨：反詰副詞，有難道的意思。

九 臨年：達到一定的年齡。此處指已至暮年。

十 鯨鯢：鯨魚雄曰鯨，雌曰鯢。因《左傳》中有「古者明王伐不敬，取其鯨鯢而封之，以為大戮」之句，故用「鯨鯢」在此處太代指被牽連誅戮的人。

十一 先君：對自己已故父親的尊稱，此處指李當戶。當戶早亡，李陵為其遺腹子。嗣：後代，子孫。

十二 戎狄：古代對少數民族的貶稱，與前面「蠻夷」均指匈奴。

十三 蒙：受到。明察：指切實公正的瞭解。

十四 孤負：虧負。後世多寫作「辜負」。區區：小，少。此處作誠懇解。

十五 刺心：自刺心臟，意指自殺。

十六　已矣：表絕望之辭。已，同「矣」。

十七　攘臂：捋起袖口，露出手臂，是準備勞作或搏鬥的動作。《孟子・盡心下》載，晉勇士馮婦能殺猛虎，後來要做善人，便發誓不再打虎。可是，一次遇上眾人制服不了老虎的險情，馮婦雖然明知會因違背做善人的諾言（不打虎）而受恥笑，仍然「攘臂下車」去打虎。文中暗用馮婦之典為己開脫。

十八　忉怛：悲痛。

嗟乎！子卿！人之相知，貴相知心。前書倉卒，未盡所懷，故復略而言之。昔先帝授陵步卒五千[一]，出征絕域，五將失道[二]，陵獨遇戰。而裹萬里之糧，帥徒步之師，出天漢之外[三]，入強胡之域。以五千之眾，對十萬之軍，策疲乏之兵，當新羈之馬。然猶斬將搴旗[四]，追奔逐北，滅跡掃塵[五]，斬其梟帥。使三軍之士，視死如歸。陵也不才，希當大任，意謂此時，功難堪矣。匈奴既敗，舉國興師，更練精兵，強逾十萬。單于臨陣，親自合圍。客主之形，既不相如，步馬之勢，又甚懸絕。疲兵再戰，一以當千，然猶扶乘創痛，決命爭首，死傷積野，餘不滿百，而皆扶病，不任干戈。然陵振臂一呼，創病皆起，舉刃指虜，胡馬奔走；兵盡矢窮，人無尺鐵，猶復徒首奮呼，爭為先登。當此時也，天地為陵震怒，戰士為陵飲血。單于謂陵不可復得，便欲引還。而賊臣教之[六]，遂便復戰。故陵不免耳。

注釋

一 先帝：已經死去的皇帝，這裏指漢武帝。
二 失道：迷路。
三 天漢：在這裏代指漢朝統治地區。
四 搴：拔取。
五 滅跡掃塵：像掃除塵土一樣消滅敵人。
六 賊臣：指管敢。管敢本是李陵軍中的一名軍侯，因犯軍規而被打五十軍棍。他懷恨投降匈奴。匈奴與李陵交戰之際，恐漢有伏兵，準備引兵而還，管敢告訴匈奴漢無伏兵，匈奴才繼續交戰。

昔高皇帝以三十萬眾，困於平城[一]，當此之時，猛將如雲，謀臣如雨，然猶七日不食，僅乃得免。況當陵者，豈易為力哉？而執事者云云，苟怨陵以不死[二]。然陵不死，罪也；子卿視陵，豈偷生之士，而惜死之人哉？寧有背君親，捐妻子，而反為利者乎？然陵不死，有所為也，故欲如前書之言，報恩於國主耳。誠以虛死不如立節，滅名不如報德也。昔范蠡不殉會稽之恥[三]，曹沫不死三敗之辱[四]，卒復勾踐之讎，報魯國之羞。區區之心，切慕此耳。何圖志未立而怨已成，計未從而骨肉受刑？此陵所以仰天椎心而泣血也！

足下又云：『漢與功臣不薄。』子為漢臣，安得不云爾乎？昔蕭樊囚縶[五]，韓彭菹醢[六]，鼂錯受戮[七]，周魏見辜[八]，其餘佐命立功之士，賈誼亞夫之徒[九]，皆信命世之才，抱將相之具，而受小人之讒，並受禍敗之辱，卒使懷才受謗，能不得展。彼二子之遐舉[十]，誰不為之痛心哉！陵先將軍[十一]，功略蓋天地，義勇冠三軍，徒失貴臣之意，剄身絕域之表[十二]。此功臣義士所以負戟而長歎者也！何謂不薄哉！

注釋

一 平城：地名，在今山西大同東。漢高祖曾親自帶兵進攻匈奴，在平城被匈奴圍困七天。

二 不死：不以身殉國。

三 范蠡：春秋末期政治家，越國大夫。越為吳所敗之後，范蠡幫助越王勾踐發憤圖強，最後終於滅亡了吳國。

四 曹沫不死三敗之辱：曹沫，春秋時魯國大夫，與齊作戰，三戰三敗。後魯與齊會盟，曹沫持匕首劫持了齊桓公，迫使齊桓公全部歸還了齊國侵佔的魯國土地。

五 蕭樊囚縶：蕭指漢初相國蕭何。有一次，蕭何對漢高祖劉邦說：「長安地狹，上林中多空地，請租給老百姓種，莊家秸稈留下來餵園囿中的禽獸。」劉邦大怒，說：「丞相是受了商人的賄賂，來要我的園囿。」於是就把蕭何下獄了。樊，是指功臣樊噲。劉邦病重之時，有人在他面前說樊噲的壞話，於是劉邦就派陳平解除了樊噲的兵權，押回長安囚禁。

六 韓彭菹醢：韓信和彭越都是漢朝的開國功臣，後來也都遭到了殺戮。菹醢：被剁成肉醬。

七 鼂錯受戮：鼂錯，漢文帝、漢景帝時的大臣，主張削弱諸侯封地以加強中央集權。後發生吳楚等七國叛亂，漢景帝為了求七國罷兵，就殺了鼂錯。

八 周魏見辜：周指周勃，他是漢初功臣，曾誅殺諸呂，迎立漢文帝。後有人告周勃謀反，周勃也被逮捕入獄。魏指魏其侯竇嬰。他在漢景帝時任大將軍，平定七國之亂有功，後因灌夫罵丞相田蚡事件，被處死。

九 亞夫：即周亞夫，西漢名將。漢景帝時為太尉，平定七國之亂有功，遷至丞相。後蒙冤下獄，死在獄中。

十 遐舉：死的諱稱。

十一 陵先將軍：指李陵的祖父李廣。

十二 剄身：自殺。表：外。

且足下昔以單車之使，適萬乘之虜，遭時不遇[一]，至於伏劍不顧，流離辛苦，幾死朔北之野。丁年奉使，皓首而歸。老母終堂[二]，生妻去帷[三]。此天下所希聞，古今所未有也。蠻貊之人[四]，尚猶嘉子之節，況為天下之主乎？陵謂足下，當享茅土之薦[五]，受千乘之賞。聞子之歸，賜不過二百萬，位不過典屬國[六]，無尺土之封，加子之勤[七]。而妨功害能之臣，盡為萬戶侯，親戚貪佞之類，悉為廊廟宰[八]。子尚如此，陵復何望哉？

且漢厚誅陵以不死，薄賞子以守節，欲使遠聽之臣，望風馳命，此實難矣。所以每顧而不悔者也。陵雖孤恩，漢亦負德。昔人有言：「雖忠不烈，視死如歸。」陵誠能安，而主豈復能眷眷乎？男兒生以不成名，死則葬蠻夷中，誰復能屈身稽顙[九]，還向北闕，使刀筆之吏，弄其文墨邪？願足下勿復望陵！

嗟乎！子卿！夫復何言！相去萬里，人絕路殊。生為別世之人[十]，死為異域之鬼，長與足下生死辭矣！幸謝故人，勉事聖君。足下胤子無恙[十一]，勿以為念，努力自愛！時因北風，復惠德音！李陵頓首。

注釋

一 遭時不遇：蘇武出使匈奴時，匈奴發生了一健謀反事件，牽連到了蘇武的副使張勝，匈奴就借這件事扣留了蘇武等人，並逼迫他們投降。

二 終堂：在堂上而終，即去世。

三 去幃：離開了幃帳，意即改嫁。

四 蠻貊之人：我國古代的中原人稱南方的少數民族為蠻，東少數民族為貊。這裏代指匈奴。

五 茅土：古代皇帝社祭的壇用五色土（青、赤、白、黑、黃）組成，分封諸侯時，取一種顏色的泥土用茅草包好送給受封的人，作為分得土地的象徵。

六 典屬國：官名，始於秦，漢時沿置，掌管少數民族事務。

七 加：加賞。

八 廊廟：廟堂，指朝廷。

九 稽顙：磕頭至地。顙：額。

十 別世，另一個世界，代之匈奴。

十一 胤子：蘇武在匈奴曾娶妻，生子名通國。

漢代的人權宣言

——值得一贊的〈尚德緩刑書〉

讀史書若不細心，往往就會漏掉「微言大義」。原因就在於，史書除了記載人們熟知的那些大人物和他們所幹得轟轟烈烈的大事，也記錄了一些小人物的言行。這些小人物可能僅僅在歷史的舞臺上亮相一次，然後就退場了。由於不出名，他們僅有的一次亮相常常被人忽略掉。

但我們必須說：小人物也有閃光點，恰如配角也能展示出高超的演技。路溫舒就是歷史上的一個小人物。關於他的生平，我們所知道的僅僅是，他是巨鹿人，官至廷尉奏曹掾（大致相當於今天最高人民法院裏的一名秘書）。而他一生的閃亮點就是給漢宣帝寫了一篇有名的奏摺——〈尚德緩刑書〉。這篇文章先是記載在《漢書》裏，後來，宋代史學家司馬光將其編入《資治通鑒》，再後來，清朝的吳楚材、吳調侯叔侄又將其選入《古文觀止》。對於這篇文章，柏楊曾說：「這份奏章，是中國最早爭取人權的呼聲」。

柏楊為什麼給一位封建士大夫的文章這麼高的評價？我們不妨將這篇文章逐段分析一下。

文章的第一段是「務虛」的，講治亂之道。他講春秋時齊國的無知之亂，講晉國的驪姬之亂，講從漢初的諸呂之禍到漢宣帝登基的一段歷史，由遠及近地說明「禍亂之作，將以開聖人也」的道理。這等於是拍漢宣帝的馬屁，意思是說，您老人家能當上皇帝並且還能把皇帝當好，那是符合歷史上的治亂規律的，是上承天意的。

第二段，他委婉地提出了要求，「陛下初登至尊，與天合符，宜改前世之失，正始受命之統，滌煩文，除民疾，存亡繼絕，以應天意」。意思是說，皇帝您剛剛拿到老天爺頒給您的上崗證，這個時候最應該做的就是把前世的錯誤改正過來，糾正以前的法律，清除繁瑣的政令條文，解除老百姓的痛苦，以此來順應天意。

「宜改前世之失」的建議在今天看來平平常常，可是我們一定要注意路溫舒在遣詞造句上的特殊用心，他用的是「前世」，不是「前朝」，更不是「前任」。原因何在？「前任」是不能隨便批評的，「妄議先帝」從來都是做臣子的大忌。「前朝」當然是可以批評的，但若僅僅批評「前朝」，那似乎又缺少現實針對性。斟酌再三，路秘書選擇了「前世」一詞，「前世」既可解釋成「前朝」，亦可解釋成「前任」，它涵蓋了二者而又超越了二者，巧妙地繞過了當時的言論「雷區」，同時也把想要表達的意思說清楚了。

我們沒有生活在漢朝，不必為漢朝皇帝避諱，可以直接道破路溫舒的苦心。漢武帝統治時期，任用官員「以刻為明」，結果搞得法令煩苛、冤獄四起。路溫舒給漢宣帝上這篇奏摺，最主要的目的就是想讓漢宣帝「尚德緩刑」，改變漢武帝以來的司法弊病。

接下來，路秘書才把文章引到「治獄」的正題上：「臣聞秦有十失，其一尚存，治獄之吏是也。」這話也說得極有水平。原因就在於，漢宣帝並不是漢朝的開國皇帝，在他之前，已經有漢高祖、漢惠帝、漢高後、漢文帝、漢景帝、漢武帝、漢昭帝、昌邑王八位「國家領導人」。若說大漢王朝到現在還存在著秦朝的弊政，那不等於說這麼多前任領導人都沒做正事嗎？所以，路溫舒說，秦朝的弊端有十個，現在只有一個還存在著，那就是獄吏嚴苛的問題。這話的潛臺詞是：秦朝的另外九個弊政已經被您的前任解決了，剩下這一個就等著您老人家出手了。這麼一來，「敏感話題」就被路溫舒先生用化骨綿掌給「化」掉了。

繞過了「雷區」之後，路秘書才開始放手闡述他的「尚德緩刑」理論。他依然借歷史說當下，「秦之時，羞文學，好武勇，賤仁義之士，貴治獄之吏，正言者謂之誹謗，遏過者謂之妖言。故盛服先生不用於世，忠良切言皆郁於胸，譽諛之聲日滿於耳，虛美熏心，實禍蔽塞。此秦所以亡天下也。」意思是說，秦朝不注重文教之事，以文為羞，崇尚武力，在輕賤有品德的士人的同時，獎勵抓人下獄的獄官。在這種風氣之下，正直的言論被說成是誹謗，遏止錯誤的言論被說成是妖言；按照禮教穿著服裝的先生不被當朝所任用，忠良針砭時弊的話鬱結在胸中，讚譽阿諛的聲音天天充滿在統治者的耳邊。統治者的心竅被虛假的繁榮迷住了，實在的禍害則被遮罩在外。這就是秦朝滅亡的原因。

然後，由秦朝過度到漢朝。「夫獄者，天下之大命也，死者不可復生，絕者不可復屬。《書》曰：『與其殺不辜，寧失不經。』今治獄吏則不然，上下相驅，以刻為明，深者獲公名，平者多後患。故治獄之吏皆欲人死，非憎人也，自安之道在人之死。是以死人之血流離於市，被刑之徒比肩而立，大辟之計歲以萬數，此仁聖之所以傷也。太平之未洽，凡以此也。」這一段是文章的精華，意思是說，司法裁判，是國家大事，處死的人不能復生，砍斷的手足不能復續。《書經》上說：『與其殺一個無罪的人，寧可放掉一個有罪的人。』可是，今天的司法裁判，卻恰恰相反。法官們上下勾結，刻薄的人，被稱讚為廉明。殘忍的人，被稱讚為公正。主持正義、昭雪冤獄的人，卻有被認為不忠於職守的隱患。所以，法官審訊案件，非致人於重刑不可，他對囚犯並沒有私人恩怨，只是用別人的自由和生命，來保衛自己的自由和生命而已。他必須把別人陷入重刑，他才可以獲得安全。正是因為這個原因，死囚流的血盈滿街市。其他處刑的囚犯，更比肩相連。遇到行刑日子，每次都殺萬人以上，誠感可哀。這就是仁政受傷害，太平盛世尚未實現的原因呀。

這段揭露「治獄之吏」的文字，入木三分，超越了時空限制。時隔兩千多年，今人讀到這段文字仍有同感。更關鍵的是，文章所引《書經》：「與其殺無辜，寧失不經」之語充滿了人道主義色彩，切合現代法律「疑罪從無」的原則。

緊接著，路秘書又對司法過程中的刑訊逼供活動進行了尖銳批評。他說：「夫人情安則樂生，痛則思死。棰楚之下，何求而不得？故囚人不勝痛，則飾辭以視之；吏治者利其然，則指道以明之；上奏畏卻，則鍛練而周內之。蓋奏當之成，雖咎繇聽之，猶以為死有餘辜。何則？成練者眾，文致之罪明也。」翻譯成現代漢語的大意就是，人之常情，安樂時願意活下去，痛苦時則求早死。酷刑拷打之下，要什麼口供就會有什麼口供。囚犯不能忍受酷刑的痛苦，只好照著問案人員的暗示，捏造自己的罪狀。辦案人員利用這種心理，故意把囚犯的口供引導到犯罪的陷阱。罪狀既定，唯恐怕還有挑剔之處，就用種種方法，把口供修改增刪，使它天衣無縫，每字每句都恰恰嵌入法律條文之中。他們這樣寫成的司法公文，即令歷史上最牛的法官皋陶看到，也會覺得這個囚犯死有餘辜。為什麼呢？因為陷害犯人的都是法律專家，他們在編造罪狀和引用法律條文方面非常拿手。」

行文至此，路秘書心緒難平，也顧不得官場上所忌諱的「偏激」之說了，斬釘截鐵地寫道：「故天下之患，莫深於獄；敗法亂正，離親塞道，莫甚乎治獄之吏。」天下的大患，沒有比製造冤獄更嚴重的了；違法亂紀、破壞安定團結的政治局面、離間骨肉親人，也沒有比獄吏更可惡的了。用今人的話說就是：最大的腐敗就是司法腐敗。

解氣的話寫完，路秘書也害怕被別人抓住把柄，就在文章的結尾預先「辯護」一下，「臣聞烏鳶之卵不毀，而後鳳凰集；誹謗之罪不誅，而後良言進。故古人有言：『山藪藏疾，川澤納污，瑾瑜匿惡，國君含詬。』唯陛下除誹謗以招切言，開天下之口，廣箴諫之路，掃亡秦之失，尊文、武之德，省法制，寬刑罰，以廢治獄，則太平之風可興於世，永履和樂，與天亡極，天下幸甚！」這段話的意思是，鷂鷹之卵不被毀壞，然後鳳凰才會雲集，誹謗之罪不會受到追究，然後才有良言進諫。所以古人說：「深山密林隱藏疾疫，河流湖泊容納污垢，美玉中含匿瑕疵，為政者應容忍詬病。」我希望陛下您也應該廣開天下言路，徹底掃清亡秦之失，尊崇文、武之德，完善禮義制度，革除司法積弊，如此，太平氣象就能夠出現，安定和諧的政治局面就一定會出現。如果這樣，那真是天下百姓之大幸。

在最後一段，路秘書又提出了一個非常前衛的思想：言論自由。現在的人都知道，言論自由是人類最基本的「四大自由」之一（美國總統佛蘭克林‧羅斯福一九四一年在美國國會大廈發表演說時提出的「四大自由」，即「言論自由、信仰自由、免於貧困及免於恐懼的自由」），是現代政治文明的重要基石。可是，在兩千多年前的漢朝，人們還沒有這麼深刻的認識，所以路秘書還得用一個有趣的比喻來論述這個道理：如果不去毀掉烏鴉和老鷹的蛋，那麼鳳凰也會跟著到這棵樹上來下蛋；如果說錯話的人不被殺掉，那麼就不愁沒人給掌權者進良言。

路溫舒的奏摺至此結束。漢宣帝看到這篇奏摺之後非常高興，認為他說得非常正確，「上善其言。」一篇中國古代的人權宣言就這樣留在史書上，可惜的是，路秘書所提到的司法腐敗問題一直沒有得到很好解決，冤獄和刑訊逼供的事情層出不窮，綿延兩千多年，至今未絕。

附錄 〈尚德緩刑書〉——路溫舒

昭帝崩，昌邑王賀廢，宣帝初即位[一]，路溫舒上書，言宜尚德緩刑。其辭曰：

「臣聞齊有無知之禍[二]，而桓公以興；晉有驪姬之難[三]，而文公用伯；近世趙王不終[四]，諸呂作難，而孝文為太宗。由是觀之，禍亂之作，將以開聖人也。故桓、文扶微興壞，尊文、武之業，澤加百姓，功潤諸侯，雖不及三王，天下歸仁焉。文帝永思至德，以承天心，崇仁義，省刑罰，通關梁[五]，一遠近，敬賢如大賓，愛民如赤子，內恕情之所安而施之於海內[六]，是以囹圄空虛，天下太平。夫繼變化之後，必有異舊之恩，此賢聖所以昭天命也。往者，昭帝即世而無嗣，大臣憂戚，焦心合謀，皆以昌邑尊親，援而立之[七]。然天不授命，淫亂其心，遂以自亡。深察禍變之故，乃皇天之所以開至聖也。故大將軍受命武帝，股肱漢國[八]，披肝膽，決大計，黜亡義，立有德，輔天而行，然後宗廟以安，天下咸寧。

臣聞《春秋》正即位[九]，大一統而慎始也。陛下初登至尊，與天合符，宜改前世之失，正始受命之統，滌煩文，除民疾，存亡繼絕，以應天意。

注釋

一 西元前七四年，漢昭帝死，無嗣，昌邑王劉賀（漢武帝孫子）即位，淫戲無度。大將軍霍光用太后的名義廢了他，另立漢武帝的曾孫劉詢為帝，是為漢宣帝。

二 無知：春秋時齊公子，殺齊襄公，自立為齊君，後又被人殺。齊國國君虛位，此時，公子小白回到齊國，被立為國君，是為齊桓公。

三 驪姬：春秋時晉獻公寵姬。驪姬為了立自己的兒子奚齊為太子，就陷害晉獻公的另外三個兒子申生、重耳和夷吾。結果申生自殺，重耳和夷吾流亡異國。這就是晉國歷史上有名的「驪姬之亂」。重耳即後來的晉文公。

四 漢高祖劉邦的寵姬戚夫人，生如意，立為趙王。劉邦死，惠帝立，太后呂雉毒死趙王如意，殘害戚夫人，呂太后和她的侄兒呂臺、呂產、呂祿等專權，想把「劉姓天下」改變為「呂氏王朝」。呂雉死，大臣周勃、陳平等消滅諸呂，迎立代王劉恒即位，是為孝文帝，廟號太宗，後有「文景之治」的繁榮。

五 關：關卡、關口。梁：橋樑。

六 恕：推己及人之心，寬容、寬厚之意。

七 援：援用舊例。

八 股肱：股，大腿；肱，手臂。比喻像左膀右臂一樣匡復國家。

九 正：把……看作正統、正規。

臣聞秦有十失，其一尚存，治獄之吏是也。秦之時，羞文學[一]，好武勇，賤仁義之士，貴治獄之吏，正言者謂之誹謗，遏過者謂之妖言。故盛服先生不用於世[二]，忠良切言皆鬱於胸[三]，譽諛之聲日滿於耳，虛美熏心，實禍蔽塞。此乃秦之所以亡天下也。方今天下賴陛下恩厚，亡金革之危[四]、饑寒之患，父子夫妻戮力安家[五]，然太平未洽者，獄亂之也。

夫獄者，天下之大命也，死者不可復生，絕者不可復屬[六]。《書》曰：『與其殺不辜，寧失不經[七]。』今治獄吏則不然，上下相驅，以刻為明[八]，深者獲公名，平者多後患。故治獄之吏皆欲人死，非憎人也，自安之道，在人之死。是以死人之血流離於市，被刑之徒比肩而立，大辟之計歲以萬數[九]，此仁聖之所以傷也。太平之未洽，凡以此也。

夫人情安則樂生，痛則思死。棰楚之下[十]，何求而不得？故囚人不勝痛，則飾辭以視之；吏治者利其然，則指道以明之；上奏畏卻[十一]，則鍛練而周內之[十二]。蓋奏當之成，雖咎繇聽之[十三]，猶以為死有餘辜。何則？成練者眾，文致之罪明也。是以獄吏專為深刻，殘賊而亡極[十四]，偷為一切[十五]，不顧國患，此世之大賊也。故俗語曰：「畫地為獄，議不入；刻木為吏，期不對[十六]。」此皆疾吏之風，悲痛之辭也。故天下之患，莫深於獄；敗法亂正，離親塞道，莫甚乎治獄之吏。此所謂一尚存者也。

臣聞烏鳶之卵不毀[十七]，而後鳳凰集；誹謗之罪不誅，而後良言進。故古人有言：「山藪藏疾[十八]，川澤納汙，瑾瑜匿惡，國君含詬。」唯陛下除誹謗以招切言，開天下之口，廣箴諫之路，掃亡秦之失，尊文、武之德，省法制，寬刑罰，以廢治獄，則太平之風可興於世，永履和樂，與天亡極，天下幸甚！

上善其言。

注釋

一 文學：先秦時期將哲學、歷史、文學等文教之事統稱文學。

二 盛服：嚴格按照禮教定制穿官服。

三 切：嚴厲，貼近。

四 金革：金，兵器之屬；革，甲冑之屬。武器，即指戰爭。

五 戮力：並力，全力。

六 絕：斷。

七 經：常道，通常的義理、法制、原則。

八 刻：刻薄。

九 大辟：死刑。

十 棰楚：木棒和荊杖，古代打人的用具或刑具。

十一 卻：退回，駁回。

十二 內：通「納」。周內：指羅織罪狀，故意陷人於罪。

十三 咎繇：即皋陶，相傳為舜時掌管刑罰的大臣，以善於斷案著稱。

十四 賊：敗壞，傷害。亡：無。

十五 偷：苟且，馬馬虎虎。

十六 相傳上古時期，在地上畫圈，令犯罪者立圈中，以示懲罰。畫者、刻者都是假的，假的都不願意忍受，真的就更不能忍受了。表示對監獄、酷吏的憤恨。

十七 烏：烏鴉。鳶：老鷹。

十八 藪：讀音sǒu，生長著很多草的湖。

永遠的陶淵明，永恆的桃花源

——陶淵明的現代意義

一

在中國歷代的文學大家中，陶淵明顯然不是以詩文數量取勝的人，他流傳下來的詩文一共只有一百多首（篇），有人統計，他除詩歌之外的各類文章（包括辭賦、散文）僅有十二篇，而《古文觀止》一書收錄他的文章就有三篇（即〈歸去來兮辭〉、〈桃花源記〉和〈五柳先生傳〉），這樣的入選比例是歷代散文家中最高的，由此可見後人對他的推崇。

後人為什麼這麼推崇陶淵明？理由當然很多，從文學上講，可以說他是山水田園詩的鼻祖，他的詩文對後世影響非常大。唐代著名詩人李白、杜甫、王維、白居易，宋代的詩文大家歐陽修、蘇軾、王安石、辛棄疾等都非常推崇陶淵明。文學之外，陶淵明「不為五斗米折腰」的人格魅力亦為世人津津樂道（世人能否做到是另外一碼事）。在東晉那個政治動亂的年代裏，陶淵明選擇歸隱，固守清貧，寄情山水，這一下子擊中了歷代文人的「命門」。現實黑暗與品格高潔之間如何取捨？物質貧乏與精神豐盈之間如何平衡？在自然與官場之間如何切換？……說到底，就是如何處理「出世」與「入世」之間的矛盾。如果說入世意味著應酬、名利、同流合污、寵辱皆驚的話，那麼出世則意味著遠離喧囂、淡泊名利、潔身自好、寵辱偕忘。儘管真正像陶淵明學習的人在歷朝歷代都是絕對的少數，但是，陶淵明在精神的座標上又總是讓人們仰望，使之遐想，使之反思。即便是到了現代文明已經非常發達的今天，陶淵明依然有著他永恆的價值。

陶淵明的家世曾經很顯赫，他的曾祖父陶侃是東晉開國元勳，官至大司馬，都督八州軍事。可是到了他這一代，家道就沒落了，他九歲喪父，與母妹三人在外祖父孟嘉家裏生活。孟嘉是當代名士，「行不苟合，年無誇矜，未嘗有喜慍之容。好酣酒，逾多不亂；至於忘懷得意，傍若無人。」陶淵明很得外祖父之遺風。從二十九歲到四十二歲之間，他也曾外出做官，以圖拯濟蒼生，「猛志逸四海」，可是，他生不逢時，當時社會動盪、政治黑暗，他仕途不順，只做過江州祭酒、鎮軍參軍、彭澤縣令等小官。他當彭澤縣令，剛到任八十一天就辭職了。當時，潯陽郡督郵前來視察，部下對陶淵明說：「當束帶迎之。」陶淵明歎道：「我豈能為五斗米折腰向鄉里小兒。」遂授印去職，從此結束了他十三年的仕宦生活。辭官歸隱後，陶淵明精神愉悅，大有掙脫「樊籠」之感，遂賦〈歸去來兮辭〉，以表達自己不與世俗同流合污的心志。他說：「既自以心為形役，奚惆悵而獨悲？悟已往之不諫，知來者之可追」，「富貴非吾願，帝鄉不可期」，「聊乘化以歸盡，樂夫天命復奚疑！」

辭官歸隱之後，陶淵明過著「躬耕自資」的生活。歸田之初，生活尚可。「方宅十餘畝，草屋八九間，榆柳蔭後簷，桃李羅堂前。」淵明愛菊，宅邊遍植菊花。他「採菊東籬下，悠然見南山」，日子過得比較悠閒。後來他的住地上京（今星子縣城西城玉京山麓）失火，陶淵明的生活從此轉入困頓。如逢豐收，還可以「歡會酌春酒，摘我園中蔬」。如遇災年，則「夏日抱長饑，寒夜列被眠」。儘管如此，他依然堅守田園，不肯出仕。

陶淵明的房前栽種有五棵柳樹，所以他又被人稱為五柳先生。後來他乾脆寫了一篇〈五柳先生傳〉以自況。在這篇文章中，陶淵明先描述了「五柳先生」的總體氣質：「閑靜少言，不慕榮利。好讀書，不求甚解；每有會意，便欣然忘食。」接著又講了他的生活細節：「性嗜酒，家貧不能常得。親舊知其如此，或置酒而招之。造飲輒盡，期在必醉；既醉而退，曾不吝情去留。環堵蕭然，不蔽風日，短褐穿結，簞瓢屢空，晏如也。常著文章自娛，頗示己志。忘懷得失，以此自終。」寥寥幾筆就刻畫出了一個「不戚戚於貧賤，不汲汲於富貴」的隱士形象。

在歸隱二十一年之後，陶淵明於元嘉四年（西元四百二十七年）去世。去世之前，他自己寫了〈擬輓歌辭三首〉以表達他對生死的達觀態度，其中的第三首是：「親戚或餘悲，他人亦已歌。死去何所道，托體同山阿。」這種看破生死的態度亦是他不斷讓後人追懷的原因。

二

對於陶淵明的現代意義，蘇州大學魯樞元教授有一段形象的說法。他說：「秦始皇歷來被史書稱為『千古一帝』，而陶淵明則被譽為詩苑的『千古一人』。聽說過秦始皇的人，大約就聽說過陶淵明；凡是知道『焚書坑儒』典故的人，也不會不知道『桃花源』的故事。如果核算一下他們自己和社會為此支出的

『成本』，卻又更加懸殊：秦始皇『奮六世餘烈』，攻城掠地，斬首百萬，血流漂杵，方才當上千古一帝。秦始皇勞力又勞心，自己也是付出生命代價的，四十九歲便命喪黃泉。而陶淵明獲得『千古一人』的歷史地位似乎要『輕易』得多，不過是喝喝酒、讀讀書、種種莊稼、寫些關於南山、菊花的詩，平常得幾乎不能再平常，自然得不能再自然了。說是詩人，詩也不多，連文章在內總共一百多篇。將秦始皇與陶淵明如此比較，結論顯得很有些離奇：就好像一架天平（人類價值的天平），一端放的是一座城堡或宮殿，一端則是一縷清風或一片白雲，而那天平竟然沒有顯示出太多的偏斜。」「所謂『清風』、『白雲』是什麼？想一想，那不也就是哥本哈根會議上讓一百多位國家首腦百般無奈的『大氣』問題麼？按照美國五角大樓的說法，這些由『大氣』帶來的生態問題如果繼續發展下去，在不久的將來，就會超過所有的政治問題、經濟問題以及軍事問題！而陶淵明，原本就是人間的『清風白雲』。」

我非常同意魯樞元先生的觀點。在一般人的概念裏，陶淵明是詩人，是隱士。可在精神文化的層面上，陶淵明的價值既超越了詩人這個層面，又超越了隱士這個層面。他生命的光芒是複合型的，他骨子裏的回歸意識、超越精神以及對大自然的親近感一直在時間的長河裏散發出濃濃的詩意。他的為數不多的詩文，簡直像先知的讖語一樣，時時點出人們精神世界的出路和現實生活的無奈。升官發財歷來是人們孜孜以求的東西，可在陶淵明眼裏，官場就是「樊籠」，迎來送往就是「以心為形役」。只有在辭官歸隱之後，他才找到了那種「久在樊籠裏，復得返自然」的感覺。離開了別人孜孜以求的官場，他不但不惋惜，而且異常高興，「舟遙遙以輕颺，風飄飄而吹衣」，「雲無心以出岫，鳥倦飛而知還」。佛家講，世人之所以不擇手段地爭名逐利，完全是「顛倒夢想」，是「愚癡」的表現。權力和財富根本就不能保證人獲得幸福，相反，很多人恰恰是在追逐權力和財富的道路上與幸福擦肩而過、失之交臂。以此觀之，陶淵明發出「歸去來兮」的呼喚簡直就像一聲棒喝，意在把世人顛倒的夢想再顛倒過來，告訴世人「苦海無邊，回頭是岸」。陶淵明雖不是佛教徒，但他與佛學大師慧遠是好朋友，其對人生和世事的看法在許多方面真的是「暗合道妙」呀。

就現實而言，人類自己創造的物質文明，一方面給人們的生活帶來了種種方便，但另一方面亦有束縛人、局限人的「樊籠」之效果。試想一下，如果沒有了電，那我們現代的城市還能運轉嗎？如果失去了手機、電話、互聯網、電視等一切與外界進行資訊交流的工具，那我們的心靈恐慌是不是要比古人高一千倍一萬倍？不得不承認，就在我們舒舒服服地享受現代物質文明的時候，我們正在不知不覺中進入了「樊籠」——對物質文明產生了高度的路徑依賴。一旦失去這個路徑，我們的生活就將陷入癱瘓。可是，在最初，在沒有先進的物質文明的情況下，人們也能正常生活。如果剔除所有的技術手段，反觀人本身，我們單個人的能力到底是進化了還是退化了呢？

盧梭說：「人是生而自由的，但卻無往不在枷鎖之中」。「枷鎖」其實是無處不在的。按照通常的說法，人類文明在不斷發展，人對自然的控制能力也在不斷加大；可是另一方面，人們對自然、對他人的控制力量越是強大，人們自己被囚禁的程度也就越深。比如，房地產業、汽車製造業迅速崛起，卻同時造就了千百萬的「房奴」與「車奴」，誰能說豪宅與名車不能成為枷鎖與樊籠？更可怕的是，高度發達的現代社會有一套自我粉飾的本領，能把枷鎖與樊籠打理得如同五星級賓館，使囚徒忘記自己是囚徒，甚至以當囚徒為樂，失去了「走出」樊籠、「回歸」自我的意識。

「向前，向前，向前」這是現代社會催促人們為權、為錢快速進軍的鼓點，可仔細觀察就會發現，鼓噪人們「向前」的動力其實就是各種慾望。人類的慾望有真正滿足的一天嗎？恐怕沒有。走路慢，想著騎馬，騎馬還嫌慢，就發明了汽車、火車；有了汽車、火車，人們還嫌慢，又有了飛機、高鐵乃至太空船。我們的生活確實隨著交通工具一起「加速」了，可是，當人們乘坐著高鐵呼嘯飛奔的時候，大家就真的幸福了嗎？「加速」是否真的意味著我們距離幸福的天堂越來越近了呢？恐怕沒這麼簡單。因為忙碌，因為工作和生活的壓力太大，現代人整體上的焦躁感、急迫感乃至於挫敗感恐怕一點都不輕，甚至還有繼續加重的傾向。

在這種的背景下，我們重溫陶淵明「歸去來兮」的呼喚，難道不是很有意義嗎？

三

「回歸」之外，陶淵明的生命中還有一種現代人極端缺乏的「彼岸」意識。這種彼岸意識集中地體現在他的〈桃花源記〉中，他所描述的「桃花源」一直被人稱為「世外桃源」。所謂的「世外桃源」其實就是區別於現世的一種「彼岸」。「彼岸」是一種理想，是對現實的一種批判與超越。

陶淵明生活的時代是中國歷史上有名的亂世，可是，就是在這樣的亂世裏，他為人們描繪了一個「桃花源」，在這裏，「土地平曠，屋舍儼然，有良田美池桑竹之屬。阡陌交通，雞犬相聞。其中往來種作，男女衣著，悉如外人。黃髮垂髫，並怡然自樂。」陶淵明為什麼要描繪一個桃花源？我的感覺是，因為他有一顆超越污濁現實的心。有人認為幻想「桃花源」是一種逃避，其實這是不對的。心中有「桃花源」並不意味著不敢正視現實，相反，往往是因為對現世的苦難有著極深切的體察，所以我們才更需要有一個美好的精神彼岸來與之對抗。「彼岸」完全是面對現實而又超越現實的產物。現實之上，是理想的天空；現實之下，是精神的深淵。天空高揚希望，深淵傳達絕望。面對同樣的現實，我們到底是該高揚希望還是要傳達絕望？希望是精神的天堂，而絕望是靈魂的地獄。對此，在理論上一點都不難做出選擇。關鍵就是看每個人的思想境界。陶淵明身處紅塵，心向淨土，他生逢亂世之秋，卻依然謳歌和平有序的桃花源，這就是在向人們傳達一種希望。也正因如此，陶淵明的「桃花源」也就成了歷代中國人理想社會的代名詞。僅憑這一點，陶淵明就可不巧。

說到「彼岸」意識，不妨多談兩句。作家王小波說：「一個人光有此生是不夠的，他還必須擁有一個詩意的世界。」在我看來，「詩意的世界」就應是我們每個人心中的「彼岸」。中國人欠缺宗教情懷，這就造成了絕大部分人沒有「彼岸」意識，就像李澤厚先生所說，中國人更多是注重現世，所謂「一人生，一世界」而已。關注當下、把握現實並沒有錯，可問題是，如果缺乏「彼岸」意識，人們很容易把所有的精力、心思都用來謀求現世的榮華富貴，甚至為此不擇手段，這不但會誘發諸多惡行，而且還會限制人們思想境界的提升和人性的自由舒展。

現實中有很多人活得很累很苦，不是身體累，而是心累！這種累，說到底都是因為心量太小、格局逼仄所致。如果大家有「彼岸」意識，知道在現世之外還有一個詩意的世界（或是天堂，或是極樂），那麼我們對待現實的態度就肯定會不一樣。其一，因為還有「彼岸」，所以我們今生就可過得從容許多，賺錢也好，升官也罷，都沒必要那麼急吼吼的；其二，為了抵達好的「彼岸」，我們在「此岸」就要「有所為，有所不為」。這種「有所為，有所不為」在佛家講就叫「諸惡莫作，眾善奉行」，在儒家講就叫「達則兼及天下，窮則獨善其身」，在道家講則叫「知其榮，守其辱，為天下穀。」總之，都要下一番功夫來「修行」，所謂修行，其核心就是管理好自己的心靈，用通俗的說法就「存好心，說好話，辦好事」。而對於如何養心，孟子有經典的論述，他說：「養心莫善於寡欲。」也就是說，只有把慾望控制在合理的範圍內，幸福才能來敲我們的門，誠可謂：「慾望後退一小步，境界提升一大步。」俗話說「知足常樂」，相反，如果慾望太多，欲壑難填，那麼我們感受快樂的能力就會大大降低。

再回到陶淵明，正是通過退出官場，歸隱田園，他的人生才大放異彩，在中國歷史文化的長河中跨出了一大步；正是因為他能超越現世的瑣碎與苦難，為後人描繪了散發著永恆魅力的桃花源，他的精神境界和藝術品格才廣為傳誦，千秋不朽。

有一種退出叫進取，有一種捨棄叫收穫，有一種隱逸叫顯赫。陶淵明的人生和他的詩文正是這樣。

附錄一 〈歸去來兮辭〉——陶淵明

歸去來兮，田園將蕪胡不歸！既自以心為形役[一]，奚惆悵而獨悲？悟已往之不諫[二]，知來者之可追。實迷途其未遠，覺今是而昨非。舟遙遙以輕颺，風飄飄而吹衣。問征夫以前路，恨晨光之熹微[三]。

乃瞻衡宇[四]，載欣載奔。僮僕歡迎，稚子候門。三徑就荒[五]，松菊猶存。攜幼入室，有酒盈罇。引壺觴以自酌，眄庭柯以怡顏[六]。倚南窗以寄傲，審容膝之易安[七]。園日涉以成趣，門雖設而常關。策扶老以流憩[八]，時矯首而遐觀[九]。雲無心以出岫[十]，鳥倦飛而知還。景翳翳以將入[十一]，撫孤松而盤桓。

歸去來兮，請息交以絕遊。世與我而相遺[十二]，復駕言兮焉求？悅親戚之情話，樂琴書以消憂。農人告余以春及，將有事於西疇。或命巾車[十三]，或棹孤舟。既窈窕以尋壑，亦崎嶇而經丘。木欣欣以向榮，泉涓涓而始流。善萬物之得時，感吾生之行休。

已矣乎！寓形宇內復幾時！曷不委心任去留？胡為遑遑欲何之？富貴非吾願，帝鄉不可期[十四]。懷良辰以孤往，或植杖而耘耔。登東皋以舒嘯[十五]，臨清流而賦詩。聊乘化以歸盡，樂夫天命復奚疑！

注釋

一　以心為形役：心靈受形體的奴役，指違背自己的心願去做官。
二　諫：經勸告而得到糾正。
三　熹微：天色微明。
四　衡宇：橫木為門的簡陋房屋。衡：同「橫」。
五　三徑：庭院裏的小路。西漢末年，王莽篡奪政權，蔣詡免官回家，在院子的竹林下開了三條小路，只同幾個高雅的人往來。
六　眄：斜視。
七　容膝：形容屋子狹小，僅能容納家人的膝蓋。
八　流憩：隨時隨地休息。
九　矯首：抬頭。
十　岫：山峰。
十一　翳翳：昏暗的樣子。
十二　相遺：相棄。指自己不合流俗。

十三 巾車：有帷幕的車子。
十四 帝鄉：玉皇大帝住的地方，即仙境。
十五 皋：水邊的高地；山崗。

附錄二 〈桃花源記〉——陶淵明

晉太元中[一]，武陵人捕魚為業[二]。緣溪行，忘路之遠近。忽逢桃花林，夾岸數百步，中無雜樹，芳草鮮美，落英繽紛。漁人甚異之，復前行，欲窮其林。林盡水源，便得一山，山有小口，彷彿若有光。便捨船，從口入。初極狹，才通人[三]。復行數十步，豁然開朗。土地平曠，屋舍儼然[四]，有良田美池桑竹之屬。阡陌交通，雞犬相聞。其中往來種作，男女衣著，悉如外人。黃髮垂髫[五]，並怡然自樂。

見漁人，乃大驚，問所從來。具答之。便要還家[六]，設酒殺雞作食。村中聞有此人，咸來問訊[七]。自云先世避秦時亂[八]，率妻子邑人來此絕境[九]，不復出焉，遂與外人間隔。問今是何世，乃不知有漢，無論魏晉。此人一一為具言所聞，皆歎惋。餘人各復延至其家，皆出酒食。停數日，辭去。此中人語云：「不足為外人道也。」

既出，得其船，便扶向路，處處志之[十]。及郡下[十一]，詣太守，說如此。太守即遣人隨其往，尋向所志，遂迷，不復得路。

南陽劉子驥[十二]，高尚士也，聞之，欣然規往。未果，尋病終。後遂無問津者[十三]。

注釋

一　太元：東晉孝武帝司馬曜的年號（三七六－三九六年）。
二　武陵：地名，在今湖南常德。
三　才通人：僅僅能容一人行走。
四　儼然：整齊的樣子。
五　黃髮：指老人。老人頭髮白了之後轉黃。垂髫：指小孩。小孩頭上下垂的短髮叫髫。
六　要：同「邀」。
七　咸：都。
八　秦時亂：秦朝時期的戰亂。
九　邑人：同鄉人。
十　志：作記號。
十一　郡下：指武陵城。
十二　劉子驥：名麟之，字子驥，晉代南陽人，著名隱士。
十三　問津者：訪求的人。

附錄三　〈五柳先生傳〉——陶淵明

先生不知何許人也，亦不詳其姓字。宅邊有五柳樹，因以為號焉。閒靜少言，不慕榮利。好讀書，不求甚解；每有會意，便欣然忘食。性嗜酒，家貧不能常得。親舊知其如此，或置酒而招之。造飲輒盡[一]，期在必醉[二]；既醉而退，曾不吝情去留[三]。環堵蕭然[四]，不蔽風日，短褐穿結[五]，簞瓢屢空[六]，晏如也[七]。常著文章自娛，頗示己志。忘懷得失，以此自終。

贊曰[八]：黔婁之妻有言[九]：「不戚戚於貧賤，不汲汲於富貴。」極其言茲若人之儔乎[十]？銜觴賦詩，以樂其志，無懷氏之民歟？葛天氏之民歟[十一]？

注釋

一　造：往，到。輒：總是。

二　期：希望、祈求。

三　吝情：捨不得。

四　環堵：房屋四壁。蕭然：空空的樣子。

五　褐：粗布短衣。穿：破。結：打補丁。

六　簞：用竹子編制的放置食物的器皿。簞瓢屢空：指飲食經常不足。

七　晏如：安然自在的樣子。

八　贊：讚語。此文是仿照《史記》體例寫的，前一部分寫五柳先生的傳記，後一部分寫作者對傳主的評價。

九　黔婁：春秋時期魯國人，不求仕途，屢次拒絕諸侯出仕的邀請。死後，曾子去弔喪，問其妻「何以為謚」，其妻說謚為「康」，並解釋說：「彼先生者，甘天下之淡味，安天下之卑位，不戚戚於貧賤，不忻忻於富貴，求仁得仁，求義得義，其謚為『康』，不亦宜乎？」

十　戚戚：憂慮貌。汲汲：力求貌。儔：同類。

十一　無懷氏、葛天氏：都是傳說中的上古帝王。《路史·禪通記》載，無懷氏之民「甘其食，美其服，安其居，樂其俗。鄰國相望，雞犬之聲相聞，民至者死，不相往來；葛天氏之民「不言而自信，不化而自行。」這兩句是說五柳先生像是生活在古樸淳厚的上古社會的人。

為什麼要「憂道不憂貧」
——〈叔向賀貧〉與〈賀進士王參元失火書〉互參

晉國的「異姓正卿制」

在春秋時期，晉國是絕對的「超級大國」：其一，鼎盛之際，晉國的實力最強；其二，晉國稱霸的時間最長，自西元前六三二年晉文公稱霸到西元前四〇三年三家分晉，前後二百多年的時間裏，晉國的國勢雖有起伏，但它一直都是不容忽視的大國。

晉國之所以在春秋時期成為「超級大國」，與它長期任用異姓正卿（執政官）的政治體制密不可分。在春秋時代，絕大多數諸侯國的國君都任用自己家族的人做執政官，而晉國則不是這樣，它的正卿一直由異姓充任。以現代企業的管理方式論之，其他諸侯國是家族企業，董事長和總經理是一家人，而晉國則是股份制公司，國君是董事長，正卿是總經理，國君的地位是世襲的，父死子承，但正卿不是世襲的，它是國君在有功勳的大臣中選拔出來的，帶有很強的競爭色彩。兩相比較，我們就不能看出晉國在政治體制上的優越性。

當然，晉國之所以能形成「異姓正卿制」的政治體制，也不是由哪個歷史偉人事先設計好的，而是在複雜的歷史演進中自然形成的。晉獻公時期，晉國發生了著名的「驪姬之亂」，驪姬挑撥晉獻公和幾個兒子之間的關係，結果太子申生被逼自殺，重耳、夷吾流亡。國君之子流亡在外，國內的政治權力就不可避免地被有勢力的卿大夫分享。此後，晉國國君的兒子一般都不留在本國，這種做法削弱了晉國的公室力量，卻對異姓卿大夫勢力的發展壯大極為有利。還有一個歷史機緣，重耳在外流亡十九年，跟隨他的心腹有狐偃、趙衰、顛頡、魏犨、胥臣等人，這些人都是異姓。重耳當上晉國國君之後，他所重用的就是這些心腹。趙衰、先軫、欒枝、荀林父等人幫助晉文公重耳創建了霸業，他們功勳卓著，身居要職，這就使得晉國在稱霸之初就出現了異氏卿士勢力壯大的局面，此後，這種情況在晉國一直延續。

歷史總是充滿了因果。依靠異姓卿大夫創建霸業的晉國，最後被韓、趙、魏三家卿室瓜分。在三家分晉之前，晉國的公族與卿族、卿族與卿族經過二百多年的合作與鬥爭，這期間，幾大政治家族之間充滿了恩怨糾葛，他們的盛衰轉換充滿了戲劇色彩（眾所周知的「趙氏孤兒」的故事就是晉國政治家族相互傾軋的產物）。

政壇上的波詭雲譎，家族盛衰的變幻無常，人生成敗的神秘莫測，讓中國古人較早地練就了達觀的人生態度和超越性的處世思維。那就是，古代的智者總是喜歡多角度地看問題，他們將人和事聯繫起來考察，總結出了其中的規律，這些規律性的東西，後來被老子、孔子等思想家系統地總結、提升，就成了先秦諸子百家的思想——這是中國思想史上最輝煌的一頁。

憂貧還是憂道：兩條路供你選擇

介紹晉國的「異姓正卿制」，目的是為了讓我們更好地理解〈叔向賀貧〉這篇古文。叔向，姬姓，羊舌氏，名肸，字叔向。晉國賢臣，春秋後期的政治家、外交家。他歷事晉悼公、晉平公、晉昭公三世，還做過晉平公的老師。他雖不曾擔任晉國的正卿，但以品格正直和富於才識而著稱，孔子稱讚他說：「叔向，古之遺直也。」

據說，叔向「美而有勇力」，欒盈（欒懷子）曾非常賞識他。欒盈是欒黶（即欒桓子）和欒祁的兒子，欒武子的孫子，范宣子（士匄）的外孫。他為人樂善好施，有很多名士追隨他，叔向也是其中之一。後來欒桓子去世，欒祁和家宰州賓私通，私吞了欒氏的家產，欒懷子對此非常不滿。欒祁擔心欒盈報復，便聯合和欒黶有隙的范鞅一同向當時的晉國正卿范宣子誣告欒懷子，說他畜養死士，要叛亂。范宣子對欒盈有眾多賓客一事向來忌憚，正好藉機打擊欒盈，遂放逐他去築城。遭受迫害的欒盈逃亡楚國。隨後，范宣子清洗欒盈的勢力，捕殺了箕遺、黃淵、嘉父、司空靖、邴豫、申書、邴師、羊舌虎、叔羆等人，叔向也被牽連入獄，後來在祁奚的營救下獲免出獄。

叔向生活在春秋末期，當時，晉國幾大政治家族相互傾軋，叔向也遭受牽連，這使他深刻地認識到權力和財富都是「浮雲」。若沒有足夠的德行相匹配，財富和權勢有時反而會成為禍根。所以，叔向在見韓宣子時首先就引用了晉國卿室盛衰變幻的史實，勸韓宣子要「憂得之不建」，而不要「患貨之不足」。

當時，韓宣子做了晉國的正卿，他覺得自己徒有正卿之名「而無其實」，物質待遇跟不上，連跟其他卿大夫交往所需的花費都不夠。韓宣子為此事發愁，而叔向則向他表示祝賀。叔向說，從前欒武子做晉國的正卿，田產也很少，他的官俸都無法置辦齊他祭祀宗廟的器具，可是他擁有美好的德行，能夠照章辦事、秉公執政，結果他的美名傳播到諸侯各國，就連戎、狄這樣的少數民族都感念他。到了欒桓子身上，他沒有繼承父親的優良品質，反而貪婪縱慾，奢侈腐化，一意孤行，這樣的人按說是要倒楣的，但是憑藉欒武的美名，他得到了善終。欒桓子的兒子欒懷子力改父親的毛病，繼承祖父欒武子的美德，他本來可憑此免於災禍，但由於受父親的連累，他還是沒有免於逃亡楚國的命運。這是從正面說明修德重於積財的道理。

接著，叔向又以郤昭子家族的盛衰來從反面勸諫韓宣子。郤氏家族的崛起源於郤克，齊晉鞍之戰時，郤克就是晉軍主帥。在郤克當政時期，被後人稱為郤昭子的郤至就躋身晉國高層，主要從事對楚國的外交工作。西元前五九一年，楚莊王熊侶崩卒，楚國霸業漸衰，晉楚開始進行和平外交，郤至就此建立了卓越的功勳，升為卿士。後來，郤昭子家族又與欒書聯手打擊趙家。趙家被滅族（「趙氏孤兒」的故事就是這其中的一段插曲）後，原來趙家人佔據的政治職位幾乎全被郤氏家族所替代。鼎盛之際，晉國八卿中郤氏一族就有三卿，此外還有五人做了大夫，即「三卿五大夫」，史書稱「八郤」。但郤氏在政治上的顯赫引起了晉國正卿欒書的不滿，欒書誹謗郤至通敵於楚，並說郤至有意以公孫周取代晉厲公。於是，在西元前五七四年，晉厲公下令剷滅了郤氏。叔向對韓宣子說，郤昭子家族的財富有國家財產的一半那麼多，他所控制的軍隊也有國家軍隊的一半之多，他們倚仗自己的財富和權勢，在晉國橫行，結果不僅郤至本人被殺，他的宗族也在絳邑被剷滅。他們家族的權勢曾經那麼大，可最後卻「一朝而滅」，這是為什麼呀？「惟無德也」，就是因為他們的德行不夠呀。

有了正反兩個方面的對比，叔向順理成章地勸告韓宣子，「今吾子有欒武子之貧，吾以為能其德矣，是以賀。」意思是說，您現在有欒武子一樣的貧窮，我認為您也能夠有他一樣的德行，所以祝賀您。然後又從反面說：「若不憂德之不建，而患貨之不足，將吊不暇，何賀之有？」如果您不操心美好德行的建立，卻擔心錢財不足，那麼我要哀悼您還來不及，還有什麼好祝賀的呢？這已經不是「賀」，而是嚴肅的勸諫了。意思是，兩條路都擺在您面前了，是憂德還是憂貧，您看著辦吧。

韓宣子聽後，感激涕零，拜倒在路上，說：「起也將亡，賴子存之。非起也敢專承之，其自桓叔以下嘉吾子之賜。」意思是，我韓起本來是要完蛋的，全仗您的開導，才得以保全。不但我韓起個人要感謝您的恩惠，從我的祖先桓叔以下的整個家族，也都要感謝您的恩惠呀。

孔子說：「君子謀道不謀食。耕也，餒在其中矣；學也，祿在其中矣。君子憂道不憂貧。」大意是，君子要用心求道而不要把心思用在謀求奢華的衣食之上，君子只擔憂學不到道，而不要擔憂貧窮。〈叔向賀貧〉中所宣揚的，與孔子「君子憂道不憂貧」的教誨完全相同。

為什麼要「憂道不憂貧」？這裏面有很深的道理。首先，「道」跟個人的心理緊密相連，它是可以靠個人努力來求得的，一個人只要肯於學道，並堅持不懈，那麼他就一定能在「道業」上有所成就，正所謂「吾思仁，則仁至矣」；而貧富窮達則屬於個人境遇，是外在的，非個人之力所能控制，必須因緣際會才能達成。孟子說：「求則得之，舍則失之，是求有益於得也，求在我者也。求之有道，得之有命，是求無益於得也，求在外者也。」講的就是這麼個道理。「道」以及「道」的衍生物「德」都具有「求則得之，舍則失之」的特點，所以我們應該去求。而貧富窮達之類的個人際遇，則屬於「求無益於得」的範疇，這類事情「求之有道，得之有命」，求也要遵守「道」，至於能否得到，那還要看「命」，若命中沒有，求也求不到。所謂的「命」，其實就是主觀修為和客觀環境互動所形成的格局，這個東西不是個人所能完全掌控的。

需要說明的是，古人所說的「認命」，也並是讓人們完全消極地聽天由命，而是一面要教人承認個人的有限性（即貧富窮達這類的事不是自己所能完全掌控的），另一面則讓人把更多的心思用於可控的「求道」之上，爭取做一個「憂道不憂貧」的君子。

壞事可以變好事：失火也有可賀之處

老子曾說：「禍兮，福之所倚，福兮，禍之所伏。」這種禍福之間互相依存、互相轉化的觀念深刻地影響著中國人。「叔向賀貧」，賀的其實並不是貧窮本身，而是說貧窮並沒有那麼可怕，只要善於學道，勤於養德，貧窮完全可以成為建立美德的起點。

時光到唐朝，進士王參元家中失火，財物被燒光。唐朝文學家柳宗元為此寫了名為〈賀進士王參元失火書〉文章，此文堪稱〈叔向賀貧〉之唐朝版。

〈賀進士王參元失火書〉的開篇，先交代自己從朋友楊敬之處得到王家失火的消息，「始聞而駭，中而疑，終乃大喜，蓋將吊而更以賀也」。隨後，從「始駭」「中疑」「終喜」三個方面，一一寫來。

王參元平時德行很好，「勤奉養，樂朝夕，惟恬安無事是望」，按說，「好人一生平安」，王參元家不該遭受火災。可火災確實發生了，對此，柳宗元最初的情感表現就是「駭然」，這是一種自然的反應。

隨後，柳宗元從禍福相依的原理出發講「疑」，「或將大有為焉，乃始厄困震悸，於是有水火之孽，有群小之慍，勞苦變動，而後能光明，古之人皆然，斯道遼闊誕漫，雖聖人不能必是必信，是以中而疑也。」大意是，一個人要有大作為，往往先要受點磨難，這場火災或許就是磨練您的吧。可是，這種禍福相依的道理，非常深奧，就是聖賢也難以確切地相信，所以我對這種說法表示懷疑。

「駭」和「疑」都是鋪墊，文章的主旨還是「賀」。柳宗元認為，王參元勤讀古人書，擅長文字、音韻、訓詁等學問，憑他的道德和才學，早就應該得到朝廷的重用了。可是由於他家裏多財，官場上的人怕推薦了王參元會被說是接受了賄賂，所以，王參元始終不能「出群士之上」，沒法在朝廷得到官職。就連柳宗元自己也不能免俗，雖擔任「天子近臣」，也怕別人「竊笑」，沒敢推薦王參元做官。如今一場大火，燒掉了王家的財產，卻也讓王參元擺脫了多財的拖累，官場中人再推薦王參元也就沒有顧慮了。這才是柳宗元賀王參元的真正原因。

最後，柳宗元引顏回、曾參的故事，再次勉勵王參元，大火雖然燒光財物，但是，「君子憂道不憂貧」，對於志在求道的君子來說，物質上的匱乏又算得了什麼呢？

從〈叔向賀貧〉到〈賀進士王參元失火書〉，我們可以看出兩篇文章在思維邏輯上的一致性。可以說，二者使用的都是「叔向賀貧」式的思維。這種思維的最大特點就是具有極強的超越性，即不讓人完全陷於當下的利害與悲喜，而是在面對現實的同時又超越現實，用更多維的視角去尋求突破困局、提升境界的新路徑。概括地說，這種超越性思維的特點就是：看人不僅要看其當下，還要看其過去，並由其過去和當下去大體上預測他的未來；看事不僅看現在的局面，還要考察造成這種局面的原因及事情未來的發展趨勢。處順境，我們要戒驕戒躁，不可盛氣凌人、飛揚跋扈；處逆境，我們要堅韌頑強，不可一蹶不振、自暴自棄。總之，要保持平常心。心態調整好了，身處順境時內不生傲慢之心，外不逞跋扈之態，這樣便可少得罪人，少埋禍根，進而「達則兼及天下」，廣結善緣，如此，方可種善因得善果。而在逆境中，良好的心態也能幫助我們發現機會、把握機會，從而轉禍為福。這種既現實又超越的思維模式，可以說是中國古人生命智慧的一種最核心的體現。

到了宋代，范仲淹在〈岳陽樓記〉中稱：「不以物喜，不以己悲，居廟堂之高則憂其民，處江湖之遠則憂其君」，這種「先天下之憂而憂，後天下之樂而樂」的情懷正是將這種超越性思維發揮到了極致，它完全將個人的成敗悲喜置之度外，而以天下人的憂樂為依歸，這樣的思想境界，完全沒有了自私自利的想法，實乃聖賢境界。

附錄一〈叔向賀貧〉——《國語》

叔向見韓宣子[一]，宣子憂貧，叔向賀之。宣子曰：「吾有卿之名[二]，而無其實，無以從二三子，吾是以憂，子賀我何故？」

對曰：「昔欒武子無一卒之田[三]，其官不備其宗器，宣其德行，順其憲則，使越于諸侯，諸侯親之，戎、狄懷之，以正晉國，行刑不疚，以免於難。及桓子[四]，驕泰奢侈，貪慾無藝，略則行志，假貨居賄，宜及於難，而賴武之德，以沒其身，及懷子[五]，改桓之行，而修武之德，可以免於難，而離桓之罪，以亡於楚。夫郤昭子[六]，其富半公室，其家半三軍，恃其富寵，以泰于國，其身尸於朝，其宗滅於絳[七]。不然，夫八郤五大夫三卿[八]，其寵大矣，一朝而滅，莫之哀也，惟無德也。今吾子有欒武子之貧，吾以為能其德矣，是以賀。若不憂德之不建，而患貨之不足，將吊不暇，何賀之有？」

宣子拜，稽首焉，曰：「起也將亡[九]，賴子存之。非起也敢專承之，其自桓叔以下嘉吾子之賜。[十]」

注釋

一 叔向：晉國大夫。韓宣子：晉國正卿韓起。
二 卿：天子、諸侯之下的高級官員。
三 欒武子：欒書，韓國的上卿。
四 桓子：欒武子的兒子欒黶。
五 懷子：欒黶的兒子欒盈。
六 郤昭子：晉國的正卿。
七 宗：宗族。絳：晉國的故都，在今山西省翼城縣東南。
八 八郤：郤氏家族的八個人。五大夫：郤文、郤豹、郤芮、郤縠、郤溱五人都當了晉國的大夫。三卿：郤錡、郤犨、郤至三個皆為晉國正卿。
九 起：韓起自稱。
十 桓叔：韓起的祖先。嘉：贊許、感謝之意。

附錄二 〈賀進士王參元失火書〉——柳宗元

得楊八書[一]，知足下遇火災，家無餘儲。僕始聞而駭，中而疑，終乃大喜，蓋將吊而更以賀也。道遠言略，猶未能究知其狀。若果蕩焉泯焉而悉無有[二]，乃吾所以尤賀者也。

足下勤奉養，樂朝夕，惟恬安無事是望也[三]。今乃有焚煬赫烈之虞[四]，以震駭左右，而脂膏滫瀡之具[五]，或以不給，吾是以始而駭也。

凡人之言皆曰：盈虛倚伏，去來之不可常。或將大有為焉，乃始厄困震悸，於是有水火之孽，有群小之慍，勞苦變動，而後能光明，古之人皆然，斯道遼闊誕漫[六]，雖聖人不能必是必信，是以中而疑也。

以足下讀古人書，為文章，善小學[七]。其為多能若是，而進不能出群士之上[八]，以取顯貴者，蓋無他焉。京城人多言足下家有積貨，士有好廉名者，皆畏忌不敢道足下之善，獨自得之，心蓄之，銜忍而不出諸口，以公道之難明，而世之多嫌也。一出口，則嗤嗤者以為得重賂。

僕自貞元十五年，見足下之文章，蓄之者蓋六七年，未嘗言；是僕私一身而負公道久矣，非特負足下也。及為御史、尚書郎[九]，自以幸為天子近臣，得奮其舌，思以發明足下之鬱塞；然時稱道於行列，猶有顧視而竊笑者。僕良恨修己之不亮，素譽之不立，而為世嫌之所加，常與孟幾道[十]言而痛之。乃今幸為天火之所滌蕩，凡眾之疑慮，舉為灰埃。黔其廬，赭其垣，以示其無有；而足下之才能，乃可以顯白而不污；其實出矣，是祝融回祿之相吾子也[十一]。則僕與幾道十年之相知，不若茲火一夕之為足下譽也。宥而彰之，使夫蓄於心者，咸得開其喙；發策決科者，授予而不慄。雖欲如向之蓄縮受侮，其可得乎！於茲吾有望於子，是以終乃大喜也。

古者列國有災，同位者相吊。許不吊災，君之惡之[十二]。今吾之所陳若是，有以異乎古，故將吊而更以賀也。顏曾之養[十三]，其為樂也大矣，又何闕焉[十四]！

注釋

一 楊八：楊敬之，排行老八，故稱楊八。
二 蕩焉：一乾二淨。泯焉：盡。
三 恬：安靜舒適。
四 煬：火勢燒得很旺。赫烈：火勢很猛。
五 脂膏：油脂。滫瀡：古代烹調方法，用植物澱粉拌和食品，使其柔滑。
六 誕漫：沒有邊際。
七 小學：漢代兒童入學先學文字學，故稱文字學為小學，後泛指文字、音韻、訓詁方面的學問。
八 進不能出群士之上：王參元雖然有才華，但沒有人稱道推舉他出來做官，所以柳宗元這麼說。
九 御史、尚書郎：皆官名。貞元十九年（西元八〇三年），柳宗元任監察御史裏行。貞元二十一年（西元八〇五年）順宗即位，王叔文當政，柳宗元被任命為禮部員外郎，掌管尚書箋表。這封信就寫於此年。
十 孟幾道：孟簡，字幾道。
十一 祝融：帝嚳時代掌管火的官員，後世尊為火神。回祿：祝融之後又有吳回、祿終相繼做掌管火的官員，並被後世尊為火神。
十二 許不吊災，君之惡之：魯昭公十八年（西元前五二五年），宋、衛、陳、鄭四國發生火災，諸侯都來慰問，只有許國不來慰問，陳國自己不進行救災，人們就此判斷：許、陳兩國不久就會滅亡。
十三 顏曾之養：顏，顏回；曾，曾參。兩個人都很貧窮，但兩個人是古代著名的孝子。
十四 闕：同缺。

「正蒙難，法授聖，化及民」
——從柳宗元〈箕子碑〉談起

《論語・微子》說：「微子去之，箕子為之奴，比干諫而死。孔子曰：殷有三仁焉。」微子、箕子、比干三人之所以被孔子譽為「殷之三仁」，最重要的一點就是他們不肯同流合污。面對殘暴無道的商紂王，他們都以自己的方式做出了反抗，微子辭官隱居，箕子裝瘋為奴，被商紂王囚禁，比干以死上諫，被商紂王剖心。這三個人之中，比干在今天的知名度最高，他的故事婦孺皆知，而微子和箕子的知名度就要差許多。可是在古代，他們同為「殷之三仁」，均受到後人的高度尊重。唐朝著名的文學家就寫過〈箕子碑〉，高度評價箕子的一生。

箕子是商紂王的叔父。他為人正直且有才能，官至太師，輔佐朝政。佐政之時，他見到商紂王進餐時用象牙筷子，就感到商朝的前景不妙。他慨歎：「彼為象箸，必為玉杯。為玉杯，則必思遠方珍怪之物而禦之矣，輿馬宮室之漸自此始，不可振也」。意思是說，用了象牙筷子就會想著用玉做的杯子，用了玉杯，裏面就不能放粗茶淡飯，一定會想著山珍海味，吃了山珍海味，出行的輿馬、居住的宮室也必然跟著升級。奢侈腐化的風氣一蔓延，國勢就很難振興了。

箕子的推斷一點都沒錯，商紂王越來越奢靡，他旦夕酒作樂，不理政。商紂王的哥哥微子是一個賢人，他勸諫商紂王，商紂王不聽，他就辭官，離開了朝廷。箕子繼續勸諫，商紂王依然不聽。有人勸箕子也離去，箕子說：「為人臣，諫不聽而去，是彰君之惡而自悅於民，吾不忍也」。於是箕子便披髮佯狂為奴，隨後隱居，經常鼓琴以抒發自己的悲涼之情。商紂王見此，以為箕子真瘋了，就將他囚禁起來。

後來，周武王滅商建周，下令釋放箕子，並向箕子諮詢治國之道。箕子向周武王詳細地闡述了明君治理國家的原則、方法。因為箕子曾是商朝的貴族，不願作周的臣民，「武王乃封箕子與朝鮮，而不臣也。」

就這樣，箕子帶著一批商朝遺老東渡到朝鮮，創立了箕子王朝，教化那裏的百姓，朝鮮半島的文明歷史由此開始。直到今天，朝鮮平壤尚存箕子陵。據說今天的朝鮮人喜愛白色的風俗，即是商代尚白之遺韻。

在古代，箕子曾被譽為「中華文化第一子」，因為他的思想上承大禹，下啟周公，是後來儒家文化的前驅。地位如此崇高，後代對其祭祀亦在情理之中。唐代在朝歌（今河南淇縣）南闢建箕子廟，文學家柳宗元撰寫碑文紀念箕子，這便是有名的〈箕子碑〉。

面對箕子「中華文化第一子」的崇高地位和孔子「殷有三仁」的既定評價，柳宗元要想把這篇碑文寫出新意，寫成名篇，那是很有難度的。你不能光說箕子「偉大，偉大，就是偉大」，也不能把箕子的事蹟再複述（哪怕複述時用的是最時髦的網路語言）一篇就交差。柳宗元不愧為文章大家，他一開頭就為箕子偉大的一生進行了簡練而恰當的概括：「凡大人之道有三：一曰正蒙難，二曰法授聖，三曰化及民。殷有仁人曰箕子，實具茲道以立於世，故孔子述六經之旨，尤殷勤焉。」意思是說，偉大人物立身處世之道體現在三個方面：一是堅持正義，為此即便承受危難也在所不惜；二是建立法度，將治理天下的正確理念傳授給聖明的君主；三是推行仁德，教化百姓。殷朝有位賢人叫箕子，確實具備這三方面的德行，因此孔子在概述「六經」要旨的時候，對他特別重視。

接下來，柳宗元就圍繞著「正蒙難，法授聖，化及民」這三條來展開文章，評述箕子。他說，在商紂王統治之時，大道背棄，政治混亂，正直人士的言論完全不被採用，像比干那樣拼死進諫，確實是一種「仁」了。但是，這種做法對自己和國家都沒好處，因此箕子不這樣做；像微子那樣，通過隱居和委身周朝以保存自己宗廟的奉祀，也是一種「仁」了，只是這有參與滅亡自己國家的嫌疑，所以他也不忍心去做。上述這兩種辦法，已經有這樣做的人了，因此箕子便保持自己清醒的頭腦，適應混亂的世道；隱藏自己的見解和主張，在囚犯奴隸中受屈辱；貌似糊塗卻不去做邪惡之事，形同柔弱而卻自強不息。故而在《易》中說：箕子能夠韜光養晦，善於應付為難。這便是箕子堅持正義、敢於蒙受危難的品行啊。等到周朝建立，天命更改了，人民得到了安定的生活，箕子便向周武王獻出治國的正確理念，他因此成為聖君的老師，周朝的人們因此能夠順應天地的常理以建立倫理道德。所以《書經》中說：「武王滅商後，召回箕子，完成了《洪範》。」這便是將治理天下的法則傳授給了聖明的君主啊。等到被封在朝鮮，箕子推行道義來教育百姓，使德行不再鄙陋，使外夷變為華夏，這便是教化人民啊！所有這些崇高的品德，都集中在箕子的身上，天地變化發展，他都能獲得其中的正道，箕子難道不是偉大的人嗎？

至此，柳宗元圍繞著「正蒙難，法授聖，化及民」的三個方面進行了深刻的闡述，誠可謂言近指遠。文章最後說，當那周朝的時運尚未到來、殷朝宗廟的香火還沒滅絕之際，比干已經死掉了，微子也已離去了，假如商紂王還不到惡貫滿盈便自己死了，他的兒子武庚繼位，要改變商紂王殘暴的做法，力圖保存商朝的社稷。假使這樣，國中要是沒有箕子這樣的賢人，誰和武庚一起使國家復興並加以治理呢？這也是人事發展的一種可能性啊。如此看來，箕子能忍辱含屈到這種地步，是不是正有這方面的考慮呢？這一段文字，通過假設歷史發展的一種可能，把箕子沒有體現出的一種偉大也提及了。也就是說，即便歷史不是武王滅商，而是商朝繼續發展，只要紂王死掉，新的執政者想使人民安定、國家昌盛，箕子的「正蒙難」就是有價值的——他還可以幫助新君治理國家。可以說，箕子的隱忍，恰恰就是為了等待「法授聖，化及民」的機會。至此，柳宗元不但將箕子的一生歸納為「正蒙難，法授聖，化及民」三個方面，而且還將三者之間的關係做了極好的闡釋；他不僅歌頌了箕子在歷史中體現出來的豐功偉績，而且還將箕子在另一種歷史可能中的良苦用心也表達了出來。這樣的碑文，立意高遠，構思別致，想不成為名篇幾乎都不可能。

附錄 〈箕子碑〉——柳宗元

凡大人之道有三：一曰正蒙難，二曰法授聖，三曰化及民。殷有仁人曰箕子[一]，實具茲道以立於世，故孔子述六經之旨，尤殷勤焉。

當紂之時，大道悖亂，天威之動不能戒，聖人之言無所用。進死以並命[二]，誠仁矣，無益吾祀[三]，故不為。委身以存祀[四]，誠仁矣，與亡吾國，故不忍。具是二道，有行之者矣。是用保其明哲，與之俯仰；晦是謨範，辱於囚奴；昏而無邪，隤而不息[五]；故在易曰「箕子之明夷」[六]，正蒙難也。及天命既改，生人以正，乃出大法，用為聖師。周人得以序彝倫而立大典[七]；故在書曰「以箕子歸作《洪範》」[八]，法授聖也。及封朝鮮，推道訓俗，惟德無陋，惟人無遠，用廣殷祀，俾夷為華[九]，化及民也。率是大道，叢於厥躬[十]，天地變化，我得其正，其大人歟？

嗚呼！當其周時未至，殷祀未殄[十一]，比干已死，微子已去，向使紂惡未稔而自斃[十二]，武庚念亂以圖存[十三]，國無其人，誰與興理？是固人事之或然者也。然則先生隱忍而為此，其有志於斯乎？

唐某年，作廟汲郡[十四]，歲時致祀，嘉先生獨列於易象，作是頌。

注釋

一 箕子：商朝末年的貴族，名胥餘，是商紂王的叔父。官至太師，封於箕（今山西太谷東北），故名箕子。因勸諫商紂王被囚禁。周武王滅商後將他釋放，他向武王陳述了治理國家的理念，對周朝初年的政治起了很大的作用。後來被周武王封到朝鮮。

二 進死以並命：指比干的事蹟。比干是商紂王的叔父，官至少師，因擔心國家危亡而多次進諫，最後被商紂王剖心而死。並：一同。

三 祀：祭祀。上古把祭祀看作是關係國家命運的大事，祭祀斷絕就意味著國家滅亡。

四 委身以存祀：指微子的事蹟。微子：名啟，是商紂王的庶兄，封於微（今山東梁山西北）。他預見到商朝將要滅亡，便逃走了。周武王滅商後，他降周。後被封於宋，奉殷朝的祭祀。

五 隤：墮落。

六 明夷：《易經》中的卦名。明：光明；夷：傷害。明夷卦指光明受到了傷害，比喻君子遭遇了困境，隱退了。「箕子之明夷」意思是說：箕子遇上了商紂王這樣的暴君，還能堅守正直的操守，自強不息，以待來時。

七 序：次序。彝倫：天地和人間的常理。

八 《洪範》：《尚書》的篇名，傳說是箕子向周武王陳述的「天地之大法」。洪：大；範：規範，法度。《尚書‧序》中稱：「武王勝殷，殺受，立武庚，以箕子歸，作《洪範》。」

九 俾：使。夷：我國古代對東方各民族的泛稱。朝鮮在東方，所以也稱「夷」。

十 厥：其，他，在這裏指箕子。躬：身。

十一 殄：滅絕。

十二 稔：本義為莊稼成熟，此處作「積滿」解。

十三 武庚：商紂王的兒子。周武王滅商後，曾封他奉殷祭祀。武王死後，成王年幼，周公旦輔政，武庚與管叔、蔡叔勾結，發動叛亂，被周公誅殺。

十四 汲郡：地名，在今河南汲縣。

徐元慶復仇案引發的文化論爭

——由柳宗元〈駁復仇議〉看中國古代的禮法之爭

唐武則天當政時期，同州下邽（今陝西渭南縣）發生了一件復仇案。徐元慶之父徐爽被下邽圭縣尉趙師韞枉法殺害。後趙師韞升為御史，徐元慶則更姓改名，在驛站充當僕役，伺機復仇。後來，趙師韞恰好住在這個驛舍中，徐元慶趁機親手殺死了他，隨後，投案自首。

這是一起典型的血親復仇案。中國古代的官員最害怕審理這樣的案子，原因就在於這類案件中牽涉禮與法的衝突。若從儒家「禮」的精神出發，為父報仇是一種大孝，應該予以獎勵。可是，擅自殺人是公然挑戰法律權威的行為，非但不能鼓勵，反而要嚴厲打擊。

怎麼辦？很多官員都感到困惑。

一

其實，血親復仇的案子唐朝以前就出現過很多起，只是人們對這類事件的心態一直很糾結。

在原始社會時期，血親復仇是被認可的行為，即被傷害人可以去找他的仇家復仇，即使受害者本人復仇不成，其家屬和族人也有替他復仇的義務。在這個時期，一旦一個人被殺死，那麼報仇的責任就天然地落到了他的子女和族人頭上，報仇也就成了受害者子女和族人的神聖義務。為此，《周禮》中對報仇之事做了種種規定。報仇有法定的手續，只要事先向專管報仇事務的官員登記仇人的姓名，之後再將仇人殺死便可無罪。同時還規定，復仇只以一次為限，不可反復尋仇。

以後，法律逐漸發達，生殺予奪的大權被國家收回，私人便不再擁有擅自殺人的權利了。法學家瞿同祖考證說：「至少在西漢末年就已經有禁止復仇的法令……以防止惡風滋長。」可是，中國人復仇的觀念和習慣根深蒂固，私自復仇的風氣一直很盛，類似徐元慶這類的案件不斷出現，許多人寧可挺身受刑，也決不肯放棄復仇而背不孝之名。「殺父之仇，不共戴天」，中國古人對此深信不疑，並且以手刃仇人為信條。即便是文弱書生和足不出戶的閨秀也對這一點深信不疑。趙娥復仇案就是其中最典型的一個案例。

趙娥的父親被酒泉縣的惡霸李壽打死。趙娥的三個兄弟都想復仇，但李壽防範甚嚴。不久兄弟三人同時死於一場瘟疫。聽說趙家的男丁已經全部死掉之後，李壽甚喜，大宴賓客，說趙氏只剩一個弱女子，不足為憂。

趙娥悲憤交加，立志要為父報仇。她上街買來一把刀，天天在家裏磨刀，準備復仇。

李壽聽說趙娥要報仇，就天天騎馬帶刀，時時加以堤防。

李壽素來兇悍，鄰里都怕他。所以就有鄰居勸趙娥：「你一個纖纖弱女，怎麼鬥得過那個惡霸？不如就此算了吧。或者，不如用重金雇傭一個殺手去把他幹掉……」

趙娥說：「殺父之仇，不共戴天！如果大仇不報，我活著還有什麼意義？再說，為父報仇，這純屬做兒女的責任，又怎麼能請他人幫忙呢？」於是，仍夜裏磨刀，白天乘坐鹿車，尋找報仇的機會。

東漢靈帝光和二年（西元一七九年）的一天，趙娥終於遇見了李壽。她下車衝上前去，揮刀狂砍。李壽的馬被砍傷，受驚，將李壽摔了下來。趙娥「就地斫之」，結果刀砍到一棵樹上，因用力過猛，折斷了。此時李壽已受傷，趙娥想奪他身上的佩刀，李壽「護刀大呼，跳樑而起」。

就在此時，趙娥撲上去用手扼住了李壽咽喉，反覆盤旋。

李壽終於倒地。趙娥拔出李壽佩刀，將李壽頭顱割下，然後，「詣縣自首」。

縣令尹嘉聽明白事情的來龍去脈後，十分欽佩趙娥，但同時也感到很犯難。依照國法，「殺人者死」，這女子顯然是一名應受到法律懲罰的犯罪之人。但若按照儒家的經典教義，「殺父之仇，不共戴天」，「父不受誅，子復仇可也」，那麼眼前這位為父報仇的弱女子就是一名大智大勇、為民除害的孝女。怎麼辦？經過激烈的思想鬥爭，這位縣官最後做出了一個出人意料的決定——他解下隨身攜帶的官印，辭官而去，為的就是拒絕受理此案。同時他還暗示趙娥趕快逃走。

可是趙娥不肯，她說：「怨塞身死，妾之明分，結罪理獄，君之常理，何敢偷生以枉公法？」意思是說，為父報仇，是我的義務。犯罪當罰，是天子的治國之理。現在仇人已死，我請求縣官大人按照法律來處罰我，以維持國法的威嚴。」這番大義凜然的話，簡直就像一聲驚雷，震得所有在場的人無不動容。

那位尹縣令愈發佩服趙娥，乾脆把官印往縣尉的手裏一塞，掉頭便走。那位縣尉一時也不知該如何是好，於是，恭恭敬敬地把趙娥接到自己家中住下，並將此案緊急上報郡守，請上司定奪。

接到下屬的報案後，酒泉郡守和涼州刺史反覆斟酌，聯名向朝廷上了一封奏章，奏章的大意是：考慮到儒家有「百善以孝為先」的教誨，而且，聖朝也「以孝道治天下」，而趙娥為父報仇又是大孝之事，所以，請求皇帝法外施恩，赦免這名孝女的死罪。漢靈帝讀了這份奏章之後，頒下了一道聖旨，不僅免去了趙娥的死罪，還封趙娥為「孝女」、「烈女」，以示褒獎。

至此，趙娥復仇案以皆大歡喜的方式解決了。的確，惡霸被殺，大快人心；孝女復仇，心願已了；縣令寧可辭職都不肯判趙娥的罪，充分顯示了司法官員對孝行的高度認同。更關鍵的是，皇帝法外開恩，通過行使「特赦權」來表彰孝行，方方面面都符合中國人的情感取向和心理期待。也許正因如此，趙娥被記入《烈女傳》，成了孝女和烈女的典型。

二

接下來的問題是，既然歷史上有東漢趙娥復仇案，那麼唐朝的徐元慶復仇案只要比照處理不就行了嗎？

這也是當時朝中很多人的意見。他們認為徐元慶為父報仇是大孝，理應赦免他的罪。這表明，自漢至唐，很多官員都是認同「禮」高於認同「法」的，當「禮」與「法」發生衝突的時候，他們寧可讓「法」屈從於「禮」，也不願意讓「禮」屈從「法」。因為「禮」代表著儒家的治國理念，是「修齊治平」的大根大本，而「法」不過是治理國家的一種手段而已。孔子曾說：「道之以政，齊之以刑，民免而無恥；道之以德，齊之以禮，有恥且格。」意思是說，用行政命令來引導，用刑罰來約束，老百姓雖能避免犯罪，但沒有了羞恥之心；若用道德來引導，用禮義來約束，百姓有羞恥心的同時也很規矩。可見，在儒家的思想體系中，「禮」的價值從來都是高於「法」的。

儒家的這種文化價值取向深深地影響了中國的古代法律。在《中國法律與中國社會》一書中，瞿同祖就明確指出，中國古代法律的一個鮮明特色就是「禮法合一」。儒家和法家兩種思想曾在春秋戰國時期相互競爭、相互影響，漢代以後的結果是，儒家仍高舉道德教化的旗幟，但也不反對用法律來作為治理國家的工具。同時，儒家官員把握立法和執法的機會，把「禮」的原則和精神滲透到法律之中，從而達到了「以禮入法」的目的，最後，儒家的禮（道德）所容許的，即法律所容許的，儒家道德所禁止的，即法律所禁止的。明乎此，我們也就理解了趙娥復仇案中的縣令尹嘉，理解了他掛印辭職這一舉動背後的文化選擇。

可有趣的是，當時的唐朝有位才子，叫陳子昂。他認為總是讓「法」屈從於「禮」也不妥——長此以往，會搞得法律沒有尊嚴。於是，身為左拾遺的他寫了一篇文章〈復仇議狀〉，文中提出了一個建議：對徐元慶應依法判處死刑，然後再在他的家鄉對他為父報仇的孝行予以表彰。這個建議一提出，大家都說好，因為他既維護了「法」的權威，也兼顧了「禮」的精神。於是，徐元慶被判死刑，而陳子昂的建議則被編入律令，成了日後判決此類案件的理論依據。

三

七十多年之後，柳宗元讀到了徐元慶復仇案的有關記述及陳子昂的〈復仇議狀〉，他感到陳子昂的建議自相矛盾，違背禮法，遂寫下了〈駁復仇議〉一文。

柳宗元說：「禮之大本，以防亂也。昔日無為賊虐，凡為子者殺無赦。刑之大本，亦以防亂世。若日無為賊虐，凡為治者殺無赦。其本則合，其用則異，旌與誅莫得而並焉。誅其可旌，茲謂濫，黷刑甚矣；旌其可誅，茲謂僭，壞禮甚矣。果以是示於天下，傳於後代，趨義者不知所以向，違害者不知所以立，以是為典，可乎？」意思是說，「禮」的根本作用，是用以防止暴亂。按照「禮」的規定，凡是做兒子的不應復仇而復仇的，要處以死刑而不能赦免。「刑」的根本作用，也是用以防止「暴亂」的，按照「刑」的規定，官吏不許殘殺無辜。凡是殺害無辜之人的官吏，也要被處以死刑而不能赦免。「禮」與「刑」的本質是相同的，因此，表彰和懲處是不能同時運用到一件事情上的。懲辦應當表彰的，這就叫濫殺，是嚴重褻瀆刑法的尊嚴；表彰應該懲處的，這就叫錯賞，是嚴重破壞禮儀的規範！如果以這種做法來宣示天下百姓，傳給後代子孫，那麼，追求正義的人就弄不清前進的方向了，避免禍患的人就不知怎麼處世了，用這樣的建議來作為國家的法典，怎麼可以呢？

然後，柳宗元針對徐元慶復仇案做了具體分析。若徐元慶的父親沒有犯下違背國法的罪行，趙師韞卻殺害了他，那趙師韞就是濫殺無辜，而州裏的長官不去追究趙師韞的罪行，這就是官員上下包庇。在這種情況下，徐元慶手刃仇人，這正是遵守「禮」而實行「義」啊。若真是這種情況，執政的官員向徐元慶道歉還來不及，又怎麼能去處死他呢？如果說徐元慶的父親確實有罪，那麼趙師韞對他的誅戮就不違背國法。這樣，徐元慶的父親就不是死在官吏的手中，而是死於國法。國法難道可以仇視嗎？仇視天子的法令，而殺害奉行法令的官吏，這是犯上作亂啊。如果是這種情況，逮捕徐元慶並處以死刑，正是用以明正國法，又怎麼能表彰他呢？

柳宗元提出，針對血親報仇的案子，應該援引《春秋・公羊傳》中的理論來斷案，即「父不受誅，子復仇可也；父受誅，於復仇，此推刃之道，復仇不除害。」也就是說，父親沒有犯罪或罪不當誅而被殺，兒子報仇是可以的；父親的罪該當誅而被殺，兒子就不該報仇，若仍然報仇，就是冒犯國法。「今若取此以斷兩下相殺，則合於禮矣。」根據這個原則來斷案，就合乎禮法了。

柳宗元覺得徐元慶被判死刑是冤枉的，他說：「且夫不忘仇，孝也；不愛死，義也。元慶能不越於禮，服孝死義，是必達理而聞道者也。夫達理聞道之人，豈其以王法為敵仇者哉？議者反以為戮，黷刑壞禮，其不可以為典，明矣！」意思是說，徐元慶不忘父仇，是孝；不惜一死，是義。他是一個通曉大義、明白事理的人，這樣的人怎麼會仇視國法呢？反而是陳子昂主張將其處死的做法褻瀆了刑法，敗壞了禮義。在這裏，柳宗元側重說明官吏違法殺人應當受到懲處，而對老百姓反抗暴虐官吏的行為則予以了支持。

最後，柳宗元說，以後審判此類案件不該再照著陳子昂的建議去判了，而應該照著我的建議去判。所以，我請求把我的這篇文章附在相關法律條文之後。

柳宗元的文章實際上提出了審判血親復仇案的總原則，即若復仇本身合乎「禮」，那就應該合「法」，就該獎勵，若復仇本身不合「禮」，那它也就不合「法」，就該受到懲罰。這實際上是儒家「以禮入法」思想觀念的再一次強調：若「禮」與「法」在具體的案件中發生了衝突，那麼調和這種衝突的總原則依然是「禮」，合「禮」就合「法」，不合「禮」就不合「法」。「禮」始終應該是法律實踐的精神起點和現實歸宿，由此，中國古代法律的儒家化特點異常鮮明地凸現了出來。

四

中國古代的「禮法之爭」說到底是儒家思想與法家思想相互競爭、融合之後形成的一種文化現象。隨著現代法律體系的建立和依法治國原則的確立，類似於徐元慶復仇案這樣的「禮法之爭」的案例已經極少了，但「禮法之爭」的過程以及中國古代法律「以禮入法」的特點，仍能給今人以思想啟迪，對今天的法治建設仍有借鑑意義。

首先，謹防對法律進行工具化的理解和利用。現代人動輒講「以法律為準繩」，看似法治觀念極強，實則有過度彰顯法律的工具化特徵（即能為我所用的特點），而忽略了對法律精神、法治觀念的深刻把握。現代法律的核心理念是倡導一種契約精神，並以此來維護一種公平、公開、公正的社會秩序，具體的法律條文和司法解釋都是為了實現這一目標而服務的。若與中國古代對照，現代的法律精神和法治觀念就是「禮」，而具體的法律條文和司法解釋才是「法」；再就法律本身而言，憲法是「禮」，憲法之外的其他法才是「法」。若在具體執法過程中發生法律條文互相打架的情況，我們依然應該以「禮」統攝「法」，即以法律精神和憲法來統轄具體的法律條文。

其次，對法律的尊重不僅體現在如何利用法律之中，更體現在對法治精神的精准把握和切實遵守之中。對今天的中國人而言，實用理性遠遠高於價值理性。這一點體現在對法律的理解和利用上，就出現了一股庸俗化使用法律的風潮。包括一些官員和司法工作者在內，他們看中的其實是法律「有用」的特點，而不是法律精神的崇高和莊嚴。於是，當法律條文對他們開展工作或者維護自身利益有利時，他們就利用法律，如果法律條文對他們開展工作不利、不能為其爭取到現實利益，那麼他們就會踢開法律，另搞一套「潛規則」，或者是想方設法鑽法律的空子。這樣的一些人，看似很懂法，其實是對法律原則和法治精神的嚴重踐踏。比如運動式執法，表面上看，當政者是在用法律武器懲治邪惡，剷除社會毒瘤，可實際上，此時當政者和執法者最看重的是「運動」，是「政績」，而不是法律本身。法律在此時已然喪失了它應有的尊嚴而淪落為某些人打擊異己勢力的工具。以古代的「禮」「法」對照，我們可以說，現代法律之所以會失去應有的尊嚴，就在於它失去了類似於古代的「禮」的那種東西——若沒有相當恒定的法律精神作依託，具體的法律條文其實是極容易在司法實踐中「被走形」的。這些年來，人們對司法腐敗的批評之聲從未斷絕，這其中的一個很大的原因，不在於執法者對法律條文不熟，而在於人們（從官員到民眾，從執法者到違法者）對法治精神的信奉不夠，對法律靈魂的尊重不夠。

回到中國古代，從孔子到柳宗元，他們之所以反復強調「禮」高於「法」，並最終達到了「以禮入法」的目的，其深意就是要維護一種恒定的精神理念。若換成現代思維，這種相對恒定的精神理念，其實就是法律的高貴靈魂。今天我們念茲在茲地提倡法治，最該倡導和普及的，不就對法律靈魂的高度認同和心悅誠服的尊重嗎？

提倡真正的法治觀念，最重要的就是要讓法律有高貴的靈魂，而且，在法律高貴的靈魂面前，任何權力都應學會卑微而且必須卑微。什麼時候，提到法律，從官員到民眾，心中升起的第一個念頭是遵守而不僅僅是利用，這個時侯，法律才算擁有了它應有的尊嚴。

附錄 〈駁復仇議〉——柳宗元

臣伏見天后時[一]，有同州下邽人徐元慶者[二]，父爽為縣尉趙師韞所殺[三]。卒能手刃父仇，束身歸罪。當時諫臣陳子昂建議誅之而旌其閭[四]，且請編之於令，永為國典[五]。臣竊獨過之。

臣聞禮之大本，以防亂也。昔日無為賊虐，凡為子者殺無赦[六]。刑之大本，亦以防亂世。若日無為賊虐，凡為治者殺無赦。其本則合，其用則異，旌與誅莫得而並焉。誅其可旌，茲謂濫，黷刑甚矣[七]；旌其可誅，茲謂僭[八]，壞禮甚矣。果以是示於天下，傳於後代，趨義者不知所以向，違害者不知所以立，以是為典，可乎？

蓋聖人之制，窮理以定賞罰，本情以正褒貶，統於一而已矣。嚮使刺讞其誠偽[九]，考正其曲直，原始而求其端，則刑禮之用，判然離矣。何者？若元慶之父，不陷於公罪[十]；師韞之誅，獨以其私怨。奮其吏氣，虐於非辜，州牧不知罪，刑官不知問，上下蒙冒，籲號不聞。而元慶能以戴天為大恥[十一]，枕戈為得禮[十二]，處心積慮，以衝仇人之胸，介然自克[十三]，即死無憾，是守禮而行義也。執事者宜有慚色，將謝之不暇，而又何誅焉？其或元慶之父，不免於罪，師韞之誅，不愆於法[十四]。是非死於吏也，是死於法也。法其可仇乎？仇天子之法，而戕奉法之吏，是悖驁而凌上也[十五]。執而誅之，所以正邦典，而又何旌焉？

且其議曰：「人必有子，子必有親，親親相仇，其亂難救？」是惑於禮也甚矣！禮之所謂仇者，蓋以冤抑沉痛，而號無告也；非謂抵罪觸法，陷於大戮。而曰「彼殺之，我乃殺之」，不議曲直，暴寡脅弱而已。其非經背聖，不亦甚哉！周禮：「調人掌司萬人之仇，凡殺人而義者，令勿仇，仇之則死。有反殺者，邦國交仇之。」又安得親親相仇也？《春秋•公羊傳》曰：「父不受誅，子復仇可也；父受誅，子復仇，此推刃之道[十六]，復仇不除害。」今若取此以斷兩下相殺[十七]，則合於禮矣。

且夫不忘仇，孝也；不愛死，義也。元慶能不越於禮，服孝死義，是必達理而聞道者也。夫達理聞道之人，豈其以王法為敵仇者哉？議者反以為戮，黷刑壞禮，其不可以為典，明矣！

請下臣議附於令，有斷斯獄者，不宜以前議從事，謹議。

注釋

一 伏：古代臣子見皇帝，必須跪著俯伏，不敢直視，因此在奏摺中常用「伏」字，以示敬畏。天后：指武則天。

二 同州：州名，在今陝西省大荔縣。下邽：縣名，在今陝西渭南縣東北，在當時屬同州。

三 趙師韞：曾為下邽縣尉，枉法殺死徐元慶的父親，後升為御史。徐元慶改變姓名，在驛站做傭人，乘趙師韞住宿時殺之，然後去官府自首。

四 陳子昂：（六六一－七〇二），字伯玉．梓州射洪（今四川射洪縣）人，唐初傑出詩人、文學家。二十四歲中進士，曾任右拾遺之職。旌其閭：指在徐元慶的家鄉立牌坊或賜匾額予以表彰。

五 國典：國法。
六 賊虐：行兇殺人。為子者：指被殺害者的兒子。
七 黷：濫用。
八 僭：越禮，越軌。
九 刺：偵察，調查。讞：判定，審定案件。
十 公罪：違犯國法的罪。
十一 戴天：共同生活在蒼天之下。語出《禮記・曲禮》：「父之仇，弗與共戴天。」
十二 枕戈：枕著武器睡覺。得禮：合乎禮。
十三 介然：堅強之貌。自克：自己約束自己。
十四 愆：違反。
十五 悖驁：逆亂傲慢，意即兇悍不馴，蔑視法紀。
十六 推刃：用刀子殺過來殺過去，指相互仇殺沒完。
十七 兩下：雙方。

勵志人生之歐陽修版
——〈瀧岡阡表〉為何能成為千古名篇

宋代文壇領袖歐陽修童年很不幸。他的父親是泰州判官，可惜在歐陽修四歲的時候就去世了，歐陽修是由母親和叔父養大的。因家貧買不起紙，他母親就用蘆葦在沙地上教他識字。後來仍沒錢買書來讀，就借別人的書來抄寫，據說他抄寫一遍之後即能將書背誦下來，他的叔父由此看到了家族振興的希望，對歐陽修的母親說：「嫂無以家貧子幼為念，此奇兒也！不唯起家以大吾門，他日必名重當世。」歐陽修叔父的判斷果然沒錯，歐陽修後來不僅考中了進士，而且還成了北宋的文壇領袖，蘇軾、蘇轍、王安石、曾鞏等著名散文大家皆出自他的門下。

北宋熙寧三年（西元一〇七〇年），六十四歲的歐陽修早已功成名就，他覺得是該了結一樁重要心願的時候了。於是他精心修改了十八年前起草的一篇墓表，並在自己主政的青州購得一塊墨綠色優質碑石（長六・三尺，寬二・八尺，厚〇・七尺），在其上刻下了這篇流傳千古的碑文——〈瀧岡阡表〉。

〈瀧岡阡表〉是一篇紀念父母恩德的文章，文章開頭從父親安葬六十年之後才立碑開始說起。一個人安葬六十年後才立碑，什麼原因？歐陽修解釋說：「非敢緩也，蓋有待也（我並不敢有意遲緩，是因為有所等待）。」

他等待什麼呢？等待自己的官位足夠高。按照北宋有關制度，對不同品階朝廷官員的祖先，皇帝將給予不同級別的封贈。這雖是一種榮譽稱號，但可在墓表或家譜中記載下來，亦有光宗耀祖之效。歐陽修所待的就是自己的官位盡可能高，以便能在父母的墓碑上刻下較高的榮譽稱號。

在封建社會，光宗耀祖絕不是一件單純的愛慕虛榮之事，從某種意義上說，祖先的榮光與自己的作為是合二為一的。一方面，只有自己官做得好，祖先才能跟著沾光（即便已經去世多年，墓碑上依然可以刻上皇帝的封贈）；另一方面，古人還相信，如果自己有德行，上蒼就一定會保佑自己的後代「有出息」。這種把自己和家族緊密地聯繫在一起的理論是中國「宗法社會」的一塊極其重要的文化基石。今天，我們當然可以批判封建宗法社會對個人的束縛，但我們同時也不得不承認，宗法社會中的家庭文化亦有懲惡揚善、催人奮發向上的積極效果，它的勵志功能可能比今天的某些勵志讀物更容易被人接受。原因就在於，這種理論把個人與祖先的榮耀、個人與後代的發展統統聯繫起來，這絕對比今人把成功僅看成是個人的「升官發財」更有吸引力和說服力。您若不信，就請看歐陽修是怎麼接受這種教育，然後又是怎麼成材的。

歐陽修幼年喪父，他母親立志守寡。支持她守寡的信心就是她堅信歐陽修日後能有「出息」，而這種判斷又來自她對歐陽修父親生前德行的確認。她對幼小的歐陽修說：「你的父親做官時十分廉潔，又喜歡施與別人。他的俸祿不多，也不刻意攢積起來，因為他曾說『不要讓錢財成為我的累贅。』所以他死後，家中沒有房產和土地可以作為我們生活的依靠。我倚仗什麼才能夠守寡呢？就因為我瞭解你父親的德行，然後判定，如果你繼承父志，日後一定會光大家業。」「汝孤而幼，吾不能知汝之必有立，然知汝父必將有後也。」意思是說：你當年是個孤兒，還太小，我不知道你一定能成才，但我知道你父親一定會有賢能的後人。

然後，歐陽修的母親就講述了她相信「汝父必有後」的根據。她說：「我嫁入你們歐陽家當媳婦時，你奶奶就已經過世了，我沒趕上侍奉她，可是我知道你的父親能夠孝養他的雙親。我剛嫁到你家時，你的父親脫去為母親所穿的孝服才一年，每逢年節祭祀時，他必定流淚說：『祭祀再豐盛再好，也不如生前微薄的奉養。』有時吃一頓好點的酒菜，又流淚說：『從前母親在時常常不夠，如今有餘，可是已經來不及孝養她了。』我起初看到一兩次，還以為他剛除喪才會這樣。但後來他常常如此，一直到死也從未間斷。雖然我趕不及侍奉你奶奶，但從這些事來看，我知道你父親是很會孝養他母親的。」歐陽修的父親能孝養父母，這是母親「知汝父必有後」的第一條根據。

母親「知汝父必有後」的第二點根據是父親為官時的德行。歐陽修的母親說：「你父親做官時，在夜裏點著蠟燭看案卷，他常常停下來歎氣。我問他，他就說：『這是一個判了死罪的案子，我想為他求得一條生路，卻辦不到。』我問：『可以為死囚找生路嗎？』他說：『想為他尋求生路卻無能為力，那麼，死者和我就都沒有遺憾了！經常為死囚求生路，還不免錯殺，可世上偏偏總有人想置犯人於死地呢？』」從這件事上，我們可以看出歐陽修的父親恪盡職守，發自內心地替犯人著想。所以歐陽修的母親說：「他在外面怎麼樣，我不知道，但他在家裏，從不裝腔作勢，他行事厚道，他的仁愛是發自內心的。他如此重視『仁』，我就知道你父親一定會有賢能的後代。你一定努力啊！奉養父母不一定要豐厚，最重要的是孝敬；利益雖然不能遍施於所有的人，重要是要存仁愛之心。我沒什麼可教你的，這些都是你父親的教誨。」

怎麼樣？看到歐陽修母親如此教子，您是不是很感動？歐陽修母親教子的事蹟直到今天還能這麼打動我們，那麼，你說她對歐陽修的激勵作用該有多強吧！

一個偉大人物的誕生，往往離不開良好的家庭教育。孟母三遷，培養出了聖人孟子，歐陽修的母親這樣教育孩子，歐陽修日後成了大文學家，這些絕不是偶然的。這些中國的傳統母親，心地純善，信念堅定，有著肯於犧牲、樂於奉獻的優秀品格。她們不懂得現代的教育方法，也不一定在學業上能對孩子提供多少指導，但是她們通過自己的言傳身教讓孩子樹立了一種正確的積極的人生觀和價值觀。僅這一點，就足夠了。現在的很多人也重視對孩子的教育，可是，很多家長的教育只是單一地對孩子用力，而不在提升自己的境界上下功夫。他們只要求孩子而不要求自己，只嘴說而不身體力行。這樣的教育，即便教育理念再先進，教育的「招法」再高明，其功效也難免大打折扣。

看看歐陽修的母親如何教子，我們今天做父母的人應該有所觸動。其實，扎扎實實地做好自己才是對孩子最好的教育——盡最大的努力成就自己，讓自己成為「一個高尚的人，一個純粹的人，一個有道德的人，一個脫離了低級趣味的人，一個有益於人民的人」（毛澤東語）。如此，才能給孩子做個好榜樣。

歐陽修接著就敘述了母親的美德。他母親姓鄭，出身江南望族，但她非常節儉，家道中落以後，她儉約持家，後來家境富裕了，也不許花費過多，她說：「我的兒子不能苟且迎合世人，儉約一些，才能度過可能要遭受的患難。」後來，歐陽修被貶夷陵，他媽媽言語自若，對歐陽修說：「你的家本來就貧賤，我已經習慣這種日子。你能習慣苦日子，我也能習慣。」

這樣的母子，相守以道，真是絕配呀。

敘述完父母的恩德之後，歐陽修才講述自己「有所待」的過程：父親死後二十年，歐陽修取得俸祿來供養母親。又過了十二年，位列朝臣，雙親獲得了皇帝的第一次封贈。又過了十年，他擔任龍圖閣直學士、尚書吏部郎中，留守南京。這一年，他母親因病逝世於官邸，享年七十二歲。又過了八年，他做了朝廷的副樞密使，進為參知政事（副宰相）。又過七年退休。因為官居高位，自北宋仁宗嘉佑年間以來，每逢國家大慶，皇帝都會對歐陽修的先祖加以封贈。最後，他的曾祖父累贈為金紫光祿大夫、太師、中書令，曾祖母累贈為楚國太夫人。祖父累贈為金紫光祿大夫、太師、中書令兼尚書令，祖母累贈為吳國太夫人。先父崇國公累贈為金紫光祿大夫、太師、中書令兼尚書令，先母累贈為越國太夫人。

歐陽修最後總結說：做善事總會得到好報，只是時間或遲或早而已。這是必然的道理。我先祖和父親積善有德，理應享有這種盛大的酬報。雖然他們在有生之年不能享受到，但是賜爵位、受封官，經表彰而光榮，因褒獎而崇大，具有三朝恩賞誥封，這也足以使其德行顯揚於後世，庇蔭支持子孫。於是排列我家世代的譜系，詳細刻在石碑上，接著又記下先父崇國公的遺訓，以及太夫人的教育，以及我有所待的原因。這些都寫在阡表上，好讓大家知道我德行淺薄，能力微小，只是適逢其時才能得到高位。我有幸保全大的原則，沒有辱及先祖，都由於上述的原因。這些話在今天看來可能有宣傳因果報應的嫌疑，但在當時，「善有善報，惡有惡報」是中國人普遍信奉的理論，也是中國傳統文化中的「主流意識形態」，實在無可厚非。

對於〈瀧岡阡表〉，後人評價甚高，將其與韓愈的《祭十二郎文》、袁枚的《祭妹文》一起列為三大經典祭文。從寫作技巧上看，此文亦有許多值得學習之處。由於歐陽修四歲喪父，他無法熟悉亡父的生平事蹟，但作者巧妙地採用了避實就虛、以虛求實、以虛襯實的寫作方法，通過母親的轉述來寫褒獎父親，同時順水行舟，也頌揚了母親的德行。這樣，父因母顯，母受父成，一碑雙表，渾然天成。誠如近代桐城派散文家、翻譯家林紓所說：「文為表其父阡，實則表其母節，此不待言而知。通篇主意，注重即在一『待』字，佐以無數『知』字，公雖不見其父，而自賢母口中述之，則崇公之仁心惠政，栩栩如生。」

可惜的是，這樣的好文章，中學、大學的語文教科書均未選入，實為憾事。我寫此文，一方面是為了推薦這篇千古名文，另一方面也希望今人能從歐陽修及其父母的身上得到關於教子、勵志的諸多啟迪。作為今人，如果我們要批判古人「光宗耀祖」及「善惡有報」的思想觀念，那實在是件很簡單的事，但是，我們能否設身處地，盡可能地回到「歷史現場」去想想呢？只有對古人抱有足夠的理解和尊重，我們才能從古人的身上學到真智慧。古人的局限是有他的原因的，是可以理解的，但他們的智慧卻可以穿越時空，繼續為我們今天的生活提供精神養分。對此，我們應該有足夠的認識。

附錄 〈瀧岡阡表〉[一]——歐陽修

嗚呼！惟我皇考崇公[二]，卜吉於瀧岡之六十年[三]，其子修始克表於其阡[四]；非敢緩也，蓋有待也。

修不幸，生四歲而孤[五]。太夫人守節自誓[六]，居窮，自力於衣食，以長以教[七]，俾至於成人。太夫人告之曰：「汝父為吏，廉而好施與，喜賓客。其俸祿雖薄，常不使有餘。曰：『毋以是為我累。』故其亡也，無一瓦之覆，一壟之植，以庇而為生。吾何恃而能自守邪？吾於汝父，知其一二，以有待於汝也。自吾為汝家婦，不及事吾姑[八]，然知汝父之能養也。汝孤而幼，吾不能知汝之必有立，然知汝父之必將有後也。吾之始歸也[九]，汝父免於母喪方逾年[十]，歲時祭祀，則必涕泣，曰：『祭而豐，不如養之薄也。』間御酒食[十一]，則又涕泣，曰：『昔常不足而今有餘，其何及也！』吾始一二見之，以為新免於喪適然耳。既而其後常然，至其終身未嘗不然。吾雖不及事姑，而以此知汝父之能養也。汝父為吏，嘗夜燭治官書，屢廢而歎。吾問之，則曰：『此死獄也，我求其生不得爾。』[十二]吾曰：『生可求乎？』曰：『求其生而不得，則死者與我皆無恨也，矧求而有得邪？以其有得，則知不求而死者有恨也。夫常求其生，猶失之死，而世常求其死也。』回顧乳者劍汝而立於旁，因指而歎，曰：『術者謂我歲行在戌將死，使其言然，吾不及見兒之立也，後當以我語告之。』其平居教他子弟，常用此語，吾早熟焉，故能詳也。其施於外事，吾不能知；其居于家，無所矜飾[十三]，而所為如此，是真發於中者邪！嗚呼！其心厚於仁者邪！此吾知汝父之必將有後也。汝其勉之！夫養不必豐，要於孝；利雖不得博於物，要其心之厚於仁，吾不能教汝，此汝父之志也。」修泣而志之，不敢忘。

先公少孤力學[十四]，咸平三年，進士及第，為道州判官，泗、綿二州推官；又為泰州判官。享年五十有九，葬沙溪之瀧岡。太夫人姓鄭氏，考諱德儀，世為江南名族。太夫人恭儉仁愛而有禮，初封福昌縣太君，進封樂安、安康、彭城三郡太君。自其家少微時，治其家以儉約，其後常不使過之，曰：「吾兒不能苟合於世，儉薄所以居患難也。」其後修貶夷陵[十五]，太夫人言笑自若，曰：「汝家故貧賤也，吾處之有素。汝能安之，吾亦安矣。」

自先公之亡二十年，修始得祿而養。又十有二年，列官於朝，始得贈封其親。又十年，修為龍圖閣直學士[十六]，尚書吏部郎中，留守南京，太夫人以疾終於官舍，享年七十有二。又八年，修以非才入副樞密[十七]，遂參政事[十八]，又七年而罷。自登二府，天子推恩，褒其三世，故自嘉佑以來，逢國大慶，必加寵錫。皇曾祖府君累贈金紫光祿大夫、太師、中書令[十九]；曾祖妣累封楚國太夫人。皇祖府君累贈金紫光祿大夫、太師、中書令兼尚書令，祖妣累封吳國太夫人。皇考崇公累贈金紫光祿大夫、太師、中書令兼尚書令。皇妣累封越國太夫人。今上初郊，皇考賜爵為崇國公，太夫人進號魏國。

於是小子修泣而言曰：嗚呼！為善無不報，而遲速有時，此理之常也。惟我祖考，積善成德，宜享其隆，雖不克有於其躬，而賜爵受封，顯榮褒大，實有三朝之錫命，是足以表見於後世，而庇賴其子孫矣。乃列其世譜，具刻於碑，既又載我皇考崇公之遺訓，太夫人之所以教，而有待於修者，並揭於阡。俾知夫小子修之德薄能鮮，遭時竊位，而幸全大節，不辱其先者，其來有自。

熙寧三年歲次庚戌四月辛酉朔十有五日乙亥，男推誠保德崇仁翊戴功臣、觀文殿學士、特進、行兵部尚書、知青州軍州事、兼管內勸農使、充京東東路安撫使、上柱國、樂安郡開國公、食邑四千三百戶，食實封一千二百戶，修表[20]。

注釋

一 瀧岡：地名，在今江西省永豐縣沙溪南鳳凰山上。阡表：即墓碑。阡：墓道。

二 皇考：對亡父的尊稱。皇：美之意，考：已死的父親。

三 卜吉：占卜吉地。

四 克：能夠。

五 孤：古代年幼死了父親曰「孤」。

六 太夫人：指歐陽修的母親鄭氏。古時列侯之妻稱夫人，列侯死，子稱其母為「太夫人」。

七 長：撫養。

八 姑：指歐陽修的祖母。

九　始歸：剛剛嫁過來的時候。古代女子出嫁稱「歸」。

十　免於母喪：母親死後，守喪期滿。古時父母或祖父母死，兒子與長房長孫要謝絕人事，做官的解除職務，在家守孝二十七個月，概稱三年，稱為守制。

十一　間：偶爾。

十二　求其生不得爾：即指無法免除其死刑。

十三　矜飾：誇張，做作。

十四　先公：指歐陽修的父親。

十五　修貶夷陵：歐陽修為范仲淹慶曆新政辯護，得罪了守舊派，被貶為夷陵縣令。夷陵：在今湖北省宜昌市。

十六　龍圖閣直學士：龍圖閣是宋代管理典籍文獻的官署，設有學士、直學士、待制、直閣等官銜。這些官號常常是加給侍從官的一種榮譽頭銜。

十七　副樞密：樞密副使，樞密院的副長官。

十八　參政事：參知政事，即副宰相。

十九　金紫光祿大夫：光祿大夫，漢武帝時設此官職，掌顧問應對之事。宋代為散官，加金章紫綬的，稱金紫光祿大夫，加銀章青綬的，稱銀青光祿大夫。光祿大夫為從二品，金紫光祿大夫為正三品，銀青光祿大夫為從三品。太師：官名，歷代相沿，乙太師傅、太傅、太保為三公。宋承唐制，三公是表示恩寵的封賜，並無實職。中書令：中書省長官。宋代亦為封贈官，無實權。尚書令：尚書省的長官，亦在贈官。

二十　男：兒子對父母的自稱。歐陽修於嘉佑元年（一〇五六年）進封樂安郡開國侯，嘉佑六年進封開國公。治平二年（一〇六五年）加上柱國，四年進階特進，除觀文殿學士，改賜推誠保德崇仁翊戴功臣。熙甯元年（一〇六八年）轉兵部尚書，改知青州軍州事，兼管內勸農使，充京東路安撫使。觀文殿學士：宋代為優待大臣和文學之士而贈的一種榮譽頭銜。

「官德」文章與中國傳統文化
——〈諫太宗十思疏〉、〈待漏院記〉、〈閱江樓記〉互參

從「九德」到「十思」

從二〇一二年二月六日到二月十七日，《人民日報》以「本報評論員」的名義陸續發表了六篇「換屆之際話官德」的文章，這組文章從不同的視角討論了官德的重要性，提醒各級官員要「不為名所累、不為利所縛、不為權所動、不為欲所惑」，「在是非抉擇中築牢政德的基石」。《人民日報》在換屆之際重提官德，顯然有著極強的現實針對性：當今的一些官員不注意道德修養，屢屢突破官

德的底線。

其實，官德並不是一個新鮮的話題。中國古人一直就很注重官德問題，並有許多精彩論斷。在《尚書・皋陶謨》中，皋陶跟大禹討論如何選拔官員，皋陶就總結出了「為政九德」，這「九德」是：「寬而栗，柔而立，願而恭，亂而敬，擾而毅，直而溫，簡而廉，剛而塞，強而義」。皋陶認為，理想中的官員應該具備以下九種德行：寬宏大量而又嚴肅恭謹，性情溫和而又有主見，態度謙虛而又莊重嚴肅，具有才幹而又辦事認真，善於聽取別人意見而又剛毅果斷，行為正直而又態度溫和，直率曠達而又品行廉潔，剛正不阿而又腳踏實地，堅強勇敢而又符合道義。

皋陶接著還說，如果每天能踐行九德中的三德，就可以做卿大夫；如果每天都能莊重恭敬地實行九德中的六德，就可以做諸侯。如果把九種品德集中起來全面地實行，使有這些品德的人都擔任一定職務，那麼官員的整體道德水平就一定十分出色，國家也必定會繁榮昌盛。

皋陶提出的「九德」可以說是官員道德水平的理想境界。對於一般的人來說，很難天生就具有這九種美德。若暫時不具備這九種美德，而又恰恰處在領導崗位上，那該怎麼辦呢？不用著急，古人也替我們總結出了修煉「九德」的方法。魏徵在〈諫太宗十思疏〉中以「十思」勸諫唐太宗李世民，這「十思」就是通往「九德」的路徑。魏徵的「十思」針對領導幹部可能遇到的情況，提出了十種應對思路，「誠能見可欲，則思知足以自戒；將有作，則思知止以安人；念高危，則思謙沖而自牧；懼滿盈，則思江海下百川；樂盤遊，則思三驅以為度；憂懈怠，則思慎始而敬終；慮壅蔽，則思虛心以納下；懼讒邪，則思正身以黜惡；恩所加，則思無因喜以謬賞；罰所及，則思無因怒而濫刑。總此十思，宏茲九德。」這段話的大意是：看見自己特別喜好的東西，要想到知足以自我約束；將要大興土木，建築宮室，就要想到適可而止，以便能使百姓安寧；想到身居高位的風險，就要想到低調做人以加強自身修養；害怕自己驕傲自滿，就該想到像大海一樣處於百川之下，這樣才能放低身段，心胸博大；樂於打獵等遊樂之際，應想到古人「打獵只能圍三面，網開一面」的田獵規定，知道凡事不可過度；害怕自己懈怠懶惰之時，就要想到自始至終都要謹慎；怕自己遭到下屬的蒙蔽、欺瞞，就要想到虛心接受他人的意見；害怕進言的邪惡之人聚集在自己身邊，就想到要自身先正直，然後才可斥退邪惡之人；要給別人以恩惠，就要想到是不是因為自己的偏愛而錯誤地獎賞下屬；將要實施懲罰，就要想到是不是因為生氣而濫用刑罰。總括這十種「想到」，就能落實和弘揚《尚書》中提出的「為政九德」。

當年，唐太宗李世民對魏徵的「十思疏」十分讚賞，親寫詔書嘉許魏徵，並把這篇文章「置之座右」，以警策自己。時代在變遷，但官德的核心理念依然有價值。今天的官員也不妨把自己當成唐太宗李世民，經常讀一讀魏徵的〈諫太宗十思疏〉，並用「十思」對照自己的言行，以此來修煉官德。

待漏之時想什麼

時光到了宋朝，著名的文學家王禹偁寫了一篇有名的文章〈待漏院記〉，這也是一篇探討官德的文章。

王禹偁是宋太宗太平興國八年（西元九八三年）進士，曾任知制誥、翰林學士等職。他以直言敢諫著稱，曾三次被貶，但仍守正不阿。

「待漏院」指的百官在宮門外等候早朝的地方。古代用銅壺滴漏以計時，宰相及百官須待漏盡、宮門開啟才可入朝，因此，百官在宮外休息的地方就被稱為「待漏院」。〈待漏院記〉一文就是通過描述官員在待漏之時想什麼這個問題來探討為官之德的。

文章說，賢相忠臣在待漏院等待早朝時想到的是：「兆民未安，思所泰之；四夷未附，思所來之。兵革未息，何以弭之；田疇多蕪，何以闢之。賢人在野，我將進之；佞臣立朝，我將斥之。」即他們想的是如何使老百姓安居樂業，如何使四方少數民族歸順朝廷，如何使戰亂儘快平息，如何使荒蕪的土地得以開闢，如何使在野的賢人得以重用，如何將奸佞小人逐出朝廷等等。這些官員顯然是心系蒼生之人，其官德當然值得嘉許，「若然，則總百官，食萬錢，非幸也，宜也。」因為心繫蒼生，這些人做官就不是憑僥倖，而是應該的。

可是並不是所有的官員都如此。另一部分官員在待漏之時想的則是另外的事——奸佞之臣則不然，他們想的是：「私仇未復，思所逐之；舊恩未報，思所榮之。子女玉帛，何以致之；車馬器玩，何以取之。奸人附勢，我將陟之；直士抗言，我將黜之。三時告災，上有憂色，構巧詞以悅之；群吏弄法，君聞怨言，進諂容以媚之。」他們想的是如何報私仇，如何得到子女玉帛，如何黨同伐異，一句話，他們想到的是一己私利，「私心慆慆」，這樣的官員，「則死下獄，投遠方，非不幸也，亦宜也。」意思是說，這些官員就是死後下地獄，或者現世就被流放偏遠之地，也不能算是他的不幸，而是他正該得到的結局。

王禹偁〈待漏院記〉雖然通篇沒有一處提到官德，但這篇文章卻抓住了官德的關鍵之處。修官德的關鍵就在「起心動念處」，如果一個官員起心動念是為百姓蒼生著想，那麼這個人的官德一定頂呱呱；反之，若一個官員時時處處想的都是如何謀求個人私利，那麼不論他如何作秀、掩飾，最後一定會以權謀私、徇私枉法。

閱江樓上思什麼

一個人心裏「想什麼」非常重要，因為「一切法從心想生」，「心是身主，身是心用」，「心能作天堂，心能作地獄」。想法不同，不僅意味著思想境界的高與低，有時甚至標誌著善與惡、邪與正、是與非的分界線。對於手握重權的官員來說，他們的想法往往會影響到民眾的利益，所以，官員的個人德行修養才顯得尤為重要。正因如此，中國古代的知識份子往往會抓住任何機會提醒皇帝和各級官員修「官德」，督促他們經常保持「正念」。唐朝如此，宋朝如此，明朝也是如此。

明朝初年，朱元璋在南京建了一個地標性建築——閱江樓，顧名思義，站在這座樓上，皇帝可以觀賞到長江之上的美景。朱元璋讓宋濂寫一篇慶祝閱江樓勝利完工的文章。這個項目是皇帝下詔建設的，臣子寫文章當然免不了要歌功頌德的，難能可貴的是，宋濂在〈閱江樓記〉這篇文章中，在有限度地歌功頌德之餘，重點還是勸諫朱元璋要修「官德」——登上閱江樓看長江美景之際，也要保持正確的思想觀念。他說，皇帝下詔建這座樓，是為了「與民同遊觀之樂」。接著又具體說皇帝登樓觀景應該怎麼想，其一，在閱江樓上看到大好山河，應該想該如何保住江山，「見江漢之朝宗，諸侯之述職，城池之高深，關隘之嚴固」，則「中夏之廣，益思有以保之」；其二，在閱江樓上看到遠方少數民族的船舶航行在長江之上，應該想到如何懷柔天下，「見波濤之浩蕩，風帆之上下，番舶接跡而來庭，蠻琛聯肩而入貢」，則「四陲之遠，益思有以柔之」；其三，在閱江樓上看到兩岸人民辛勤勞作的身影，則要想到如何安民，「見兩岸之間，四郊之上，耕人有炙膚皸足之煩，農女有捋桑行饁之勤」，則「萬方之民，益思有以安之」。

舉了上述三種情形之後，宋濂說：「觸類而思，不一而足」，意思是說，像這樣應該不斷想到皇帝職責的情形還有很多，就不一一列舉了。反正我知道皇帝建這座樓的目的就是要借外物引發感慨，寄託他治理天下的宏偉理想，哪裡只是為了欣賞長江上的風景呢？「臣知斯樓之建，皇上所以發舒精神，因物興感，無不寓其致治之思，奚止閱夫長江而已哉！」甚至，宋濂還特意提到了歷史上的幾個反面例子，南朝陳後主、唐恭王等人也曾在長江岸邊建過很有名的樓閣，他們的樓閣也很豪華，可因為樓閣只是這些皇帝個人的享樂之地，所以沒過多久就國亡樓毀了，「彼臨春、結綺，非不華矣；齊雲、落星，非不高矣。不過樂管弦之淫響，藏燕趙之豔姬，不旋踵間而感慨系之。」「臣不知其為何說也」，我實在不知道他們這些樓有什麼好說的呀。行文至此，勸諫的意味已經非常重了。

現在，很多地方也建了不少地標性建築，建築落成之際也要搞典禮、立碑文，但我很少看到類似的文章。朱元璋是個殘暴之君，開國之後殺了很多功臣。可有意思的是，宋濂居然就敢寫諷諫意味極強的〈閱江樓記〉，而且並沒有因此受到任何懲罰。看來，封建帝王有時也是很「有雅量」的。

「官德」文章與中國傳統文化

從《尚書》裏提出的「為政九德」到魏徵勸諫李世民的「十思」，從宋代王禹偁的〈待漏院記〉到明朝宋濂的〈閱江樓記〉，我們可以看出，中國古代針對官德的評說早已自成體系，而這個體系又是與中國傳統文化緊密相連的。

《大學》開篇就說：「大學之道，在明明德，在親民，在止於至善。」此句上來就將「親民」與「明明德」——也就是為官與修德——緊密地聯繫在了一起。接下來就是更經典的論述：「古之欲明明德者，先治其國；欲治其國者，先齊其家；欲齊其家者，先修其身；欲修其身者，先正其心；欲正其心者，先誠其意；欲誠其意者，先致其知；致知在格物。物格而後知至，知至而後意誠，意誠而後心正，心正而後身修，身修而後家齊，家齊而後國治，國治而後天下平。自天子以至於庶人，壹是皆以修身為本。」這段話道破了中國傳統文化中一個極其重要的特徵：道德倫理本位。中國古人的宇宙觀、人生觀、社會秩序感甚至是家庭生活，方方面面都有著強烈的道德倫理烙印。

針對中國文化用道德倫理統攝一切的特點，梁漱溟先生在《中國文化要義》一書中有精彩論述。他說：「（中國）融國家於社會人倫之中，納政治於禮俗教化之中，而以道德統括文化，或至少是在全部文化中道德氣氛特重，」「倫理學與政治學終之為同一學問」。即便是被現在人認為是至高無上的法律，在中國古人那裏其地位也不能與道德倫理相比，因為「建國之基礎以道德禮教倫常，而不以法律，故法律僅立於補助地位。」而且「禮法之根本仍以道德禮教倫常，而不以權利。」

這種文化特點自然要求中國古人異常重視官員的道德建設，因此，中國古代有關官德的論述既豐富又精準，對今人來說仍是一筆寶貴的精神財富。比如說，從魏徵到王禹偁再到宋濂，他們在論述官德的時候都抓住了如何「思」這個最核心的問題。魏徵說的是皇帝在具體政事時該如何想，王禹偁說的是官員在宮門外等待早朝的時候該如何想，宋濂說的是皇帝在閱江樓上看風景的時候該怎麼想。可見，不管外部環境如何改變，天子和官員修德的核心一直沒變，那就是修官德要修在起心動念處，當政者一定要有心繫蒼生的情懷，萬不可貪圖享樂。從這幾篇文章我們也可以看得出，中國古人有一種能力，那就是善於「移情」——把任何外部事物都轉化成個人內心的道德情感訴求，只要這種道德情感訴求超越了個人享樂而與自己的責任、理想產生良性互動，便達到「誠意正心」的「修身」目的。而對官員來說，修「官德」就是「修身」。這種辦法的好處就在於修身修德不受空間、時間等外部環境的制約，只要念頭一轉，就可「轉煩惱為菩提」。正如范仲淹在《岳陽樓記》裏說：「居廟堂之高則憂其民，處江湖之遠則憂其君」，「先天下之憂而憂，後天下之樂而樂」。可以說，若能把握住這個核心，任何人都能通過堅持不斷地「修身」，達到比較高的思想境界，正所謂「吾思仁，則仁至矣」。

但是，道德倫理從來都是個軟約束，它所能約束的是有敬畏之心、有羞恥之心的人。若碰上一個道德虛無主義者，再好的道德教化都沒有用。另一個致命的問題是，任何社會都是「流俗眾，仁者稀」，真正具有高潔的道德操守之人注定是少數。因為人數少，他們註定會成為「另類」、「邊緣人」，很難成氣候。對大多數人來說，他們雖然在心底也讚賞有道德有操守的人，但若遇到較大的利害考驗，他們心中的道德感往往不足以抵制誘惑，所以就經常發生「經不住金錢和美色誘惑」之類的事。

現代人看到了道德約束「偏軟」，「靠不住」的弱點，所以才不斷呼籲加強法治建設，加強對官員的監督力度。這些自然是對的。但一定要認識到，加強對官員的監督力度與提倡官員修「官德」之間並沒有抵觸之處，相反二者倒有相輔相成之妙。當今社會，官員們對古人所講的「修齊治平」的文化理念已缺乏服膺之心，不少人對傳統文化也已相當隔膜，而現實社會的利益誘惑又是如此之大，所以企圖僅憑道德教化就讓他們「回頭」已經不現實了。所以今天教育官員也必須「兩手抓，兩手都要硬」，硬體方面要大力推進制度改革和法治建設，「把權力關在籠子裏」，軟體方面也不妨提倡「官德」，讓官員懂得並逐漸學會「修身」。事實上，當權力作惡的空間被硬性規則極大壓縮之後，權力人物的道德操守往往會隨之上升——起碼不能喪心病狂。

「官德」的局限及使用空間

《人民日報》以很大的篇幅來討論「官德」，此事有現實針對性，也有歷史文化依據。但我們也一定要看到「官德」的局限性及某些可能出現的誤區。

其一，萬萬不可因提倡「官德」而忽視了制度改革，忽視了法治建設。相反，只有加強了制度上的硬約束，道德的軟約束才更容易落到實處。這一點在前文已有論述，不再多說。

其二，「官德」也好，「民德」也罷，凡屬道德範疇的事，就儘量保護其軟約束應有的彈性空間，而不可再將其「硬化」。最近幾年，隨著所謂「國學熱」的興起，不少地方將傳統道德納入官員升遷考察的標準之中。如，四川省眉山市彭山縣委最近就出台《科級領導幹部道德考核評價辦法》（試行），其中規定提拔幹部先徵求其父母、鄰居甚至小區物管意見。截至二〇〇二年二月十七日，彭山已有五名幹部通過此項考核，其中一名幹部因不愛做家務被扣兩分。有媒體將此規定概括為「在家不洗碗，升官有危險」，雖有些聳動，但也切中要害。而在此前，寧夏銀川市、湖南邵陽縣、河北魏縣等地都有將孝道、尊老等傳統道德納入官員考察標準的規定和做法。應該說，相關部門做出這些規定的初衷是好的，意在督促官員「修德」。但是，這種將軟性的道德「硬化」為提拔指標的辦法有將道德功利化、庸俗化的嫌疑，同時還容易催生出種種偽善之舉，與「誠意正心」的修德要求背道而馳。

最關鍵的是，用權力手段介入道德領域，容易再度開啟「道德泛化」之弊端。一旦公權力不斷地發起一次又一次的道德運動，普通民眾很容易被置於道德審判臺上，無法也無力伸張本該屬於自己的公民權——大家都被要求「狠鬥私字一閃念」，你還怎麼敢要求國家賠償？

道德倫理屬於道統，公權力的掌控者代表法統。中國古代社會雖然特別強調道德倫理的力量，但道德倫理的解釋權並不在法統的最高代表人物皇帝身上。皇帝可以換，朝代可以更替，但中國人心中的道統觀念卻相對恒定，他們信奉的一直是「仁義禮智信」，在唐如此，在宋亦如此。中國古人的精神導師也不是法統的代表皇帝，而是大成至聖先師孔子——這位「素王」和他的後世弟子才是道統的代表。這也是中國古代社會能形成超穩定結構的一個重要文化原因。

「文革」中，「素王」孔子和他的學說遭到了嚴重的批判，近幾年人們雖然也對儒家思想進行重新整理、評估，但人們對孔孟之道的敬畏之感早已今非昔比。舊的價值體系已然被破壞，而新的價值體系尚未確立。在這樣的精神維度之下，理應「禮失求諸野」，將精神價值重構和道德倫理重建的希望寄予民間，若政府方面企圖通過公權力之手來強力推動道德建設，那一方面是越位之舉，另一方面則大有借法統之力奪道統之尊的重大嫌疑。

因此，我的觀點是：提倡「官德」是好事，但好事要做好還需要智慧。掌握公權力的機構可以提倡道德，但一定要掌握好「度」，不宜插手太多。道德最可貴的特點就是它是一種訴諸人們內心的自律力量，它真誠恭敬，有彈性，有尊嚴，還有美感，若將這種自律改造成硬梆梆的他律，成了官員升遷的硬槓槓（編按：大執法），那它就不僅會失去美感、尊嚴和彈性，而且真誠恭敬也會隨之變成偽善和欺騙。中國歷史上曾經用「舉孝廉」的方法選拔過官員，但弄到最後，「舉秀才，不知書；舉孝廉，父別居。」用最提倡道德的方法選拔官員，結果選拔出來的恰恰是最沒有道德、不學無術的庸才。這樣的歷史教訓異常深刻，我們今天焉能不察？

附錄 〈諫太宗十思疏〉——魏徵

臣聞求木之長者，必固其根本[一]；欲流之遠者，必浚其泉源[二]；思國之安者，必積其德義。源不深而望流之遠，根不固而求木之長，德不厚而思國之安，臣雖下愚，知其不可，而況於明哲乎？人君當神器之重，居域中之大[三]，不念居安思危，戒奢以儉，斯亦伐根以求木茂，塞源而欲流長也。

凡昔元首，承天景命，莫不殷憂而道著，功成而德衰。有善始者實繁，能克終者蓋寡。豈取之易守之難乎？昔取之而有餘，今守之而不足，何也？夫在殷憂必竭誠以待下[四]，既得志則縱情以傲物[五]；竭誠則吳越為一體[六]，傲物則骨肉為行路。雖董之以嚴刑[七]，震之以威怒，終苟免而不懷仁，貌恭而不心服。怨不在大[八]，可畏惟人[九]，載舟覆舟[十]，所宜深慎。奔車朽索，其可忽乎？

君人者，誠能見可欲，則思知足以自戒；將有作，則思知止以安人[十一]，念高危，則思謙沖而自牧[十二]；懼滿溢，則思江海下百川；樂盤遊，則思三驅以為度[十三]；憂懈怠，則思慎始而敬終；慮壅蔽，則思虛心以納下；懼讒邪，則思正身以黜惡[十四]；恩所加，則思無因喜以謬賞；罰所及，則思無因怒而濫刑。總此十思，弘茲九德[十五]，簡能而任之[十六]，擇善而從之，則智者盡其謀，勇者竭其力，仁者播其惠，信者效其忠。文武爭馳，君臣無事，可以盡豫遊之樂，可以養松喬之壽，鳴琴垂拱，不言而化。何必勞神苦思，代下司之職，役聰明之耳目，虧無為之道哉[十七]？

注釋

一 固：使……穩固。

二 浚：疏通，深挖。

三 居域中之大：佔據天地間的一大。《老子》上篇：「道大，天大，地大，王亦大。域中有四大，而王居其一焉。」

四 殷憂：深沉的憂慮。

五 傲物：看不起別人。物：這裏指自己以外的人。

六 吳越：吳國和越國。

七 董：督責，監督。

八 怨不在大：《尚書・康誥》：「怨不在大，亦不在小。」孔穎達疏：「人之怨不在大事，或由小事而起。雖由小事而起，亦不恒在小事，因小而至大。」

九 惟人：《尚書・君奭》：「惟人，在後嗣子孫。」孔穎達疏：「惟今天下眾人，共誠心存在我後嗣子孫。」

十 載舟覆舟：《荀子》中說：「君者，舟也；庶人者，水也。水能載舟，亦能覆舟。」

十一 作：興作，建築。指興建宮室之類。

十二 謙沖：謙虛。自牧：自我修養。

十三 盤遊：打獵遊樂。三驅：舊時君王打獵，圍合三面，讓開一面，好讓鳥獸逃走，以示人君的好生之德。

十四 黜：排斥。

十五 宏：使……光大。茲：此。九德：指《尚書・臯陶謨》中所提九種美德，即「寬而栗，柔而立，願而恭，亂而敬，擾而毅，直而溫，簡而廉，剛而塞，強而義」。

十六 簡：選拔。

十七 百司：百官。

附錄二　〈待漏院記〉——王禹偁

天道不言，而品物亨、歲功成者[一]，何謂也？四時之吏，五行之佐，宣其氣矣。聖人不言而百姓親、萬邦寧者，何謂也？三公論道，六卿分職[二]，張其教矣。是知君逸於上，臣勞於下，法乎天也。古之善相天下者，自皋、夔至房、魏[三]，可數也，是不獨有其德，亦皆務於勤耳，況夙興夜寐，以事一人。卿大夫猶然，況宰相乎！

朝廷自國初因舊制，設宰臣待漏院於丹鳳門之右，示勤政也。至若北闕向曙，東方未明，相君啟行，煌煌火城；相君至止，噦噦鑾聲[四]。金門未闢[五]，玉漏猶滴，徹蓋下車，于焉以息。待漏之際，相君其有思乎？

其或兆民未安，思所泰之；四夷未附，思所來之。兵革未息，何以弭之；田疇多蕪，何以闢之。賢人在野，我將進之；佞臣立朝，我將斥之。六氣不和，災眚薦至[六]，願避位以禳之[七]；五刑未措，欺詐日生，請修德以釐之[八]。憂心忡忡，待旦而入，九門既啟，四聰甚邇[九]。相君言焉，時君納焉。皇風於是乎清夷，蒼生以之而富庶。若然，總百官、食萬錢，非幸也，宜也。

其或私仇未復，思所逐之；舊恩未報，思所榮之。子女玉帛，何以致之；車馬器玩，何以取之。姦人附勢，我將陟之；直士抗言，我將黜之。三時告災[十]，上有憂也，構巧詞以悅之；群吏弄法，君聞怨言，進諂容以媚之。私心慆慆[十一]，假寐而坐，九門既開，重瞳屢迴。相君言焉，時君惑焉。政柄於是乎隳哉[十二]，帝位以之而危矣。若然，則下死獄、投遠方，非不幸也，亦宜也。

是知一國之政，萬人之命，懸於宰相[十三]，可不慎歟？復有無毀無譽，旅進旅退[十四]，竊位而苟祿，備員而全身者[十五]，亦無所取焉。

棘寺小吏王某為文[十六]，請誌院壁，用規於執政者。

注釋

一 品物：眾物，萬物。亨：通達順利。歲功：一年農事的收穫。

二 三公：周代三公有兩說，一說是司馬、司徒、司空，一說是太師、太傅、太保。西漢以丞相（大司徒）、太尉（大司馬）、御史大夫（大司空）合稱三公。東漢以太尉、司徒、司空合稱三公。為共同負責軍政的最高長官。唐宋仍沿此稱，惟已無實際職務。六卿：《周禮》把執政大臣分為六官，即天官、地官、春官、夏官、秋官、冬官，亦稱六卿。後世往往稱吏、戶、禮、兵、刑、工六部尚書為六卿。

三 皋：即皋陶，相傳曾被舜選為掌管刑法的官。夔：堯舜時的樂官。房：唐太宗時的宰相房玄齡；魏：魏徵。

四 噦噦：象聲詞，徐緩而有節奏的響聲。

五 金門：又稱金馬門，漢代官署門旁有銅馬，故名。

六 眚：原義為日食或月食，後引申為災異。薦：副詞，表示頻度，相當於「一再」、「屢次」。

七 禳：除邪消災的祭祀。

八 厘：改變，改正。

九 四聰：《尚書‧堯典》：「明四目，達四聰。」孔穎達疏：「達四方之聽，使為己遠聽四方也。」

十 三時：春、夏、秋三個農忙季節。

十一 慆慆：紛亂不息的樣子。

十二 隳：崩毀，毀壞。

十三 懸：繫連，關聯。

十四 旅：俱，共同。

十五 備員：湊數，充數。

十六 棘寺：大理寺（古代掌管刑獄的最高機關）的別稱。

附錄三 〈閱江樓記〉——宋濂

金陵為帝王之州。自六朝迄於南唐，類皆偏據一方，無以應山川之王氣[一]。逮我皇帝定鼎於茲，始足以當之。由是聲教所暨，罔間朔南，存神穆清，與道同體，雖一豫一遊，亦思為天下後世法[二]。京城之西北，有獅子山，自盧龍蜿蜒而來，長江如虹貫，蟠繞其下[三]。上以其地雄勝，詔建樓於巔，與民同游觀之樂。遂錫嘉名為「閱江」云[四]。

登覽之頃，萬象森列，千載之秘，一旦軒露[五]。豈非天造地設，以俟大一統之君，而開千萬世之偉觀者歟[六]？當風日清美，法駕幸臨，升其崇椒，憑闌遙矚，必悠然而動遐思[七]。見江漢之朝宗，諸侯之述職，城池之高深，關阨之嚴固，必曰：「此朕櫛風沐雨戰勝攻取之所致也[八]。」中夏之廣，益思有以保之[九]。見波濤之浩蕩，風帆之上下，番舶接跡而來庭，蠻琛聯肩而入貢，必曰：「此朕德綏威服，覃及內外之所及也[十]。」四夷之遠，益思有以柔之[十一]。見兩岸之間，四郊之上，耕人有炙膚皸足之煩，農女有捋桑行饁之勤，必曰：「此朕拔諸水火而登於衽席者也[十二]。」萬方之民，益思有以安之[十三]。觸類而推，不一而足。臣知斯樓之建，皇上所以發舒精神，因物興感，無不寓其致治之思，奚止閱夫長江而已哉！

彼臨春、結綺，非弗華矣，齊雲、落星，非不高矣[十四]。不過樂管弦之淫響，藏燕趙之豔姬，不旋踵間而感慨繫之，臣不知其為何說也[十五]？

雖然，長江發源岷山，委蛇七千餘里而入海[十六]，白湧碧翻。六朝之時，往往倚之為天塹。今則南北一家，視為安流，無所事乎戰爭矣。然則果誰之力歟？逢掖之士，有登斯樓而閱斯江者，當思帝德如天，蕩蕩難名，與神禹疏鑿之功，同一罔極。忠君報上之心，其有不油然而興者耶？

臣不敏，奉旨撰記。欲上推宵旰圖治之功者，勒諸貞珉[十八]。他若留連光景之辭，皆略而不陳，懼褻也[十九]。

注釋

一 六朝：指三國吳、東晉和南朝宋、齊、梁、陳六個朝代。迄於：到。南唐：五代時十國之一。六朝和南唐都建都金陵。王氣：帝王之氣。古認為帝王興起之處有祥光瑞氣。

二 聲教：風氣和教化。《書經•禹貢》：「聲教訖於四海。」蔡沈集傳：「聲，謂風聲；教，謂教化。」所暨：到達的地方。暨：及，到。罔：不，沒有。間：差別，區分。朔：指北方。穆清：謂像清和的風化育萬物。舊時用以稱頌帝王。語出《詩經•大雅•烝民》。雖：即便，就是。豫、遊：都是遊樂的意思。法：效法。

三 獅子山：在今江蘇江寧縣北。盧龍：山名。在今江寧縣西北。蜿蜒：曲折延伸的樣子。貫：通，通過。蟠繞：也作「盤繞」。曲折圍繞。

四 錫：賜。嘉名：美名。

五 頃：頃刻，短時間。萬象：各種各樣的景象，所有景色。森：眾多貌。千載：一千年。這裏是虛指，極言時間長。軒：開朗。

六 俟：等待。夫：那。偉觀：雄壯的景色。

七 法駕：皇帝車駕的一種。幸臨：來到。皇帝駕到叫「幸」。椒：山頂。闌：指闌幹。矚：注視。這裏是眺望的意思。悠然：深遠貌，閒適貌。

八 江漢：指長江和漢水。這裏泛指大小河流。朝宗：古時諸侯朝見天子。見《周禮・春官・大宗伯》。借指百川入海。《書經・禹貢》：「江、漢朝宗於海。」諸侯：指各地的軍政長官。關阨：即關隘，關津要隘。櫛風沐雨：讓風梳發，讓雨洗頭，形容在外奔波，來不及梳發洗頭和不避風雨的辛苦。這裏有創業艱難的意思。

九 中夏：猶中原、中華。

十 浩蕩：廣闊壯大貌。上下：等於說往來。番：舊時對西方邊境各族的稱呼，也作外族的通稱。接跡：猶接踵。這裏形容船多，接連不斷。庭：通「廷」，朝廷。這裏作動詞用，朝見。蠻：古時對南方各族的泛稱，也用以泛指四方的少數民族。琛：珍寶，寶貝。聯肩：猶並肩。覃：延長，廣泛深入。

十一 柔：懷柔。安撫。

十二 炙：烤。皸：皮膚受凍裂開。捋：用手握物，順移脫取。行饁：給在田間耕作的人送飯。拔：拉出來。這裏有拯救的意思。水火：即水深火熱，比喻百姓處境極端困苦。衽席：比喻和平的環境，安定的生活。衽，床席。

十三 萬方：各地。安之：使之安。

十四 臨春、結綺：二閣名。南朝陳後主（陳叔寶）所建。齊云：樓名。也叫「古月華樓」。五代時韓浦所建。故址在今江蘇蘇州市。落星：樓名。三國吳大帝（孫權）所建。在今江蘇江甯縣東北落星山上。

十五 燕、趙：戰國時的燕國和趙國，傳說兩國多美女。旋踵：旋轉腳跟。形容時間極短。

十六 雖然：雖然如此。岷山：在四川省北部，是長江、黄河的分水嶺。古人把它當作長江的發源地。委蛇：彎彎曲曲延續不斷的樣子。

十七 天塹：天然的壕溝。比喻地形險要，多指長江。

十八 宵旰：「宵衣旰食」的略語。天不亮就起身穿衣，天晚了才吃飯。舊時用來讚揚帝王勤於政事。功：功績，事蹟。勒：刻。諸：「之於」的合音。之，它，指「宵旰圖治之功」。於：在。貞珉：像玉一般的美石。

十九 他：別的，其他。留連：留戀，捨不得離開。褻：褻瀆。

「先生之風，山高水長」

——范仲淹〈嚴先生祠堂記〉與隱逸文化

一

嚴光，字子陵，他和劉秀是同學，兩人在少年時代結下了深厚的友誼。後來，天下大亂，嚴光就回到余姚隱居起來，而劉秀則投身於征戰之中，後來統一了天下，做了皇帝，是為東漢開國皇帝光武帝。

當上皇帝之後，劉秀仍然不忘當年的老朋友，派人四出尋訪嚴光。有人回來報告說，看見了一個人反穿裘皮襖在澤中釣魚，長相很像嚴光。劉秀遂派使者請嚴光入朝為官，但使者三次去請都遭拒絕。劉秀只得親自出馬。劉秀找到嚴光，對昔日的老朋友說：「你這個怪人，難道不肯助我治理天下嗎？」

嚴光翻身坐起，答道：「從前堯帝那樣有德有能，也還有巢父那樣的隱士不願出去做官，讀書人有自己的志趣，你何必一定要逼我進入仕途呢？」

劉秀並不死心，仍然邀請嚴光跟他到京城去敘舊。劉秀向他請教治國之道。嚴光滔滔不絕，口若懸河。兩人一直談到深夜，劉秀留嚴光同床睡覺。嚴光也不推辭，躺在床上，叉開雙腿，沉沉入睡。睡到半夜，竟把一條腿擱到皇帝身上。次日，太史奏報：「臣昨夜仰觀天象，發現有客星沖犯帝座甚急，恐怕於萬歲不利，特進宮面稟」。光武帝沉思片刻，勿而恍然大悟，哈哈大笑道：「那裏是什麼客星沖犯帝座，是朕與好友嚴子陵同床而眠，他的一條腿擱到了朕身上了。」

劉秀十分欽佩嚴光的人品才學，要他擔任諫議大夫，但嚴光還是拒絕接受，堅持回家鄉餘姚隱居。後來，人們把他釣魚的地方稱之為「子陵灘」。

東漢光武帝劉秀和著名隱士嚴光的故事大致就是這樣。這段歷史佳話代代相傳，傳到宋朝，大文人范仲淹有感而發，寫下了一篇著名的文章〈嚴先生祠堂記〉。文章對這段帝王與隱士的佳話做出了極高的評價，他說：「及帝握赤符，乘六龍，得聖人之時，臣妾億兆，天下孰加焉？惟先生以節高之。既而動星象，歸江湖，得聖人之清。泥塗軒冕，天下孰加焉？惟光武以禮下之。」意思是說，當劉秀當上皇帝的時候，「臣妾億兆」，誰還能增加他的人生高度呢？只有嚴光先生能以節操進一步幫助劉秀提升了境界。而對嚴光而言呢，當他把官位看得跟泥巴一樣的時候，天下又有誰能在德行上對他有所幫助？只有光武帝劉秀能用故人的禮節來尊重他，從而使他的美名傳遍天下。因此，兩個人可以說是相得益彰。所以，范仲淹說：「微先生，不能成光武之大；微光武，豈能遂先生之高哉？」

在文章的最後，范仲淹對嚴光的推崇之情溢於言表，寫道：「雲山蒼蒼，江水泱泱；先生之風，山高水長。」

二

有意思的是，范仲淹是一個典型的儒家士大夫，他為何如此推崇隱士嚴光？按照一般人的理解，隱士們多是道家信徒，他們隱居山林，不問世事，憑什麼能得到這麼高的評價？他們擔得起嗎？

這就涉及中國古代的隱逸文化了。

隱逸文化一直是中國傳統文化中很重要的構成部分，人們熟知的「達則兼及天下，窮則獨善其身」，其中，「窮則獨善其身」的部分就可稱之為隱逸文化的思想精髓。

在中國古代，不少偉大的思想家、詩人、藝術家，同時也就是他們那個時代的隱士。荷蘭漢學家文青雲寫過一本書《岩穴之士：中國早期的隱逸傳統》，書中詳細探討了隱逸文化與中國歷史的互動關係。在作者看來，隱逸文化的真正思想來源並不僅僅是道家的老子、莊子等人，而是儒家宗師孔子。這個觀點乍一看有點聳人聽聞，但細想之下很有道理。孔子的一生，一方面「學而不厭，誨人不倦」，「知其不可而為之」，呈現出自強不息的向上色彩，但另一方面，孔子亦有「乘桴游於海」的決絕之感，他心懷理想，堅守道德底線，絕不向殘酷的現實妥協。他這種高揚理想、恪守道德的精神，恰恰是後世隱士所繼承的最核心理念。出世與入世，恰如一枚硬幣的兩面，看似矛盾，實則相輔相成、相得益彰。明乎此，我們就不難明白，既然儒家宗師孔子都有一個隱士的面相，那麼後世的儒家文人歌頌隱士也就沒有什麼不可理解的了。

中國歷史上的隱士有許多種類型，但他們都有一個共同的特點：幾乎所有的隱士都把追求更高的道德修養看得比升官發財重要得多。這種節操可以說是隱士們贏得世人尊重的最重要的原因。劉秀尊重不肯合作的老朋友嚴光是出於這個原因，范仲淹向遠隔千年的嚴光先生致敬也是因為這個原因。

中國古人一直對隱士心懷敬仰，這與儒家一直提倡的「以德治國」的統治理念密不可分。孔子曾說：「道之以政，齊之以刑，民免而無恥；道之以德，齊之以禮，有恥且格。」意思是說，用行政命令來引導，用刑罰來約束，老百姓雖能避免犯罪，但沒有了羞恥之心；若用道德來引導，用禮義來約束，百姓有羞恥心的同時也很規矩。在儒家看來，治理國家最高的境界就是教化民眾「知書達禮」，讓民眾有比較高的道德水準。

那麼，聖賢的得到標準是什麼呢？孟子給出的答案是：「行一不義、殺一無辜而得天下，皆不為也。」這個標準當然很高，不是一般人所能做得到的。若嚴格用這個標準評價，歷史上很多明君賢相都不達標。而能夠符合這條道德底線的，恰恰是一些隱士。他們清心寡慾，遠離喧囂的紅塵，視世間名利如糞土，絕不為了滿足自己的私慾而「惱害眾生」。正因如此，那些想著實現「王道」、念念不忘「安天下」的「入世」的儒家知識份子，往往也要抬出「出世」的隱士來做教化民眾的「道德楷模」。嚴光之前的伯夷叔齊，嚴光之後的陶淵明，以及其他許許多多的隱士都成了人格高潔的代名詞。他們雖然沒有幹出過什麼驚天動地的大事業，但他們那種甘於淡泊、不為榮華富貴所染污的心靈就足以讓他們名垂青史，讓後人發出「先生之風，山高水長」的讚歎。

三

新中國成立之後，尤其是在經歷了十年「文革」之後，隱士群體淡出了人們的視野，隱逸文化也似乎斷掉了。

可是，美國漢學家比爾・波特在一九九一年寫出了一本書《空谷幽蘭》。此前，他花了兩年的時間專門在終南山探訪各位隱士，《空谷幽蘭》一書所記載的就是他的探訪見聞。比爾・波特在書中向世人透露：在終南山中依然生活著大量的隱士。歷經歲月滄桑，中國的隱逸文化並未斷絕。在尋訪隱士的同時，比爾・波特還梳理了中國隱逸文化的歷史，並借此表達了對中國傳統文化的高度讚歎和懷戀之情。此書出版之後，隱士現象和隱逸文化重新回到了國人的文化視野之中。

二十年後，《問道》雜誌主編張劍峰再次到終南山尋訪隱士，並寫出《尋訪終南隱士》一書。在尋訪隱士的過程中，張劍峰與隱士同吃同住，他本人也成了現代隱士，在終南山下建了自己的「終南草堂」。

二〇一二年三月，筆者採訪了張劍峰先生。針對隱逸文化，張劍峰先生說：

「在中國古代，隱士是一個社會主流之外但卻備受推崇的群體，隱居意味著「懷抱珍寶」遠離人群，他們代表一個智慧的群體。在近代，隱士才成為一個陌生的辭彙，因為我們與傳統文化的割裂太久了，沒有人再對隱士感興趣，甚至在很多人看來他們是被同情的弱勢群體。在中國傳統文化沒落之後，隱士這個群體很多已不具備古代『士』這個階層良好的知識體系和濟世才能，今天的隱士們沒有了古代那些隱士一出山就可以使天下震動的能力和才能，他們更多只是在過一種人應該過的生活，比如清新的空氣、滿目的青山鳥語，這些是他們有所捨棄之後換得的。隱居生活看似簡單樸素，其實很『奢侈』，不是一般人能過得了的。很多人根本受不了山中的那份寂寞和清苦，有些內心不清淨的人進山隱居，往往會『著魔』——得精神抑鬱症。」

同時他還說：「對於生命的思考和對現實生活方式的反省也是現在很多人歸隱的原因。他們之中有的人放棄了世俗追求，有的人則在寧靜中認識真我，有的人想要將自己修煉得更為有力量，以便更好地幫助那些需要幫助的人。」「很多隱士是因為對這個紅塵世界懷有更深切的愛而隱居，他們選擇隱居，並不是將自己與這個社會對立起來。他們與紅塵保持一定距離，這樣可以獲得更多愉悅而不被物質和名利羈絆。」

關於現代隱士的意義，張劍峰說：「我們都市中的一部分人因為生活的速度太快而變得有點茫然若失。到底我失去了什麼？走近那些隱士我們才會發現，跟他們在一起我們變得簡單如孩童，山中就像家裏一樣，甚至心靈被撫慰的那種舒展即使是家人有時候也達不到的。因為我們「不適」才會向山中的那一群人尋求解藥，因為山中的人善於向大自然學習，山中的人對於我們來說代表著自然。向隱士靠攏會消除我們在奔向名利的路上所產生的嚴重『副作用』，更重要的是，從他們那裏我們會得到啟示和生命的智慧，這種智慧因為與飽滿的生命故事密切相關，所以對我們來說格外有營養。」張劍峰的這些話顯然值得我們深思。

比爾・波特和張劍峰描述終南山隱士的著作，除了讓我們看到了一個未曾中斷的隱士現象和隱逸文化外，最重要的價值恐怕就在於他們以直觀生動的事例反襯出了現代都市生活的窘迫。現在的社會，人心浮躁，很多人都奔走在爭名逐利的路上。有的人為了爭奪權力和金錢不擇手段，不顧廉恥。很少有人再去用心地觀照自己的精神世界，再去追求自己道德品格的提升。在這種情況下，那些隱居深山的隱士就像霧霾後的清風白雲，會給紅塵中煩躁的人們以清新的心靈慰藉和深刻的思想啟迪。

此外，隱士們寄身山林，呼吸的是新鮮空氣，目之所及是空山明月，耳之所聞是流水松濤，他們這種與大自然異常親密的關係也讓很多生活在繁忙都市裡的人心生嚮往。

終南山的隱士們是環保生活的實踐者和倡導者——他們以極小的物質成本過著最環保的生活。這不僅對肆意擴張、毫無節制的物質主義和消費主義起到了一定的消解作用，而且還能倡導人與大自然的和諧關係。人本是生而自由的，人生的道路充滿了無限的可能，哪能只有「拼命賺錢再拼命花掉」一種模式呢？生命的價值又豈可用升官發財等現實功業全部概括？哪怕僅從這個意義上講，隱士們也是值得我們欽佩、讚歎的。范仲淹用「先生之風，山高水長」讚歎東漢隱士嚴光，我也願意用借用此語讚歎現在的終南山隱士，二者的心靈走向和價值追求是一脈相承的。

附錄 〈嚴先生祠堂記〉——范仲淹

先生，漢光武之故人也[一]，相尚以道。及帝握赤符，乘六龍[二]，得聖人之時，臣妾億兆[三]，天下孰加焉？惟先生以節高之。既而動星象，歸江湖[四]，得聖人之清。泥塗軒冕[五]，天下孰加焉？惟光武以禮下之。

在《蠱》之上九[六]，眾方有為，而獨「不事王侯，高尚其事」，先生以之。在《屯》之初九[七]，陽德方亨，而能「以貴下賤，大得民也」，光武以之。蓋先生之心，出乎日月之上；光武之器，包乎天地之外。微先生不能成光武之大[八]，微光武，豈能遂先生之高哉？而使貪夫廉，懦夫立，是大有功於名教也。

仲淹來守是邦[九]，始構堂而奠焉，乃復為其後者四家，以奉祠事。又從而歌曰：「雲山蒼蒼，江水泱泱，先生之風，山高水長[十]！」

注釋

一 先生：指嚴光，字子陵，東漢著名隱士。光武：指光武帝劉秀，東漢王朝建立者。

二 握赤符：劉秀稱帝之前，有微賤時長安同舍儒生強華從關中奉赤符奏上，劉秀就此稱帝。六龍：古代皇帝乘坐六匹馬駕的車，因此以「六龍」代指天子車駕。

三 臣妾億兆：統治天下成千上萬的民眾。

四 動星象：傳說光武帝劉秀與嚴光同寢，嚴光把腳放在劉秀的肚子上。次日，太史奏客星犯帝座甚急，劉秀笑曰：「我不過與故人嚴子陵同臥而已。」歸江湖：劉秀任嚴光為諫議大夫，嚴光不受，隱居富春山。

五 泥塗軒冕：把軒冕看得跟泥巴一樣。軒冕：顯貴的官服和官帽。

六 《蠱》：《易》卦名，這個卦的上九爻辭是：「不事王侯，高尚其事。」

七 《屯》：《易》卦名，這個卦的初九爻辭是：「以貴下賤，大得民也。」

八 微：無，沒有。

九 是邦：指嚴州，今浙江桐廬縣。

十 山高水長：能夠世代相傳，與山水並存。

後記

——讀其書，想見其為人

一

司馬遷在《孔子世家》中曾說「余讀孔氏書，想見其為人」。我也有司馬遷一樣的感受，只不過，我「想見其為人」的名單更長，不但孔子、孟子、老子、莊子這些生活在司馬遷之前的聖賢在我的名單之內，司馬遷本人以及他之後的許多先賢（比如唐宋八大家）亦在這份名單中。

我深知，自己無法回到古代，去做這些先賢的弟子。所能做的，就是多讀他們的文章，通過文章，一次次地接受他們的思想教誨，一次次地感受他們的人格魅力，一次次地聆聽他們的心靈悸動和生命旋律。

古人的文章讓我獲益良多。如果將這種獲益僅僅說成是「汲取了文學營養」，那顯然是十分狹隘的。在我看來，古文名篇中蘊含的人生智慧和豐富的歷史經驗，往往比文章技法更值得我們學習。正是基於這種考慮，我在解讀古文名篇時往往更側重於闡發古人智慧及相關文化現象。之所以這樣做，並不是有意忽略古文名篇的文學性，而是因為人們對這些古文名篇的文學價值已經有了較充分的認識，而對這些文章所蘊含的歷史知識和人生智慧反倒開掘不多。

二

中國歷史源遠流長，古文名篇更是汗牛充棟，我當然無力將所有古文名篇一一解讀。偷懶的做法當然就是選一個大家普遍認可的古文選本，然後再從中選擇若干篇代表性文章來解讀。最受認可的古文選本當然就是清代吳楚材、吳調侯叔侄編選的《古文觀止》。

《古文觀止》一書共選古文名篇二百二十二篇，所選文章，以散文為主，上至春秋，下迄於明末，上下兩千多年，幾乎囊括了各個時代重要作家的重要作品。

以二百多篇短小的散文就想到達真正「觀止」的目的，顯然是做不到。此書沒有選儒家經典、諸子散文和人物傳記，詞賦亦不在其中。以今人的眼光觀之，這些都算是缺憾。但就當時而言，選家實有可以理解之原因。儒家經典是科舉教材，所有學子必讀，實無選擇必要；諸子散文不為「主流意識形態」所認可，沒能入選亦可理解；人物傳記較長，不方便選入；詞賦不算散文，不選入系受題材所限。因此，我們對古人實不可求全責備，而必須給予「理解之同情」。

對今天的古文研究者而言，僅讀一本《古文觀止》顯然是不夠的，但是對普通讀者來說，《古文觀止》又確實是最好的古文選本。熟讀《古文觀止》，不僅可以掌握古文的基本規律，而且還能清晰把握中國古代散文的發展流變。如果有人想熟練掌握文言文而不知道該怎麼學，在此我可信心十足地告之：從《古文觀止》中任選五十篇古文，一周研讀一篇，達到熟讀成誦的程度，用一年的時間您就可以掌握文言文的基本規律；如果能背下《古文觀止》裡的一百篇古文，那您就能用文言文寫文章了。這種學習文言文的方法不是我發明的，淨空法師早就這麼說。我對此非常認可，自己學習古文的經驗也再次印證了這一點。所以我在此鄭重向大家推薦此法，有心者不妨一試。

順便說一句，現在的大學中文系學生，學中文學了十幾年，到了大學本科畢業乃至碩士畢業，還是「懼怕」文言文，離開了白話翻譯讀不懂文言文，這實在是很可悲的。究其原因，就是因為學文言文的方法不對頭，所下功夫不到家所致。學古文無捷徑，必須熟讀一定數量的經典文章，然後才能掌握古文的基本規律。若肯下功夫，一年的時間就可「過關」，若不肯下功夫，學十幾年也還只能在門外徘徊。即便僅從這個意義上講，學習《古文觀止》也是幫助我們學好文言文的一個最方便的選本。

更難得的是，由於選家眼光精到，《古文觀止》所選文章不僅具有極高的文學價值，而且還蘊含著豐富的人生智慧。通過這些文章，我們不僅可以看出中國古代散文的發展流變，而且還能串聯起不同時代的歷史事件和文化現象。若能將不同的古文名篇相互參照閱讀，我們不難切入中國文化的若干重要議題，比如「孝、忠」，比如「修齊治平」。這些重要的文化議題，至今仍對中國人的現實生活有著重要影響。充分地汲取古人在這些方面的智慧，顯然有助於我們提高自己的個人修養，提升自己的人生境界。這就是我寫這本書的最初動機。

三

談到中國古代散文，大家都會想到「唐宋八大家」。確實，「唐宋八大家」的散文各具特色，精彩紛呈，堪稱文章典範，是後人學習文章的極好範本。初學古文者宜從「唐宋八大家」的散文入手，這樣可以迅速領略中國古文的藝術魅力，增強學習古文的興趣。

可是，我要側重解讀的是「古文中所蘊含的人生智慧」，因此選擇古文解讀時比較注重文章的思想性和文化代表性。這就使得「唐宋八大家」的很多名氣極大、文學性極高的散文並未被我解讀，而一些知名度不算太高、不常被人提及的其他古文反被我刻意關注。這樣做，或許會使一些熱愛文學的讀者感到稍稍失望，但卻能拓展我們對古文名篇的新認識：古文名篇不僅可以提供我們以文學上的審美享受，而且還具有極高的思想價值，能為我們修身養性提供精神營養和歷史借鑑。

先秦時期是中國思想文化的源頭，中國傳統文化中的若干重要議題幾乎都在這一時期的文章中有所涉及。因此，我對先秦時期的古文關注較多，相比而言對唐宋及其後的文章關注較少。對此，希望讀者能予以理解。好在，其他學者對「唐宋八大家」散文的藝術特點已有論述，他們的研究成果可以彌補本書之不足。

另外，就文化議題和古人智慧而言，本書所說也遠遠不夠全面——只是從古文名篇切入，略略加以闡釋、生發而已。學習中國傳統文化的精華和古人的人生智慧，我們顯然還要做許多功課。

請讓我們共同努力。我的電子信箱是zlg8998@sina.com，真誠地期待您的批評指正。

二〇〇二年七月三十日

新銳文學15　PG0814

新銳文創
INDEPENDENT & UNIQUE

讀古文，學智慧
──古文觀止名篇中蘊含的智慧

作　　者　鄭連根
主　　編　蔡登山
責任編輯　王奕文
圖文排版　姚宜婷
封面設計　陳佩蓉

出版策劃　新銳文創
發 行 人　宋政坤
法律顧問　毛國樑　律師
製作發行　秀威資訊科技股份有限公司
114 台北市內湖區瑞光路76巷65號1樓
電話：+886-2-2796-3638　傳真：+886-2-2796-1377
服務信箱：service@showwe.com.tw
http://www.showwe.com.tw
郵政劃撥　19563868　戶名：秀威資訊科技股份有限公司
展售門市　國家書店【松江門市】
104 台北市中山區松江路209號1樓
電話：+886-2-2518-0207　傳真：+886-2-2518-0778
網路訂購　秀威網路書店：http://www.bodbooks.com.tw
國家網路書店：http://www.govbooks.com.tw

出版日期　2012年9月　初版
定　　價　400元

Printed in Taiwan

國家圖書館出版品預行編目

讀古文, 學智慧：古文觀止名篇中蘊含的智慧 / 鄭連根著. --初版. -- 臺北市：新銳文創, 2012. 09
面； 公分
ISBN 978-986-5915-07-0 (平裝)

1. 古文觀止 2. 研究考訂

835 101015408

讀者回函卡

感謝您購買本書，為提升服務品質，請填妥以下資料，將讀者回函卡直接寄回或傳真本公司，收到您的寶貴意見後，我們會收藏記錄及檢討，謝謝！

如您需要了解本公司最新出版書目、購書優惠或企劃活動，歡迎您上網查詢或下載相關資料：http:// www.showwe.com.tw

您購買的書名：________________________________

出生日期：________年________月________日

學歷：□高中（含）以下　□大專　□研究所（含）以上

職業：□製造業　□金融業　□資訊業　□軍警　□傳播業　□自由業
　　　□服務業　□公務員　□教職　□學生　□家管　□其它_____

購書地點：□網路書店　□實體書店　□書展　□郵購　□贈閱　□其他

您從何得知本書的消息？

□網路書店　□實體書店　□網路搜尋　□電子報　□書訊　□雜誌
□傳播媒體　□親友推薦　□網站推薦　□部落格　□其他__________

您對本書的評價：（請填代號　1.非常滿意　2.滿意　3.尚可　4.再改進）

封面設計____　版面編排____　內容____　文／譯筆____　價格____

讀完書後您覺得：

□很有收穫　□有收穫　□收穫不多　□沒收穫

對我們的建議：________________________________

____

____

____

請貼
郵票

11466
台北市内湖區瑞光路 76 巷 65 號 1 樓
秀威資訊科技股份有限公司 收
BOD 數位出版事業部

....

（請沿線對折寄回，謝謝！）

姓　　名：________________　年齡：________　性別：□女　□男

郵遞區號：□□□□□

地　　址：____

聯絡電話：(日) ________________ (夜) ________________

E-mail：____